KB154824

고백해줘

고백해줘 도家둘째

사란 중편 소설

고백해 줘

DAHYANG ROMANCE STORY

도家 둘째

contents

프롤로그

오늘도, 그가 고백해 주기를 바란다.

먼발치에 서서 그는 늘 나를 바라보고 있었다. 사람들이 말해
주지 않아도, 알려 주지 않아도 느낄 수 있을 정도로 극명하고 선
명한 잔상으로 어느새 각인되어 있었다. 루미는 그걸 입 밖으로
꺼내고 싶었다.

당신이 계속 말하고 있다는 사실을, 내가 결코 모를 리 없다
고…….

"오늘 할 말 없어요?"

사장이 할 수 있는 말 중 어떤 것도 루미에게 와 닿는 건 없었
다.

"루미 양."

그래서 그녀는 그가 진심을 다한 한마디를 해 주길 간절히 소
망했다.

"나랑 데이트할래요?"

이런 장난스러운 고백이 아니라, 진심을 다한 고백.

그 한마디를 듣는 것이 이토록 어려울지, 그녀는 몰랐다.

"싫어요."

그가 싫은 게 아니라, 그의 이런 진중하지 못한 말과 행동이 싫을 뿐이라고 말해 주고 싶었지만 그는 어느새 가게 밖으로 나가고 있었다.

함께 일하는 직원들이 수군거리는 소리도 벌써 몇 달째.

그녀는 고개를 푹 숙여 버렸다.

1

괜스레 좋아지는 사람.

그에게 그녀는 그런 사람이었다. 그는 그녀가 좋았다. 항상 밝으면서도 자신을 경계하는 그 순수한 마음이 좋았다.

한 치의 의심도 없이 자신을 오직 가게 사장으로만 알고 있는 그 순진무구함이 그를 그녀의 앞으로 인도했다.

"어, 사장님!"

아버지에게 도움받기 싫어, 서원이 대학교에 들어가자마자 제일 먼저 한 일은 바로 그의 몫으로 어머니가 조금 떼어 준 돈을 불리는 일이었다.

어느 정도의 기본 자금을 마련하자마자 그는 하나씩 가게를 늘려 갔다.

가게들이 블록 하나를 다 차지해도 성에 차지 않았다. 그렇게 그가 거리 하나를 통째로 다 차지하기까지는 그리 오랜 시간이 걸리지 않았다.

땅에 대한 투자가 워낙 좋았던 탓도 있지만 건물에 입점시킨 가게들이 잘나갔기에 월세만으로도 충분히 먹고 살 수 있을 정도였다.

그래서 직원들 사이에서 거리의 주인으로 통한다는 것쯤은 알고 있었다. 하지만 루미의 순수한 눈동자를 보면 그녀가 아직 그가 단순히 사장이 아니라 거리에 있는 건물 대부분을 가지고 있다는 이야기를 듣지 못했단 걸 알 수 있었다.

그 의심 없는 두 눈을 보고 있노라면 서원은 자신도 모르는 사이 입가에 웃음을 띠고 있었다. 그것에 당황할 때가 한두 번이 아니었다.

"오픈, 아직 아닌가?"

그의 시선이 카페 안에서 분주히 움직이고 있을 루미를 좇았다.

"아……. 루미 씨 오늘 아침에 몸이 좀 안 좋다고 집 근처 병원에 들렀다가 온다고 해서요. 제가 오늘 오픈조로 대신 나왔……."

그는 귀 기울여 듣다 단번에 몸을 돌려 카페를 나왔다. 어제까지도 해맑게 웃던 그 얼굴 어디에도 아픈 내색은 없었기에 많이 걱정됐다.

서원은 그녀가 사는 곳 역시 알고 있었다. 하지만 그는 루미가 그어 놓은 선을 넘은 적이 결코 없었다.

그녀를 안 지 네 달이 되도록, 그저 늘 사귀자는 말만 반복했을 뿐이었다. 그 사실이 지금처럼 후회스러운 적이 없었다.

아플 때 기대고 싶은 사람으로 자신을 가장 먼저 떠올려 주기를 바랐는데…… 선 밖에 서 있는 그에게 차마 그럴 수 없었을 것이다. 그녀는 그런 사람이었으니까.

서원은 그 선 안으로 들어가지 못한 자신을 한탄했다. 빠르게 걸어가며 그는 스스로에 대한 자조를 멈추지 못했다.

"약은 아침, 점심, 저녁. 세 번 먹으면 돼요. 가벼운 몸살감기니까, 잘 쉬고 잘 먹으면 금방 나을 거예요."

간단하게 덧붙여 주는 약사의 말에 고개를 두어 번 더 끄덕거린 후에야 루미는 메고 있던 크로스 백 안에 약봉지를 챙겨 넣었다.

아침 오픈조였지만 다행히도 시간대를 바꿔 준 명진이 있었기에 병원에 들러 처방전도 받을 수 있었다.

오늘 출근하면 당장 고맙다고 인사부터 해야겠다는 생각을 한 그녀는 약국 문을 열자마자 보인 남자로 인해 멈춰 설 수밖에 없었다.

아침이면 늘, 카페에 한번 들렀다가 내내 창가에 앉아 있기만 하는 사장이 이곳에 있을 리 없다고 여기면서도 두근거리는 가슴을 쉬이 진정시킬 수가 없었다.

숨을 고르며 눈앞에 서 있는 그가 거짓이라고 한다면 슬플 것만 같아 그녀는 두 눈을 깜박이기만 한 채 가만히 서 있었다.

"아프면."

단순히 아파서 헛것을 봤다고 치부하기엔 그 허상이 말을 걸고 있었다. 열은 높지 않다고 했지만 아닌가 싶어 루미는 손을 들어 자신의 두 볼을 감싸 봤다.

"아프다고 전화를 했어야지."

그렇게 말하는 그는 화를 내는 듯, 우는 듯 인상을 찡그리고 있었다.

늘 환하게 웃고, 밝은 표정으로 말하는 서원의 얼굴이 찡그러지는 것이 싫어, 루미는 얼굴을 만지던 손을 뻗어 그의 미간을 톡 건드렸다.

그 순간 앞에 선 남자가 허상이 아니라는 걸 깨달을 수 있었다. 손끝에 닿은 온기가 그가 진짜라고 이야기해 주고 있었다.

"내가 너한테 그 정도는 된다고 생각했는데, 아닌가."

"저…… 사장님, 여긴 어떻게."

고작 입에서 나온 말이 어떻게 알고 왔냐는 소리라니.

그녀는 답답한 마음에 당장에라도 옥탑방으로 뛰쳐 가고 싶은 심정이었지만 꾹 눌러 참았다.

당연히 오픈조에 속한 사람이 안 왔으니 놀랐을 것이다. 하지만 명진에게 이유를 들었을 텐데……. 그는 그냥 성격이 자상하니까 직원이 아프다는 소리에 달려온 것뿐이라고, 루미는 그렇게 마음속으로 끊임없이 되뇌었다.

"하나만 물어볼게."

고작 고등학교밖에 졸업하지 않은 그녀는 보육원에서 나오자마자 갖은 일을 해 왔다. 그러던 와중에 착실하게 모은 돈을 친하게 지내던 오빠에게 빌려줬다가 받지 못할 정도로 바보처럼 살아왔다.

그래서 루미는 자신의 삶에 이런 남자가 있을 리 없다고 생각했다.

무더운 여름이면 늘 더워서 잠도 이루지 못하는 옥탑방에 사는데…… 카페 사장이나 되는 이 남자가 자신을 좋아할 리 없다고 생각하면서도 어느새 그를 원하고 있는 자신의 모습에 점점 불안감이 커져 갔다.

바라다가 실망하게 되면 두 번 다시 사람을 마주 대할 수 없을까 봐 루미는 너무나 불안했다.

"진짜 내가 싫어?"

늘 존댓말을 쓰던 그가 반말을 했다. 그토록 바랐던 그의 진지한 모습이었지만, 생경한 느낌에 그저 입만 달싹였다.

"당장 그 옥탑방에서 나와서 내 오피스텔로 들어가라고 하고 싶어도, 아프면 아프다고 말하라고 화를 내고 싶어도 참고만 있는 거, 이젠 싫다. 더는 네가 그어 놓은 선 밖에 있기 싫어."

이게 고백인지, 아닌지 구분도 할 수 없을 정도로 열이 나는 것만 같았다.

"그……게."

그가 싫은 것이 아니라고 말하고 싶었던 그녀는 말을 멈추고 그를 바라봤다. 이번에는 진짜일까, 그를 바라도 괜찮은 것일까, 하는 물음이 온통 그녀를 두드려 댔다.

이번에도 이토록 진지하다가 이전처럼 가볍게 금방 돌아서는 건 아닐까, 하는 걱정이 가득 그녀를 뒤덮을 때.

아득히 멀어지는 소리와 풍경에 그녀는 눈을 감았다.

눈앞에서 쓰러지는 루미를 본 그는 가까스로 이성을 붙든 채 그녀가 어떤 선을 그었든 들어가야겠다고 생각했다.

제주도에서 가볍게 만난 그 인연이 우연이 아니었음을 안 건 바로 그다음 주, 직장을 구하러 다니는 그녀를 길에서 마주쳤을 때였다.

서원은 가이드 일을 하느라 제주에 잠시간 머물렀던 그녀를 눈여겨봤었다.

뭐든 열심히 했으며 모두에게 친절하기만 했던 한 여자가 그의 기분을 즐겁게 만들어 줬던 사실을 기억해 내기란 어렵지 않은 일이었다.

그래서 그는 손을 내밀었다.

도서원에게 그 정도쯤은 쉬운 일이었다. 적당한 구실을 만들어 적당한 자리 하나 내어 주고, 내내 그녀를 볼 생각이었다.

이렇게까지 깊게, 마음 안에 들어와 버릴 줄은 전혀 생각하지 못한 채 말이다.

그는 자신의 오피스텔로 루미를 데려오고 나서도 어찌할 바를 몰라 헤맸다. 여자를 집 안에 들인 것도 처음이었고, 아픈 사람을 돌보는 일도 해 본 적이 없었기에 무엇부터 해야 할지 갈피를 잡을 수 없었다.

침대에 눕혀 둔 루미가 열에 거친 숨소리를 내뱉자 곧 정신을 차린 서원은 깨끗한 하얀 수건을 찬물에 적셔 이마 위에 올려놓았다.

이런 행동을 하고 있는 것만으로도 놀랄 일인데, 어느새 핸드폰을 꺼내 들어 서 박사를 호출하고 있는 자신의 모습에 아연했다.

지금 이 여자를 놓친다면 분명 후회하리라는 것을 알면서도 모른 척 행동했다. 서원은 그저 장난스럽게 다가가면 루미가 부담스러워하지 않을 것이라는 생각에 그렇게 했던 것이었다. 물론 루미가 거절한다고 해도 장난이었다고 하면 그만이었기에, 그녀에게 진지하게 무언가를 말해 보지 않았다.

그렇기에 루미가 그에게 말하지 않았던 것일 수도 있다. 장난스럽기만 한 사람에게 의지할 수는 없을 테니까.

서원은 그 굴레를 스스로가 만들었다는 사실이 싫었다. 그래도 오늘 아침 루미가 쓰러졌던 그 순간에 그녀의 앞에 서 있었다는 사실이 그저 다행이라고 생각했다.

아직 답을 듣지 못했지만 괜찮았다. 그는 이미 그녀가 그어 놓은 선 안으로 걸음을 옮겼다. 그녀의 선택이 남았지만 이젠 상관없었다.

그 선택이 무엇이든 받아들일 자신 따위는 없었다. 하지만 만약 허락해 주지 않더라도 허락해 줄 때까지 기다릴 생각이었다.

그는 그 시간을 즐길 수 있을 정도로 그녀를 놓을 수가 없었다. 가벼웠던 첫인사처럼 단순한 감정이 아닌 조금 더 복잡해진 스스로의 마음을 쉽게 정리할 수 없었기에 더 놓을 수가 없었다.

서원은 자신의 침대 위에 누워 있는 루미를 가만히 눈에 새겨 넣었다. 정신을 차리면 분명 놀란 토끼같이 눈을 동그랗게 뜨고 경계할 것이다. 그것을 알면서도 그녀를 옥탑방에 데려다주기 싫었다.

"어쩌지."

침대에 누워 잠이 든 루미였기에 듣지 못한다는 것을 알고 있었음에도 그는 그녀에게 말했다. 서원의 손은 다정히 루미의 머리를 쓰다듬고 있었지만, 눈은 집요하리만치 그녀를 좇고 있었다.

"이제는 정말 놓기 싫은데."

놓아 달라고 해도 놓아줄 수 없을 만큼 마음이 깊어졌다. 그는 이 집요한 마음을 순진한 루미가 알지 못하도록 잘 숨긴 채로 다가가야겠다고 생각했다.

가지고 싶었던 건 뭐든 쉽게 가질 수 있었고, 가지지 못할 것이 없다고 생각해 왔기에 그에겐 소유하고 싶은 무언가가 없었다. 그게 물건이든 사람이든 서원에게 그런 것들은 흥미롭지 않았다.

하지만 이 순간 서원은 처음으로 진심을 다해 이 사람을 얻고 싶다고 생각했다.

눈을 뜬 루미의 시야에 가장 먼저 들어온 것은 고급스러운 취향의 인테리어로 꾸며진 방 풍경이었다. 그녀는 이곳이 어디인지 알지 못해 그저 어리둥절해 있기만 했다.

그러다 문득 여기서 이러고 있을 것이 아니라 카페에 일하러 가야 한다는 사실에 놀라 허둥거리며 핸드폰과 가방을 챙겨 현관 앞으로 달려갔다. 그렇게 신발에 발을 허겁지겁 구겨 넣으며 시간을 본 루미는 아연실색할 수밖에 없었다.

벌써 저녁 8시라니……. 그동안 그녀가 해야 했을 일은 누가 다 했는지 모르겠지만, 민폐가 따로 없었다. 이런 실수를 하리라고는 생각해 본 적 없었기에 서두르는 모양이 제법 급했다.

"일어났네요."

다급히 신발에 발을 끼워 넣던 루미의 몸짓이 멈춘 건 앞에 보인 검은 구두코 때문이었다. 고개를 들어 올려다보지 않아도 이 목소리가 누구의 것인지 정도는 알 수 있었다.

그녀는 이 집이 사장의 집이라는 사실에 소리라도 지르고 싶은 마음을 가까스로 억누르며 애써 웃어 보였다.

자신이 지금 얼마나 창백한 얼굴을 하고 있는지 모르는 그녀는 애써 짓는 그 미소가 얼마나 힘겨워 보이는지 몰랐다.

"죽 사 왔는데, 잘 됐네. 먹어요. 이따 데려다줄 테니까."

"아, 아니에요! 카페 가서 마감은 해야죠. 오늘 하루 종일……."

"아파서 쓰러졌다고 얘기했으니까, 걱정하지 말고 와서 죽 먹어요. 지금 얼마나 안색이 안 좋은지는 알고 그렇게 서 있는 거예요?"

평소와 다름없는 말투의 그는 기억이 아득해지기 전의 그와 닮은 구석이 없는 듯했다.

아파서, 그래서 잠시 헛것을 본 모양이라고 넘겨짚은 그녀는 현관에 서서 손사래를 쳤다.

그럼 그렇지, 하는 생각이 뒤이어 튀어나오는 것이 무리가 아 닐 정도로 루미는 이 상황을 빠르게 판단하고 수긍했다.

이런 남자가 나를 좋아할 리 없다고, 그러니 그런 이상한 장난 에 넘어가지 않아서 다행이라고 여긴 그녀는 그가 한숨을 내쉬는 소리를 듣지 못했다.

"아니에요. 정말, 괜찮습니다. 내일은 이런 일 없도록……."

"내가 왜 내 방에서 재우고, 간호를 했다고 생각해요?"

간단한 물음이었음에도 불구하고 대답할 수 없었다.

"단순히 직원이 걱정됐다면, 내가 병원 다녀온다고 한 직원을 쫓아갔겠어요?"

"그야……."

지금 이 상황들을 매끄럽고 자연스럽게 설명하고 싶었다. 하지 만 그러지 못한 건 지금 제 눈에 보이는 서원의 얼굴 때문이었다.

"정말 말 더럽게 안 듣는 여자네."

결국 그가 성큼성큼 걸어와 무릎을 꿇고 신발을 벗길 때까지도 그녀는 그가 지금 자신을 데리고 질 나쁜 장난을 치는 중이라고 여기고 싶었다.

그랬기에 이 모든 게 환상이라고 단정 지어 버렸다. 만약 서원 이 자신을 데리고 장난을 친 것이라면, 그 장난에 혼자 설레고 좋 아하고 슬퍼하고 싶지 않았다. 그렇게 된다면 아무렇지 않은 척 일어나서 생활하는 게 더 힘들어질 것만 같았다.

"제발, 좀 먹고 가요. 그러다 쓰러져."

애원에 가까운 그의 말에 그녀는 입술만 달싹였다. 돈 많고, 잘

생기고, 매너까지 좋은 이런 남자를 욕심내기엔 자신이 가진 것이 얼마 없다는 사실이 그녀를 움츠러들게 했다.

"아, 아니에요. 정말 괜찮습니다."

그는 차마 뒷걸음질 치는 그녀를 붙들지 못했다. 미처 제대로 신지 못한 그 신발을 대충 신고 손에 핸드폰을 꽉 붙든 채 급하게 뛰어가는 그녀를 붙들 수가 없었다.

이틀 전과 다를 바 없이 새벽같이 일어난 루미는 카페로 향했다. 제법 선선한 바람이 불어도 옥탑방은 여전히 더워서 간신히 잠을 청할 수 있는 정도였을 뿐이지만, 그녀는 그 점이 좋았다.

자신의 몸 하나 눕힐 수 있는 공간이 있다는 것에 감사했다. 그게 비단 좋은 일만은 아니라고 친구들은 말했지만, 그녀는 좋았다.

불과 4달 전만 해도 그녀는 가진 돈이라고 100만 원밖에 남지 않아 방세를 내고 나면 막막한 처지였기에 그저 좋기만 했다.

게다가 오늘은 월급날이었으니, 루미는 선풍기라도 하나 사서 옥탑방으로 돌아가야겠다고 생각했다.

"몸은 좀 괜찮아요?"

그와 자신이 했던 어제의 행동들을 까마득히 멀리 치워 버렸던 루미는 서원의 목소리에 얼어 버린 듯 그대로 몸을 굳혔다.

"아, 안녕하세요. 사장님."

"오늘, 퇴근은 6시겠네요."

인사를 건네고 비켜 지나서 청소를 마저 하려던 루미의 앞을 막아선 서원으로 인해 그녀는 곤란하기만 했다.

청소를 끝내야 카페 문을 열 텐데 어쩐지 사장은 태평하기만 했다.

"그······. 사장님?"

"나랑 저녁 먹어요."

성큼 다가온 그와의 거리감이 너무나 가까워 그녀는 현실과 허상을 헷갈리고 있다고 여겼다.

"아, 오늘 회식이에요?"

그녀는 진지해지고 싶지 않았다. 분명 이런 진지함을 그가 한 번만 보여 줬으면 하고 바랐던 마음은 거짓이 아니었다.

하지만 그건 그냥 보고 싶었을 뿐이지 현실이 되어 나타나게 해 달라는 건 아니었다. 그러기엔 스스로가 너무나 초라하다는 걸 알고 있었다. 그래서 자신이 하얀 얼굴을 하고선 입술만 짓이기는 그 습관을 다시금 하고 있다는 사실도 알아차리지 못할 정도로 이 상황이 참 많이도 곤란했다.

"회식하고 싶어요?"

"아, 아뇨. 그게 아니라······."

"회식은 그럼 다음번에 하죠. 오늘은 영양실조 걸린 직원, 건강 챙기는 날이니까."

직원이라는 단어가 그의 입에서 흘러나오자 그녀는 자신도 모르게 안도했고, 동시에 실망했다.

그 이중적인 마음에 루미는 자신이 형편없다고 생각했다.

잘 끓여진 삼계탕을 눈앞에 두고 어떻게 뜯어야 할지 무척 고민하는 여자의 모습에 번지는 웃음을 서원은 막을 수가 없었다.

"어서 먹어요. 영양실조가 뭐예요. 어쩐지 핏기 없는 하얀 얼굴로 돌아다닐 때부터 알아봤어야 했는데……."

"이, 이건 립스틱 안 발라서 그런 거예요. 저도 바르면 괜찮아요."

그는 그저 걱정스러운 마음에 두어 마디 했을 뿐이었는데 그녀는 과하게 반응하고 있었다.

그런데도 그 모든 행동이 그의 눈에는 그저 사랑스러워 보였다.

하얀 얼굴, 굵게 웨이브진 긴 다갈색의 머리카락, 큰 두 눈을 깜박거리며 아니라고 작은 두 손을 흔들면 그는 늘 언제나처럼 웃을 수밖에 없었다.

"바르지 마요."

"네?"

결국 그는 정말 내일이라도 당장 루미가 붉은 립스틱을 바르고 출근할까 봐 다시 입을 열었다.

"바르면 이상해 보일 것 같으니까."

그냥 붉은빛이 도는 루미의 입술이 달싹이는 걸 바라보는 게 좋다고는 말할 수 없어 그는 애꿎은 삼계탕만 바라봤다.

"자, 잘 먹겠습니다."

결국 그 말을 끝으로 식사시간 내내 아무런 말을 하지 않았다.

주위에 움직이는 사람들도 많고 식구들이 서로에 대해 묻고 답하는 가족 식사시간보다 지금이 더 따뜻하고 포근한 느낌이었다. 그게 이상하면서도 좋아서 서원은 내내 웃었다.

어머니가 들으면 기겁할 일이겠지만, 그는 이 시간과 그 시간을 저울에 놓고 무게를 달라고 한다면 단연코 이 시간이 더 좋다고 말할 수 있었다.

닭을 잘 못 바르는 건지, 아니면 한 마리가 다 들어가 있는 삼계탕을 직접 뜯어 먹은 적이 없어 그런 건지는 모르겠지만 그녀는 여전히 국물만 마시고 있었다.

그 모습에 그는 앞에 놓인 앞 접시에 그의 몫으로 나온 닭을 발라내 접시 가득 수북이 올려놓았다.

그리고 이내 다 발라진 살코기를 루미의 앞에 밀어 넣었다.

"먹어요."

그는 열심히 먹는 그녀의 모습이 좋아 보인다고는 말하지 않았다. 다만 반찬이 떨어질 것 같으면 다시 채워 달라고 했고, 무언가 부족한 것 같으면 다시 주문했다.

"난 별로 안 좋아하니까. 국하고 밥만 있으면 돼요. 그거 다 루미 씨 먹어요."

그는 사실 삼계탕을 좋아하지 않았다. 있으면 먹는 편이긴 했지만 찾아다니면서 먹을 정도로 삼계탕을 좋아한다거나, 닭을 좋아하는 편은 아니었기에 그는 지금 자신의 행동을 막내가 본다면 두고두고 놀릴 일이라는 것도 알고 있었다.

그랬기에 그는 요즈음 자신의 디저트 숍에 자주 가는 막내를 막지 않았다.

"그거 다 먹으면 일어날 거니까, 다 먹어요."

통보에 가까운 말이었음에도 그는 다정했다. 그가 하는 모든 행동은 오직 루미를 위한 움직임이었다.

하지만 그녀는 '도서원은 원래 그런 사람이니까.'라고 치부하고 있었다. 원래 다정하고 자상한 성격이니 그런 거라고 치부한다는 사실을 그가 모를 리 없다고 그녀는 믿었다.

루미의 속내를 알고 있다는 듯 그는 웃고 있었다.

선풍기를 사서 혼자 가려던 루미를 서원은 제지했다. 한참이나 그 문제로 실랑이를 벌인 끝에야 그녀는 혼자 선풍기를 들고 옥탑방으로 올라올 수 있었다.

그녀가 막았다기보다는 그에게 걸려온 한 통의 전화가 그를 막아 세운 셈이었다. 무슨 전화인지 몰라도 그는 웃던 낯을 지운 채로 무덤덤하게 전화를 받았다.

루미는 차마 무슨 전화였는지 물어볼 수가 없었다. 물어보면 그의 장난에 맞장구를 친다고 생각할까 봐, 그래서 부모님 없이 자라 생각도 행동도 가볍다고 할까 봐 그저 어서 가 보라고 할 수밖에 없었다.

열기로 가득한 옥탑방이었지만, 선풍기를 틀고 누우니 제법 견딜 만했다. 그녀가 바닥에서 뒤척이며 구를 때마다 롱스커트가 함께 팔랑거리며 이는 바람을 느끼게 해 줬다.

그녀는 선풍기 하나에 행복해하는 스스로가 너무도 소박해 웃고 말았다. 고작 더위를 가시게 해 주는 선풍기에 이처럼 좋아하는 자신과 넓고 좋은 집에 사는 그는 차이가 나도 너무 났다.

절대 이어질 수 없었다.

그녀가 원하는 건 다정한 가족이었지, 그런 돈 많고 잘난 남자가 아니었다.

시계 소리만 가득한 집 안에서 결국 먼저 입을 연 건 나름대로 자유롭게 살아도 묵인되는 그였다.

"어머니."

"얘, 서원아."

"그만 돌아가 보겠습니다."

어머니의 만류에도 그는 자리에서 일어섰다.

"재준이도 아직 생각이 없는 것 같고, 너라도 여기저기 알아볼 테니 결혼 좀 서두르는 게 어떻겠냐는 말에 어디가 싫은 거니."

"다요."

그는 이제 와서 명진이나, 호서 같은 그룹의 차녀와 엮인다면 분명 지금처럼 살지 못하리라는 것 정도는 알고 있었다.

"사람이 마음에 안 드니?"

"어머니 아프다고 하셨어요. 그래서 집에 왔구요."

"네가 도통 집에 안 오니 하는 수 없지 않니. 이렇게라도 하지 않으면 집으로는 걸음도 하지 않는 녀석, 고약하구나."

스무 살 이후로는 그는 아버지와 함께하는 가족 식사 자리를 제외하고 집 안에 발을 들이지 않았다.

그렇게 하면 발목을 붙들리게 될 것만 같아 그는 내내 피해 왔다. 대신 할머니에게 자주, 어머니는 밖에서 종종 보며 섭섭해하시는 그 마음을 풀어 드렸다.

그 정도만 하면 괜찮다고 생각했던 자신이 어리석었다는 걸 오늘 그의 앞에 놓인 다섯 장의 사진으로 알 수 있었다.

모두가 한결같이 여배우보다 더 예쁜 얼굴을 한 여자들이었지만 그는 지금 옥탑방에서 선풍기 하나에 행복해할 루미가 더 예뻤다.

그 외의 여자는 눈에 들어오지 않았다. 제아무리 예쁘다고 해도, 남들 눈에는 그저 약하기만 해 보이는 그 여자가 좋았다.

"이번 주에도 가족 식사 때 잘 챙겨서 올게요. 걱정 마세요. 늦어서 이만 가 보겠습니다."

그는 결국 거실을 빠져나가야겠다고 생각했다. 더 있다가는 어쩐지 저 선 자리에 나가야 할 것만 같아 갑갑했다.

"한 명이라도 제대로 보내 놓아야, 다른 집에서 니들 무슨 문제 있냐는 식의 말들을 안 할 거 아니니."

"형이 문제 있대요? 아니면 제가?"

그 어디에도 막내 다온이의 이야기는 없었다. 그럴 것이 아직 막내는 어렸고, 혼기가 차 결혼을 고민해야 할 나이가 되지 않았으니……

"애, 서원아."

"성심그룹은 형이 알아서 하면 돼요. 형이 결혼 문제를 어떻게 하고 싶다고 한들 전혀 걱정되는 문제도 아니고 알아서 판단하고 잘 하겠죠. 전 저대로 할게요. 어머니 걱정 안 시켜 드릴 테니까 너무 염려 마세요."

"서원아."

밖으로 나돌았기에 집에는 정이 붙지 않았다. 집에 오면 포근한 느낌보다는 받은 것에 대한 의무를 다해야 한다는 강박관념이 더 강했다. 가진 게 있으면 그만큼 베풀어야 한다는 것이 맞는 말이었지만, 그럼에도 서원은 싫었다.

그래서 되도록 집의 도움은 받지 않으려 노력했다. 받으면 아버지가 원하는 대로, 어머니가 바라는 대로 살아야 할 것 같았다. 이런 의무감이 먼저 그를 압박했기에 그는 집이 싫었다.

여전히 그건 마찬가지였기에, 그는 자신의 집인 그 거리로 돌아가고 싶었다.

그 거리를 지나가면 루미가 있는 골목을 스쳐 갈 수 있었다. 단순히 같은 공간에 있다는 느낌만 가득할 뿐이었음에도 그 길 위에 있으면 무언가 마음 한편이 따뜻해지는 것만 같았다.

"돌아가겠습니다."

단순한 그 생각이 그를 거리로 이끌었다.

이미 문이 닫힌 카페 앞에 앉아 그는 가끔 거리를 보곤 했다. 한산한 새벽녘 거리는 인적도 없었고, 차도 드물게 지나다녔다.

카페 앞 계단에 앉아 가끔 혼자 맥주를 마시는 그였지만, 별다른 의미는 없었다. 그냥 집에 다녀온 날이면 갑갑해서 했던 습관적인 행동이었을 뿐이니까.

그래서 그의 앞에 그녀가 서 있다는 사실이 믿기지 않았다.

"밤늦게 어디 가요?"

이 늦은 밤 밖으로 나온 그녀가, 카페 앞을 지나가는 것을 보고도 모른 척할 정도로 그는 마음이 넓고 좋은 사내가 되지 못했다.

게다가 새벽녘은 늘 걱정이 되어 오픈조에 그녀가 들어가 있는 날이면 그도 늘 아침 이른 시간에 카페에 나와 그녀를 좇는 시선을 거두지 못했으니까.

"아…… 그게. 좀 체한 거 같아서 편의점에요. 저희 집 밑에는 없어서 찾다 보니까, 여기까지 왔어요. 근데 사장님은 왜 집에 안 들어가세요?"

마주 보고 있는 그 시간이 좋아서 그는 그녀를 보고 웃었다. 늘 지어 보이던 그 미소가 아니었다. 자신의 허한 마음을 채워 주는 이 시간이 좋아 기뻐하며 웃었다. 서원은 즐거워 웃는 자신을 그녀가 멍하니 서서 보고만 있다는 것을 알아차리지 못했다.

그가 그런 루미를 가벼운 손짓으로 불렀다. 그리고 이내 옆자리를 툭툭 가볍게 두어 번 치며 입을 열었다.

"여기 와서 앉았다 가요."

가만히 옆에 앉아 있어 주는 루미가 이 새벽에 추울까 봐 그는 입고 있던 재킷을 벗어 루미의 다리에 올려 줬다.

"괘…… 괜찮아요. 안 추워요."

"덮어요. 또 감기 걸려 쓰러지는 것보다는 나으니까."

그렇게 다시금 맥주를 마시는 그의 옆에서 그녀는 아무런 말이 없었다. 그런 그녀의 무던한 성격이 그는 좋았다.

자신보다 더 힘든 상황에서도 밝은 모습으로 자라난 그녀가 더 대단한 사람이라고 말해 주고 싶을 정도로, 그는 그녀의 모든 것이 좋기만 했다.

"근데, 사장님 무슨 전화 받고 그렇게 안 좋은 얼굴로 가셨던 거예요?"

"와, 지금 물어봐 주는 거예요?"

자신이 그어 놓은 선을 허무는 루미의 행동에 그는 결국 웃음을 터트렸다. 아까 어머니가 몸이 많이 좋지 않다는 전화를 받고 삽시간에 어두워진 얼굴을 했던 것이 루미의 마음에 걸려 있었던 게 분명했다.

"어머니가 아프시다는 전화였어요. 갔더니 장난치신 거였지만."

"아……."

"그보다 처음이네요, 이렇게 내 일에 관심을 두고 물어봐 준 건."

다른 무엇보다 오늘 하루 당신과 보낸 시간이 가장 즐겁고 기쁘다고 말하면, 그녀가 다시 한걸음 뒤로 물러나지 않을까 걱정스러웠다.

그랬기에 지금 가장 즐거운 순간을 맞이하고 있음에도 너무 좋아하지 않으려 노력했다. 이 밤, 함께 앉아 도란도란 서로의 말소리에 귀 기울이는 행동만으로도 좋았다.

"그야……. 당연히 사장님이 그렇게 먼저 가셨으니 궁금하기도 했고."

"다행이네요. 내가 그 정도쯤은 되는 사람이라."

자조적으로 들릴 수 있는 말도 그의 입을 통하고 나면 달콤하게 변모했다. 그것도 재주라면 재주라고 루미는 생각했다. 이 새벽에 문이 닫힌 카페 앞 계단에 앉아 홀로 맥주를 마시고 있어도 전혀 이상하지 않았다.

외려 자연스럽고 좋아 보이기까지 했다. 다른 사람이 했더라면 초라하게 무슨 행동이냐고 타박할 일들이 이 남자가 하면 그렇게 보이지 않았다.

"그냥, 뭐……."

그의 말에 결국 그녀는 말끝을 얼버무리면서도 끝내 그가 일어나기 전까지 먼저 일어서지는 않았다.

어설프게 이야기를 하지 않았다고 서원은 제법 확신했다 그런데도 어머니는 아직 받아들이지 않은 모양이었다.

형인 재준보다는 제법 유들유들한 둘째 아들에게 먼저 짝을 지어 주는 것으로 어머니가 생각하는 아들들의 결혼 문제를 종결시키고 싶어 하시는 것도 이해할 수 있었다.

그 선택지를 그가 제안한 것이 아닌 빠르고 확실한 방법으로 하시려는 것 역시 이해할 수 있었다.

다만 이번에 어머니가 지나쳤다고 생각했다. 그가 일하는 장소에 여자를 보낼 줄은 몰랐다. 그것도 그녀가 있는 카페에 나타난 여자는 반듯하게 예의를 갖추고 있었다.

당사자인 자신만 당황해하는 만남을 바라보는 직원들의 시선엔

호기심이 서려 있었다.

"죄송합니다만."

"생각이 없으시다는 것 압니다. 이미 전해 들은 뒤라 상관하지 않아요. 서로 적당히 맞고, 적당히 맞출 수 있다면 이 결혼 그걸로 충분하지 않을까 싶은데요."

"제가 그럴 수가 없어서 말입니다."

평소의 장난기 다분한 모습은 오간 데 없이 사라진 그가 굳어진 얼굴로 입을 열었다. 영문을 모르는 여자를 앞에 두고 할 말은 아니지만, 그는 단호할 수밖에 없었다.

지금 바로 잘라 버리지 않는다면, 지겹도록 이 여자는 한동안 그의 삶에 끼어들게 될 수밖에 없었다.

그의 삶은 지금은 하고 싶은 걸 뭐든 할 수 있어서 좋아 보이지만 그에 따르는 책임을 분명하게 져야 하는 구조였다. 그랬기에 그는 아버지의 도움을 받는 것을 죽는 것보다 싫어했다.

후에 어떤 발목을 잡힐지 모를 일이었기에 스스로 일어서고 싶었다.

"또한 오늘 이 약속은 저도 모르는 일이었으니. 제 동의는 없었다고 보셔야 합니다."

"제가 괜찮다면요."

"내일이라도 그쪽이 아니라, 다른 누군가를. 집안에서 포기할 만한 그런 여자를 데려가 어른들에게 의지를 관철시킬 만큼, 저는 생각이 없습니다. 특히, 그쪽이라면 더 그런 마음입니다만. 돈이나 굴리고 살아도 나름 괜찮지 않을까, 저울질하고 오신 그 계산과는 맞지 않으실 겁니다."

　그는 그런 삶을 살지 않기 위해 노력했고, 형과 동생 사이에서 그가 할 수 있는 최선을 다하고 있었다.

　"애초에 회사로 들어갈 거였으면, 지금처럼 살지도 않았습니다. 그러니, 계산기 다시 두들기시죠."

　"사모님도 알고 계신가요? 전 전혀 그런 이야기는 듣지 못해서……."

　상관하지 않아도 될 일에 관심을 두는 여자. 전혀 서원의 타입도 아닐뿐더러 집에 어울리지도 않았다.

　그는 자리에서 일어나는 것으로 대답을 대신하고 최대한의 예의를 갖춰 인사를 건넸다.

　"재미있네요. 그쪽 집 사람들 전부 재미있다구요. 한 명은 워커홀릭. 한 명은 사업에는 관심도 없다고 하고선, 거리를 통으로 본인 걸로 만들고. 다른 한 명은 노는 데 도가 텄고. 그쪽 집, 우리끼리 뭐라고 부르는지 알아요?"

　전혀 듣고 싶지 않은 이야기였지만, 앞에서 바로 말하는 여자의 음성이 들리지 않을 리가 없었기에 그는 다른 생각을 하려 애썼다.

　그런데도 그의 귓가에 쟁쟁거리는 여자의 음성이 들렸다. 루미의 차분하고 조용한 목소리가 아닌 다른 여자들의 목소리는 듣기 싫어지다니, 그는 이미 되돌리기에는 늦었다고 자조했다.

　그녀가 눈앞에서 쓰러지는 모습에 허둥거리던 자기 자신을 보았을 때, 이미 알아차렸던 일이었다.

"하지 마시죠. 별로 궁금하지도 않고, 앞으로도 그럴 일 없으니까."

"고맙네요. 미련도 끊어 주셔서."

이 자리에 나오기 위해서 맞춰 입었을 비싸고 좋은 옷을 입은 여자가 카페에서 나가고 나서야 그는 웃을 수 있었다.

이번에도 한 걸음, 저쪽 세상에 발을 디디지 않을 수 있었다. 그가 가진 주식 전량을 경쟁사에 팔아 버린다고 하면, 아버지는 완벽하게 자신을 버리시겠다고 행동하지 않을까…….

나름의 고심도 해 봤지만 이내 그는 고개를 내저었다.

일에 묻혀 사는 형이 처리하는 업무량을 생각한다면 더 보태 줄 수는 없었으니 이내 그 생각은 훌훌 털어 버리고 다른 안을 골몰했다.

볕이 잘 드는 창가 쪽에 자리를 잡고 그는 분주히 움직이는 그녀를 바라봤다. 직원들은 자신을 흘긋거리고 보다 일하기를 반복했지만, 그녀는 묵묵히 일만 했다.

마치 그가 있는 곳을 바라보지 않으려 노력하는 사람처럼.

하지만 그 모습이 좋았다.

바보처럼, 그냥 좋았으니 답도 없다는 말이 여기에 딱 걸맞을 터였다. 그래도 그는 지금 이 순간들이 좋았다.

유치원에 함께 다녔던 계집아이가 마냥 좋았던 일곱 살 어린 사내아이처럼.

그렇게 그녀가 좋았다.

흘긋, 그를 향하는 시선을 돌려 보려 그녀는 평소보다 두 배는 더 바쁘게 움직였다. 일이 끝나고 집으로 돌아가면 바로 엎어져 잠을 잘 수 있을 정도로 피곤했지만 성공했다고 할 수도 없었다.

그가 여자와 함께 마주 앉아 굳은 얼굴로 있는 그 모습을 봤기 때문이었다. 아니, 비단 그 때문만은 아니었다. 테이블을 치우다가 설핏 들었다.

완고하고 확실하게 거절하는 그의 말과 그의 집을 재미있다고 치부하는 여자의 그 날 선 음성을…….

루미는 어쩌면 생각보다 더 그가 외로울 수도 있겠다 싶었다. 그가 매일 일만 하고 있다는 걸 아는 건 직원들뿐이니 그 범주 안에 그녀도 포함되었다.

"루미 씨, 퇴근?"

유니폼을 사물함에 넣으려다 가방에 넣으며 탈의실을 나오는 루미를 본 명진이 자신은 미들조라 아직이라며 살갑게 인사를 해 왔다.

"참, 루미 씨 집 옥탑방이랬지?"

"네. 전엔 그래도 월세 주고 방 하나 얻어 살았는데……."

"아, 그거 들었어. 돈 빌려 간 그 오빠 꼭 잡아. 여기 사장이 가끔 카페 일 말고 잡일 시킬 때 있는데 그때 일하면 월급 지금보다 훨씬 더 많이 들어오니까 나중에 자원해서 몇 번 하든지."

명진의 말에 루미는 고개를 끄덕이며, 두 눈을 빛냈다. 서재호는 같은 보육원에서 자란 오빠였다. 나름대로 잘 알고 있다고 생각했던 그녀는 수술비가 필요하다는 그의 말에 덜컥 모아 놓은 돈을 전부 빌려줬다.

급하게 수술을 해야 했고, 일가친척 하나 없는 그 마음을 잘 아니까.

이해했으며, 심지어 안타까워하기도 했었다.

'서재호 씨 병문안 왔는데…… 몇 호실인지 알 수 있을까요?'

'잠시만요.'

나중에 병원을 찾아갔을 때서야 잘못되었다는 걸 알아차렸다.

'그런 분 안 계시는데, 성함이 정확한가요?'

"아무튼, 오늘은 그래도 집에서 저녁 먹겠네. 조심히 들어가."

손을 붕붕 흔들어 주는 명진을 향해 밝게 인사를 건네고 나서야 그녀는 걸음을 돌려 거리를 내려갈 수 있었다.

오늘은 편의점 도시락 말고, 시장에서 파는 오천 원짜리 잔치국수라도 한 그릇 먹을까 하고 생각하던 그녀의 걸음이 멈춘 건 결코 헷갈릴 수 없는 남자의 뒷모습 때문이었다.

먼저 다가와 말을 걸어 준 게 벌써 두 번. 그게 루미로서는 많은 용기를 낸 일이라는 걸 알기에 서원은 좋았다.

"좋네요. 앞으로 같이 밥 먹으려면 최대한 불쌍히 벤치에 앉아 있으면 되는 거죠?"

어느덧 장난도 칠 수 있을 정도로 그는 기분이 많이 나아진 상태였다.

"네?"

놀란 루미의 모습은 보고, 또 봐도 언제나 즐거움을 안겨 줬다.

누군가에게 즐거움을 주는 존재라는 게 얼마나 좋은 것인지 그는 그녀를 보며 알아 가는 중이었다.

모르는 건 배워 갈 것이었고, 아는 건 더 잘할 생각이었다.

그래서 그녀의 옆에 설 사람이 반드시 자신이 되게 할 생각이었다. 이런저런 생각을 하면서도 그는 매운 떡볶이를 오물거리며 맛있게 먹는 그녀에게 향한 시선을 거둘 수 없었다.

"총각이 아가씨 엄청 좋아하나 보네, 고만 봐. 어디 제대로 먹기나 하겠어?"

"그래서 사 주러 왔죠."

그리고 살이 좀 쪘으면 좋겠다고 중얼거리자, 결국 두 볼이 빨갛게 물들어 물을 찾는 그녀였다. 그 손에 물이 든 컵을 쥐여 줬다.

"아이고, 좋을 때네. 좋을 때야."

주인아주머니가 잠시 식재료를 꺼내러 가게 안 뒤편으로 사라지고 나자 루미의 입에서 쏟아지듯 말이 튀어나왔다.

"사장님! 아니거든요. 저 살찐 거라니까요? 게다가 그렇게 말하시면……."

"다들 오해하라고 하는 말이에요. 늘 똑같이, 매번 그렇게 말해야 나중에라도 다른 애먼 사람이 와서 루미 씨 안 괴롭히죠. 게다가 지난번엔 약국에서 쓰러졌잖아요. 기억 안 나요?"

어느덧 평소의 그로 돌아와 그녀와 도란도란 대화를 나누고 있었다. 그녀는 이 시간을 어떻게 기억할지 모르겠지만 그는 이 시간을 분류한다면 즐거움에 넣고 싶었다. 두어 시간 전 겪었던 일들을 까마득히 멀리 치워 버릴 정도로…….

"그러니까 나랑 같이 밥 먹자니까요."

"사장님, 정말 저 체하라고 그러시는 거죠?"

진지한 그녀도, 웃고 있는 그녀도 모두 그에겐 한결같이 좋기만 한 존재였다.

"그래서 그날 선풍기는 사서 들어갔어요?"

"네, 그럼요. 선풍기 하나 들어갔는데도 너무 좋아서……."

사실은 그날, 바래다주고 싶었다. 단호하게 함께 가겠다고, 들어서 올려다 주고 옥탑방이 안전한지 확인도 하고 싶은 마음을 억눌렀던 건 가족, 이라는 두 글자 때문이었다.

서원에게 가족은 의무감에 가까운 존재였다. 그도 그럴 것이 말을 알아듣는 아이일 때부터 각자의 위치에서 일을 해야 한다는 사실을 끊임없이 보고 자랐기 때문이었다.

그렇게 스스로가 짊어진 의무감이라는 감정에 힘들어하면서도 때때로 서원은 가족이 있어 다행이라는 생각을 했다. 힘든 순간이 오면 늘 가족이 곁에서 자신을 지켜 줬으니까. 하지만 루미에게는 이런 가족이 없었다.

이 여자가 그토록 가지고 싶어 했을지 모를 가족이라는 글자에 그는 걸음을 돌려야 했었다. 그 순간 그 이상으로 실랑이를 벌인다면 루미가 분명 무슨 일인지 물어보리란 건 뻔한 일이었으니까.

그렇게 루미가 마음 깊은 곳에서 부러워할 만한 얘기를 하고 싶지 않아, 그는 루미에게 져 주는 척했다.

그렇게 그는 그녀를 마음에 담아 둔 사실을 조금씩 겉으로 표를 내고 있었다.

이전의 장난스러움 사이사이에 진지한 마음을 끼워 넣어서…….

"들고 올라가느라 힘들었겠어요."

"아니에요. 괜찮아요. 별거 아닌데요 뭐. 게다가 그날 사장님도 거리……에서."

장난치듯 건넨 말에, 장난처럼 다가온 말이 닿았다. 하지만, 그는 그녀가 말을 멈춘 이유를 알고 있었다.

새벽녘 길거리에서 홀로 맥주를 마시고 있던 그를 떠올렸던 것이리라.

"괜찮아요. 가끔 있는 일인데요, 뭐."

큰 문제 아니라는 식의 그와 걱정으로 가득한 얼굴을 하고서도 애써 더 이상 묻지 않는 여자.

서로가 어떻게 정했든 그 관계는 분명 가벼워 보이지 않았다. 제아무리 가볍게 포장하려고 애를 썼어도…….

2

그에 대해 무엇이 알고 싶은 건지 자기 자신의 마음을 모르겠어서 루미는 자신이 이상하다고 단정 지어 버렸다.

그냥 자신만 이상한 사람이 되면 쉽고 간단하게 단정 지을 수 있는 일들이었다. 하지만 그럴 수 없는 건 그도 외롭고 아파 보였기 때문이었다.

가족도, 돈도, 배경도 뭐든 가지고 있는 그이기에 자신이 꿈꿀 수 없는 사람이라고 혼자 단정 짓고 판단했다. 하지만 그 판단이 미안해질 정도로 그녀는 그에 대해 잘 모르고 있었다는 걸 인정하고 말았다.

하지만 잘못 생각한 것이라 치기엔 격차가 너무 컸다.

돈을 잘 버는 카페 사장이, 그리고 뭐든 좋은 것들로 치장하는 그런 남자가 그녀를 신기하게 보고 있을 뿐이라는 걸 알지 못할 정도로 어리지 않았다.

어린 나이였음에도, 어리지 않다고 그녀는 스스로 세뇌하듯 말했다.

그래야 어른들의 고된 세상에서 아무렇지 않은 얼굴로 밝게 웃을 수 있었으니까. 그녀는 그 마음을 모두 속속들이 알고 있다는 듯 행동하는 그가 미웠다.

미웠음에도 미워할 수 없어 그 모순적인 마음에 두어 번 외면했고, 서너 번 데면데면하게 굴었으며 다섯 번 단호하게도 대해 봤다.

하지만 그는 내내 한결같았다.

그 한결같은 모습 중에 진심인 적을 찾으라면, 그녀는 주저 없이 약국 앞에서의 시간을 선택할 수 있었다.

그때의 그는, 장난스러운 모습은 거둔 진짜 그 같았다. 단지 진지한 모습을 보고 싶었을 뿐이라고 생각하던 그녀는 문득 그의 물음에 대답하지 않았음을 깨달았다.

쓰러지기 전 그가 물었던 말.

'정말 내가 싫어?'

그녀는 그 말이 귓가를 울리며 맴돌고 있다는 사실에 결국 조소했다. 삐죽, 스스로에게 날을 세워도 봤지만 결국 인정할 수밖에 없었다.

친구라고는 데면데면, 친구들과 만나는 일은 일 년에 서너 번쯤. 고졸인 그녀가 먹고사는 일에 바빠 연락도 자주 못 하고, 약속도 자주 잊는 일이 발생하면 늘 돌아오는 대답은 비슷했다.

'그냥 다음부터는 힘들면 나오지 마, 괜찮아.'

옆에 남아 있는 사람이 없어, 그녀는 힘겨웠다. 그 사이로 비집고 들어온 그를 밀어내고 싶었지만 그렇게 할 수가 없었다.

밀어내고 싶었지만⋯⋯.

너무나 밀어내고 싶었지만, 도저히 그럴 수 없었다.

올해 한 번도 안 꺼내 입었던 오렌지 빛깔의 민소매 원피스에 하얀 카디건을 챙겨 입고 나서야 루미는 상자 속에 잘 넣어 둔 가방 하나를 꺼내 들었다.

어디 약속에 갈 때에 입고, 들고, 신고. 그렇게 비싼 옷과 신발들은 잘 입지도 신지도 못했다. 그녀에게는 단돈 오만 원만 넘어가도 비싼 축에 속했으니 어디 특별한 날이 아니고서는 잘 꺼내 입을 수가 없었다.

하지만 그런 삶이라고 해도 그녀는 일 년에 서너 번쯤 있는 약속이 좋았다. 친구들이 잊지 않고 그래도 때에 맞춰 연락을 해 오는 것이 즐거울 정도로 그녀는 아무것도 생각하지 않아도 되는 지금이 좋았다.

구두를 신어서 그런지 오늘따라 유달리 가파른 계단을 내려가고 나서야 루미는 한숨을 돌릴 수 있었다.

좋아하는 원피스를 입고 행여 넘어질까 조바심 내던 마음을 쓸어내리며 바람결에 함께 흩날리는 머리카락을 정돈했다.

그녀가 걸음을 걸을 때마다 구두가 경쾌하게 바닥을 두드리는 것이 좋아 어느덧 입가에는 웃음을 그려 넣을 수 있었다.

오늘은 가면, 지난번하고는 다르게 함께 이야기도 할 수 있을 만한 여유가 있었다. 삶에 찌들지 않은 친구들을 볼 때마다 루미는 자신의 현실이 확연히 보여 우울했다.

아무리 노력해도 가지지 못한 것들을 친구들은 태어날 때부터 손에 쥐고 있었다. 그 점이 불공평하다고 여기긴 했어도 단 한 번도 입 밖으로 불평을 꺼내 본 적은 없었다.

차라리 그럴 바에는 가질 수 있는 걸 노력해서 얻고 싶었다. 그게 그녀가 보육원에서 자라면서 늘 생각했던 것이었다.

얼마 걷지 않아, 가로수 길에서 나름 유명하다는 태국음식 전문점에 도착할 수 있었다. 그녀가 옥탑방에 살고 있어도 불평하지 않았던 점이 바로 이거였다.

그녀가 사는 옥탑방은 번화한 길가와 가깝기도 하고 교통편도 꽤 괜찮았다. 여기에 싼 방값과 보증금도 한몫 단단히 했지만 무엇보다 지금 일하고 있는 카페와 가까워서 좋았다.

깔끔한 인테리어로 태국음식 점문점이라는 생각이 들지 않는 가게 내부에 들어오자 루미는 친구들이 옹기종기 모여 앉은 모습을 볼 수 있었다. 놀란 얼굴을 한 친구들에게 다가가면서 그녀는 오늘 자신의 차림새를 다시 생각해 봤다. 오늘은 그래도 친구들처럼 입었으니까, 괜찮을 것이다.

늘 자신을 아래로 보는 것 같은 지원의 모습도 보였지만 오늘은 그래도 다 낡은 천 가방에 물이 빠진 청바지, 아무렇게나 사 입었던 셔츠가 아니었으니 괜찮으리라 생각했다.

"오랜만이다. 잘 지냈니?"

루미는 자신에게 지원이 먼저 말을 걸어오자 놀랄 수밖에 없었다.

"어? 어……. 나는 잘 지냈어. 다들 잘 지냈어? 자주 연락 못 해서 미안……."

그녀에게 남은 친구들이라고는 지금 이 자리에 있는 4명밖에 없었다. 그래서 루미는 이 관계를 오랫동안 유지하고 싶었다.

"응, 우리야 뭐 잘 지냈지. 야, 그래서 너네 과 교수님은 그걸 다 하라고 한 거야?"

루미는 자신이 오기 전에 한창 떠들던 이야기를 다시 주고받기 시작한 친구들 틈에서 모르는 척하지 않으려 애썼다.

교수님, 과제…….

친구들의 삶은 자신과 확연히 달라 보였다.

"무슨 폭격기가 따로 없다니까. 선배들이 이름은 제대로 지어 놨어."

"폭격기?"

사람 별명에 폭격기가 붙여진다는 사실이 놀라워 되묻는 루미였지만 그런 루미를 흘긋 쳐다본 지원이 이내 한숨을 쉬고는 대답했다.

"어, 학점 F……. 아니다. 0점으로 내는 교수님 있거든. 쟤네 학과 교수님인데 유명해. 그 수업이 필수 과목인데, 저런 식으로 하니까 학생들이 전부 싫어하지."

"아……."

루미는 이미 친구들이 시켜 놓은 음식이 나오기 시작하자 그 뒤로는 더 이상 이야기에 낄 수가 없었다. 대학 생활을 말하는 친구들의 틈에서 그녀는 묵묵히 밥만 먹기 시작했다.

달리 할 말도 없었고, 친구들처럼 특별한 일이 있는 것도 아니었다.

"참, 여기 근처에 클럽 있잖아. 여기서 그 클럽 모르는 게 더 말도 안 되는 거 아냐?"

"우리 가자."

클럽 이야기가 불쑥 튀어나오자 루미는 클럽이 뭐 하는 데인가, 하는 생각에 멍하니 흘러가는 이야기를 듣기만 했다. 간간이 웃기만 하는 그녀는 배제한 채로 열띤 토론이 벌어지기 시작하더니 순식간에 의견이 모아졌다.

"그럼, 가는 거다?"

다들 클럽에서 놀고, 다음 날 새벽 첫차를 타고 집에 돌아가자는 이야기로 결론을 내 버린 것이다. 루미는 클럽이 뭐 하고 노는 데인지는 모르겠지만, 이 길에 있다니까 걱정은 하지 않았다. 이 길 어디로 가든, 옥탑방하고는 멀지가 않았다.

그렇게 정신없이 식사를 하고, 각자 2만 원씩 돈을 거둬 계산을 했다. 그렇게 친구들에게 이끌려 다다르게 된 클럽이라는 곳에 루미는 기겁했다.

속으로만 놀란 그 감정이 얼굴에 보이지는 않았을까 싶어 친구들을 보니, 그들은 이미 입장료를 내고 안으로 들어가 있었다.

가방을 여는 루미의 손이 허우적거렸지만 일단 여기서 돌아가면 또 핀잔을 들을 것 같아 입장료 15만 원을 내고 클럽에 들어갔다.

"일단 한 잔은 그냥 제공이라니까 마시고 움직이자. 알았지? 자리 있으면 무조건 맡아 놓는 거다."

지원의 말에 고개를 끄덕이며 클럽 안으로 들어선 그녀는 눈이 휘둥그레졌다. 처음 와 본 클럽 안은 휘황찬란했다.

게다가 내부를 두드리듯 울리는 음악 소리에 정신을 차릴 수가 없었다. 운 좋게 자리를 발견해 앉았지만, 다들 살짝 엉덩이만 걸치고 앉아 칵테일을 마시며 주위를 둘러보고 있었다.

루미는 그 모습에 자신만 주위를 둘러보는 게 아니구나 싶었다. 하지만 이내 지원의 입에서 나온 말에 신기하다고 하려던 입을 다물었다.

"이태원 거기보다 더 좋은 거 같아."

"그치? 이거 되게 달다."

한 모금 마시던 칵테일을 단숨에 들이켜고는 나가자며 가는 친구들의 모습을 보던 루미는 어색하게 웃으며 그냥 자리에 있겠다고 할 수밖에 없었다.

그렇게 귓가를 폭격하듯 울리는 음악 소리에 루미는 자리에만 앉아서 꼼짝하지 않았다. 이미 사람들이 바글거리며 춤추고 있는 곳으로 간 친구들과 달리 그녀는 가만히 그 자리에 박혀 손에 쥔 칵테일만 조금씩 홀짝였다.

"으…… 써."

달다며 벌써 석 잔째 마신 지원이 이제는 신기해 보일 지경이었다. 루미는 흘긋, 앞을 내다보다 옆을 보기도 했다. 사람들이 왜 이런 곳에서 노는지 이해는 되지 않았지만, 오늘은 어울려 보겠다고 다짐하고 나왔기에 꿋꿋하게 자리를 지키고 있었다.

그녀와 같은 차림이 없는 걸 발견하고는 다시 시무룩해졌지만, 괜찮았다. 어느 정도 친구들 틈에 낄 수 있다는 기분을 느꼈으니까.

그게 마냥 좋아서 루미는 꿰다 놓은 보릿자루처럼 앉아만 있어도 좋았다.

여자들의 파우더 룸 문이 제대로 닫혀 있지 않아 새어 나오는 말소리에 서원은 얼굴을 일그러트렸다. 직원들에게 더 주의를 줘야겠다고 생각하며, 내일 오후 중에 수리업자를 불러 클럽 내부에 고장 난 문을 모두 고치라는 메모를 남기려던 차였다. 내부를 둘러보려던 그는 걸음을 우뚝 멈췄다.

"이루미 걔, 짜증 나."

"왜, 루미 그래도 착하잖아. 그니까 입만 열면 거짓말하는 서재호한테 2,000만 원 빌려줬다가 돌려받지도 못한 거잖아. 지금 서재호 SNS 난리도 아니더라. 여행 중이시던데?"

서원은 자신이 들은 이름과 그가 알고 있는 루미가 동일인인가 생각하던 찰나, 루미가 돈을 빌려줬다가 못 받은 사실을 기억해 내고 귀를 더 기울였다.

자신을 발견하고 다가오는 직원을 손을 들어 막았다. 그는 여자들의 대화가 무언가 이상하다고 생각했다.

친구라기에는 적대적인 음성이 그 사이에 끼어 있었기 때문이었다.

"그게 착한 거냐? 호구지. 등신짓은 혼자 다 하면서 매번 미안해, 미안해. 게다가 오늘 누가 문자 보냈어? 오라고 하면 진짜 오는 애한테 그런 거 보내면 어떻게 하냐? 맨날 돈 없어서 절절매는데."

"그래도 오늘은 옷도 차려입고 나름 신경 썼는데, 왜 그래?"

지원이라고 불린 여자가, 적대적이라는 걸 대화를 통해 알게 된 서원은 문틈으로 들리는 이야기에 조금 더 귀를 기울였다.

사실 말소리가 들렸을 때까지만 해도 서원은 자신이 잘못 들은 줄 알았다. 2층의 파우더룸은 사람들이 잘 사용하지 않는 공간이기도 했고, 주로 모여서 노는 곳은 1층이었기에. 2층은 잠깐 쉬는 개념의 공간이었다. 그래서 파우더룸 문이 망가졌다는 이야기를 들었음에도 조금 느리게 대응을 한 것이기도 했다. 그런 공간에 말소리라니, 그는 잠시 흥미가 일었다.

"얘가 전에 좋아했던 남자애가 루미 좋아한다는 거 안 이후로 이러잖아. 냅둬. 루미가 사실 안 꾸며서 그렇지 예쁘게 생겼잖아. 걔 좋다고 했던 남자애들이 어디 한둘이었냐. 본인만 그걸 모르지, 남들은 다 알았잖아."

"헐, 어딜 봐서 예쁘다고. 맨날 부스스한 머리하고는, 오늘은 좀 가라앉았다만. 아까도 고민하는 거 너네는 못 봤지? 여기 정도면 입장료 그 정도 받는 거 당연한데. 얼굴에 보이더라. 비싸다고 생각하는 게. 난 돈 없어서 지질한 건 싫어."

악의적인 목소리뿐만 아니라, 열심히 살아가는 루미를 왜곡하고 폄하하는 것이 싫어 더는 듣지 않기 위해 걸음을 뗐다.

하지만 그 뒤, 바로 들린 목소리에 그는 다시 걸음을 멈췄다.

"오늘 봐 봐. 내가 술 좀 먹여 볼래. 맨날 아냐, 나는 괜찮아. 못 마셔서, 일이 있어서. 너희끼리 놀아. 하던 애가 왜 여기 와서 요조숙녀처럼 있는데? 덕분에 걔 계속 앉아 있는 거 남자들이 되게 신기하게 보는 거 알아?"

"냅둬, 여기까지 온 것만 해도 장하잖아."

여자들의 알력 싸움이야 알지 못해도, 한 가지는 확실히 알 것 같았다.

지원이라는 여자의 옆에 있는 루미가 싫었다. 전혀 좋을 게 없는 친구를 그녀가 곁에 두지 않았으면 좋겠다고 생각했다. 뻗어 나가던 생각과 상념에 서원은 스스로를 비웃듯 웃어 버리고는 걸음을 옮겼다.

이곳에 있다는 루미를 찾아 데리고 나가야겠다고 생각했다. 생각이 들자마자 그는 서둘러 몸을 움직일 수밖에 없었다.

빠르게 걸으며 3층부터 샅샅이 훑어보기 시작했다. 루미가 어디에 있든 한눈에 찾아낼 수 있음에도 조바심이 일었다.

그러다 그는 1층 코너 쪽 테이블에 앉아 혼자 얼굴을 일그러뜨리며 칵테일 잔을 바라보는 루미를 발견했다. 직원들이 신기하다는 듯 흘긋거리는 걸 서원도 봤지만 급한 쪽이 먼저였다.

그 테이블로 여자 네 명이 다가가 앉는 모습을 보자 서원은 속이 뒤틀렸다. 저 중 한 명은 확실히 루미를 무시하고, 하찮게 본다는 걸 들어 알기 때문이었다.

하지만 그녀는 그 사실을 모르는지 해맑게 웃으며 친구라 여기는 사람들의 말에 대답해 주고 있었다. 예쁜 얼굴만큼이나, 착한 마음씨를 가진 그녀를 업신여기는 사람이 있다는 게 싫었다.

돈이 없다고 무시하거나, 대학에 다니지 않는다고 내려다보는 그 편협한 행동이 그를 화나게 했다.

그는 앞뒤 따지지 않고, 그 테이블로 다가갔다.

"루미 씨?"

놀란 여자들의 얼굴보다 동그랗게 두 눈을 뜨고 자신을 보는 루미의 행동에 서원은 맥이 풀렸다.

클럽 건물을 나선 뒤에 이런 곳에는 오지 않는 게 좋다고 말하려던 생각이 멈춰질 정도로…….

"아……. 사장님, 여기 어떻게?"

"여기 친구가 운영하는 곳이라, 친구 만나러 왔어요. 루미 씨 술 못 마시잖아요."

입에 침도 안 발랐는데 거짓말이 술술 나와 신기했지만 서원은 개의치 않고 말을 이어 갔다.

"어……. 누구세요? 혹시…….?"

그러고는 괜한 상상을 하는 여자들의 호기심 어린 시선을 단숨에 밟아 버리듯 일갈했다.

"루미 씨가 일하는 카페 사장입니다."

맞다고 서둘러 맞장구치는 루미의 얼굴에 괜스레 심술이 난 서원은 뒤이어 다시 입을 열었다.

"두 달째 고백하고 차이고 있는 사람이기도 합니다만."

"사……장님!"

빽, 소리를 내지르는 루미의 모습에 서원은 그제야 웃을 수 있었다. 카페에서 혹은 거리에서 마주친 루미의 모습을 다시 보게 되어 다행이었다.

어쩐지 루미가 단정한 원피스에 백을 메고 있는 모습이 생경했다. 하지만 지금의 모습도 너무나 예뻐 보이기만 했다.

"헐, 대박. 루미가요? 왜요?"

목소리를 들으니, 누가 지원인지 알 수 있었다. 서원은 방금 자신에게 말을 건 여자가 지원이라는 여자라는 걸 확신했다.

"지원아……. 좀."

다른 친구들이 말려도 꿋꿋하게 묻는 여자를 보고, 서원은 속으로 혀를 찼다.

서원에겐 그 여자의 생각이 뻔히 보였다. 행동이나 말에, 본인은 괜찮은 사람들을 만나도 루미는 그렇게 할 수 없을 거라고 굳게 믿는 것이 드러나 있었다. 그렇지 않고서야 걱정보다 무시가 섞인 말투가 나올 리 없었다.

"무엇보다 예쁘고."

느낀 대로, 그대로 말했을 뿐인데 루미의 얼굴이 붉어지다 못해 터질 것처럼 달아오르고 있었다.

"마음도 너무 착하고."

그 모습이 또 귀여워 그는 결국 매달려서라도 루미를 붙들고 싶었다.

"행동 하나하나가 다 바르고, 옳은 일만 하려 하고."

그가 가장 좋아하는 점 중 하나를 꼽자면 루미는 생각이 깊었다. 생각이 깊어 그녀의 행동이 바르다는 걸 그는 알고 있었다.

다만 좀 어설픈 점은 있긴 했지만.

"그러니까 좀 데려갈게요. 친구분들이 놀자고 해서 따라 들어온 것 같은데, 망부석도 아니고 혼자 앉아 있는 건 못 보겠거든요."

오물거리는 입술이 결국 말을 뱉어 내지 못하는 모습에 서원은 웃음을 터트렸다.

"가요."

그는 손을 내밀었다.

그리고 간절히 바랐다. 오늘 이 순간만큼은 자신의 손을 잡고 이 자리를 박차고 나오기를……. 자신을 한 번쯤 이용해 보기를…….

그 바람을 들은 건지 루미의 손이 서원의 손을 마주 잡았다. 그는 그녀가 손을 잡자마자 뒤도 돌아보지 않고 클럽을 빠져나왔다.

단 한 순간도 클럽에 있는 그녀를 보고 싶지 않았다.

부스스한 머리를 어찌해 볼 새도 없이 10분이나 늦었다는 생각에 루미는 단숨에 거리를 뛰어 카페에 들어갔다.

오픈조이면서, 이렇게 늦다니……. 어제 친구들을 만나고 밤늦게 집에 들어간 것이 원인이라는 걸 알고 있었다. 그랬기에 늦지 않으려고 잠들기 전 몇 번이고 알람시계를 확인했었다. 제대로 작동이 되는지 확인하고 또 확인한 뒤에야 겨우 잠이 들었던 루미였다.

어제는 정말이지 그곳에서 서원을 만날 거라고 생각조차 못 해봤었다. 이런저런 생각에 뒤척이다 보니 더 늦게 잠이 들고 말았다. 거기다 도수가 거의 없다고 했어도 마신 술이 몸을 늘어지게 했다.

더 예민하게 알람 소리를 들었어야 했는데, 피곤했던 몸이 물먹은 솜처럼 늘어져 뒤늦게야 일어나고 말았다.

"죄송합니다."

꾸벅 인사를 하고 들어선 카페는 이미 모든 게 정리된 후였다. 혹 명진이 이미 다 한 것인가 싶어 주위를 두리번거렸지만 그를 찾을 수 없었다.

의아한 마음이 가득했지만 그녀는 서둘러 직원 전용이라는 푯말이 붙은 문을 열고 들어갔다. 유니폼을 갈아입으면서도 루미는 이상하게 여겼다.

자재는 잘 정돈되어 있었고, 청소도 이미 끝나 있었다. 자신도 아니고 명진도 아니면 대체 누가 한 건가 싶었다.

문을 열고 나온 루미는 커피 머신에서 커피 두 잔을 내리고 있는 서원의 모습에 짙게 탄식했다.

"그렇게 감탄 안 해도 5시간 만에 본 사이라는 거 알아요. 가서 앉아 있어요. 커피 줄 테니까."

서원의 말에 루미는 그제야 허둥지둥하며 자신이 하겠다고 했지만 먹힐 리가 없었다.

"괜찮아요. 가끔 급할 때면 명진 씨도 나한테 부탁하니까."

그의 말에 루미는 고개를 푹 숙였다. 지금은 급하지 않았을뿐더러, 오늘 아침에 카페 오픈 준비를 그가 다 한 것 같아 쉽게 걸음을 뗄 수가 없었다.

게다가 이런 건 직원이 해야 한다는 생각에 루미는 서성일 수밖에 없었다.

"하, 하지만……. 제가 해야…… 맞을 것 같은데요."

그녀는 사장이 이러는 이유는 알지 못해도 단 하나는 알 수 있었다. 장난스러운 그 말이 전부가 아니라는 것. 그는 그녀에게 힘들거나 어려운 일이 생기려고만 하면 나타났다. 눈앞에 나타나서 의지하게 만들었고 안도하게 했다. 마치 어제와 같은 날들이 꽤 있었다는 생각에 루미는 어느덧 힘든 일이 생기면 서원을 떠올리게 됐다.

하지만 루미는 서원의 만나자는 말이 너무 무서웠다.

현실을 너무나 잘 아는 그녀는, 그의 환경이 그리고 자신의 현실이 어울리지 않다는 걸 안다.

지금껏 세상이 그녀에게 그렇게 살도록 가르쳤기에 그건 변하지 않는 것이었다. 그래서 소박한 것에 좋아하고, 가끔은 돈 몇만 원에 울고 웃는 지금의 삶을 결단코 불행하다 여기지 않았다.

다만, 현실을 확실하게 알고 있다는 사실이 그녀로 하여금 서원을 밀어내는 이유가 된 건 못내 서글펐다.

"놔둬요. 어제 새벽에 들어간 루미 씨한테 얻어 마시고 싶지는 않으니까."

하지만 보면 볼수록, 알면 알수록 그녀는 그가 좋아지기 시작했다.

"그……그건!"

루미는 무어라 반박하고 싶었지만, 말할 수 없었다. 어제 그 순간, 손을 마주 잡은 건 분명히 자신이었다.

게다가 지원의 말에 그를 이용하고 싶다는 마음의 유혹을 뿌리칠 수 없었다. 자신이 그와 만날 리 없다는, 그가 자신을 좋아할 리 없다고 믿는 지원의 생각이 자신을 움직이게 했다.

루미는 그럼에도 지원의 탓을 하고 싶은 마음은 없었다. 그의 손을 잡은 건 루미 자신이었으니까…….

"오늘 아침 카페 오픈 준비요."

사장님이 하신 거예요, 하는 물음이 입안에 맴돌아 나오지 못했다. 그 순간 카페 문을 열고 우렁차게 인사한 명진 때문이었다.

"늦었습니다. 죄송합니다."

그녀는 그가 자신을 한 번 마주 보고는 어깨를 으쓱이며 웃어 버리는 모습에 멍하니 서 있기만 했다. 자신의 손에 시원한 아이스 아메리카노를 쥐여 준 그가 그 자리를 벗어났어도 한동안은 움직이지 못했다.

시원한 아메리카노를 단숨에 들이켜도 잠이 쉬이 가시지 않자 서원은 서 박사에게 한번 들를까, 진지하게 고민했다.

루미가 쓰러졌던 날 서 박사의 표정을 잊을 수가 없었다.

영양실조라니…….

하지만 그녀가 먹고 다니는 걸 보면 이해할 수 있기도 했다. 매번 편의점에서 유통기한이 다 돼서 싸게 처리하는 간편식이나 2천 원으로 해결 가능한 분식을 주로 먹으니 그럴 수밖에 없었다.

서원은 생각이 거기까지 미치자 결국 핸드폰을 들 수밖에 없었다. 오늘 형에게 가서 어머니에 대한 문제를 상의하려고 해서 방문은 나중으로 미루고 몇 가지 물어볼 것만 재빨리 정리했다.

완연한 여름이 오기 전인 지금. 좀 먹을 만한 음식들을 사서 먹이는 편이 낫겠다 싶었다. 물론 혼자 먹으라고 주면 당연히 안 받을 테니 그는 카페 직원들 것까지 넉넉히 살 생각이었다.

"서 박사님. 저 도서원입니다."

"아, 도련님. 어쩐 일이세요?"

"다른 게 아니라, 요전 날 봐 주셨던 여자 말인데요."

늘 여유만만하게 판단하고 행동했던 그가 지금은 조바심을 냈다. 요즘 들어 더 심해진 것 같은 기분에 서원은 자신의 모습이 제법 우스워 바람 빠진 웃음을 터트렸다.

"그 영양실조…….."

"네, 뭘 주로 먹어야 안 쓰러질지."

"다른 거 없죠. 무조건 잘 먹어야죠. 뭐든, 채소도 좋고, 고기도 좋고……. 가리지 않고 잘 먹는 것이 중요합니다. 한데…….."

더 물으려는 의문형이 뒤에 붙는 것을 눈치채자마자 서원은 서둘러 인사를 하고 전화를 끊었다.

특별히 주로 먹어야 하는 음식이 없다는 것을 안 이상, 서 박사와의 긴 통화는 불필요했다. 게다가 더 이야기를 나눠 어머니의 귀에 들어가는 건 자제하고 싶기도 했다.

서원은 오늘은 형에게 가서 어머니가 요즘 들어 부쩍 자신과 재준의 결혼에 촉각을 곤두세우고 있다는 사실을 말하고 의논해야겠다고 생각했다. 그는 다 마신 커피 컵을 휴지통에 버리고 나서야 차에 올라탔다.

서둘러 가야 점심시간에 맞출 수 있을 것 같아 서원은 차를 조금 빨리 몰았다. 오늘따라 유달리 차가 막히지 않아 생각보다 더 일찍 도착한 그는 주차장 한쪽에 자리한 임직원 전용 엘리베이터를 어렵지 않게 발견할 수 있었다.

간간이 볼일이 있을 때마다 성심그룹 본사에 왔었기에 재준의 사무실을 찾는 건 쉬웠다. 그래서 직원들도 그를 저지하거나 붙들고 누구인지 확인하는 일은 하지 않았다.

고속 엘리베이터라 순식간에 도착한 것을 보고 서원은 혀를 찼다. 이런 데 쓸 돈 있으면…… 하다가 생각을 멈췄다.

눈앞에 보이는 딱딱한 정장 무리의 모습에 그는 슬쩍 재준의 비서를 먼저 찾았다.

"저……."

그런 그를 보고 먼저 다가온 재준의 비서에게 서원은 사람 좋은 얼굴을 하고서 입을 열었다.

"형, 있죠?"

이 시간에, 그것도 도재준이 회사에 없을 리가 없다는 물음은 확신에 가까웠다. 게다가 오늘은 본사 근무인 것도 알고 왔다.

"없으⋯⋯십니다."

"형이 없어요? 회사에? 미팅이나, 출장이나, 그것도 아니라면 형도 선보러 나갔습니까?"

"다 아니신데, 아무튼 지금 자리에 안 계십니다."

사실 거의 워커홀릭처럼 일을 하는 재준이라는 걸 알기에 서원은 놀라움을 금치 못했다. 그런 형이 그냥 자리를 비울 리 없다는 판단이 들자마자 비서에게 이것저것 묻기 시작했다.

"형, 요새 어디 가는 데 있어요?"

"그게⋯⋯."

"오늘 집안일로 말해야 할 게 있으니까. 알려 주세요."

비서의 본분을 지켜야 하나, 알려 줘야 하나 고민하는 눈앞의 먹잇감에 서원은 자신이 거의 승리했음을 본능적으로 알아차릴 수 있었다.

"여기로 가시면 만나실 수도 있겠지만, 장담은 할 수 없습니다."

재준의 비서가 건네준 메모지를 받아 든 서원은 의아한 눈으로 다시 고개를 들 수밖에 없었다.

애견카페, '아르몽'이라는 글씨에 재준이 동물을 좋아했나 생각해 봤지만 떠오르지 않아 이내 포기했다. 그냥 가 보면 알겠지, 하는 생각에 걸음을 서두를 뿐이었다.

자신이라면 이런 곳에 카페를 절대 내지 않았겠지만, 카페 나름이니 애견카페는 장사가 잘 되는 모양이라고 생각하며 그는 문을 열고 들어갔다.

"어서 오세요."

서원이 카페에 들어서자마자 귀여운 여자가 그를 맞이했다. 카페 주인인 것 같은 모양새에 서원은 웃는 낯으로 카페에 발을 디뎠다. 애견카페는 처음이라, 그는 어떻게 해야 할지 몰라 난감했다.

"저희 카페 처음이세요?"

"아……. 네. 처음이네요."

"그러면 혹시 강아지 무서워하세요? 저희는 애견카페라 강아지들하고 놀 수 있는 카페거든요."

덧붙여지는 친절한 설명에 서원은 무서워하지 않는다는 말을 건넸다. 그렇게 하고 나서야 그는 음료를 하나 주문할 수 있었다. 카페 내부는 조용했고, 애견들은 귀여웠다. 아기자기한 카페 분위기처럼 강아지들 또한 사랑스러웠다.

"음료 나왔습니다."

조금의 여유가 더 생긴 서원은 음료를 가져다준 여자 외에도 몇 명의 여자들이 더 있는 것을 보았다. 음료를 받아 들면서 그는 강아지들에 대해 설명하는 여자의 말을 경청했다.

조금씩 듣던 그는 문을 열고 들어서는 남자의 모습에 감탄인지, 탄식인지 모를 음성을 토해 냈다.

"오빠."

그 순간 여자의 입에서 막 카페 안으로 들어선 재준을 부르는 호칭이 서원의 귓가에 걸렸다. 도재준을 모르는 것도 아니고, 서원은 재준과 친하다고 자부하는 몇몇 모임의 여자들도 재준을 '오빠'라고 부르지 못한다는 걸 알고 있었다.

그 역시 그 모임에 가끔씩 나갔었기에 보기도 하고 듣기도 했다.

"아름아."

여자의 이름이 아름인 줄, 서원은 그제야 알아차렸지만 표정만큼은 느긋했다. 마치 강아지를 보고 있었다는 양 행동하던 서원은 곧이어 날아든 재준의 시선에 어깨를 으쓱였다.

이내 여자는 어디론가 갔고, 재준이 자신에게 다가오고 있었다. 워낙 넓지 않은 가게라 금세 앞에 선 그를 보고 서원은 입꼬리를 말아 올려 웃어 버렸다.

"형, 연애해?"

장난스러운 말투였지만 돌아오는 대답은 진중했고 무엇보다 느렸다.

"……하려고."

그 대답이 싫은 건 아니었다. 외려 반가웠으니 다행이라는 마음이 들기까지 했다. 사실 자신은 회사 일은 처음부터 싫다고 한 걸음 물러났고, 막내는 워낙 터울이 많이 졌기 때문에 후계구도에 들어가지도 않았다.

남은 건 장남인 재준밖에 없었으니 당연히 그렇게 물려졌고, 지금까지 그건 변함이 없었다. 하지만 이러다 결혼도 정략결혼을 할 것 같아 서원은 은근히 재준을 걱정하기도 했다.

몇몇 모임들에서 여자들이 재준에게 붙으려는 걸 여러 차례 봤다. 하지만 다 잘라 내는 모습을 자주 목격했던 터였다. 서원은 이번 어머니의 타깃이 정확이 말하자면 자신이 아니라 형일 수도 있겠다는 생각에 오늘 형을 찾은 것이었다.

루미가 자꾸 자신을 밀어내는 것과 달리 재준은 아름이라는 여자와 사이가 좋아 보여 부럽기도 하고 속이 쓰리기도 했다. 그래서 어머니의 생각을 말하지 않을까 하다가 슬쩍 입을 열었다.

"연애만 하려고?"

어쩐지 재준은 그럴 것 같지 않아, 서원은 다시 입을 열었다.

"어머니, 요즘 나랑 형 결혼시키고 싶어서 여자 알아보더라."

이미 재준도 알고 있을 가능성이 농후했다. 미동도 없이 듣기만 하던 재준의 얼굴이 다가오는 아름으로 인해 슬그머니 풀어지는 모습에 서원은 입을 다물었다.

여자가 있는 곳에서 오갈 만한 주제는 아니었다.

"형하고 잘 어울리세요."

넉살 좋게, 웃으면서 서원은 아름에게 예쁘다는 말과 목소리가 참 듣기 좋다는 이야기를 하며 분위기를 바꿨다. 강아지만큼이나 귀여운 여자를 품에 안고 있으니 지금 형에게 어떤 자리를 들이밀어도 다 싫다고 할 것이었다.

이 이야기를 혼자만 알고 있기 아쉬워, 서원은 속으로 입맛을 다셨다. 누구한테 얘기를 해야 더 빠르고 확실하게 소문을 낼 수 있을지 고심하기도 했다. 빠른 소문을 위해서라면 다온이가 적격이라는 생각을 하면서도 눈앞에 있는 아름을 바라봤다. 재준의 성격이라면 조만간 결혼을 하겠다 말하며 데려오리라고 생각했기 때문이었다.

"감, 감사합니다."

칭찬에 감사하다고 인사하는 모습에 다시금 서원은 루미가 생각났다. 그는 시간이 좀 지체된 김에 카페 매상이나 올려 주고 가야겠다 싶었다.

"여기 샌드위치랑 샐러드 팔죠?"

"네, 그럼요."

"카페 망했냐?"

서원과 아름 사이에 오가는 다정한 말 틈으로 재준의 음성이 끼어들었다. 서원은 재준이나 다온에게 하도 자주 들은 말이라 신경도 안 썼다.

하지만 앞에 있던 아름은 무척이나 신경 쓰는 모양새였다. 서원은 웃으면서 손을 내저었다.

"신경 쓰지 마세요. 그럼 샌드위치 6개랑 샐러드 6개 주세요."

미들조인 인원을 얼추 생각해 봐도 6개면 충분했다. 서원은 주문을 하고 카드를 건네고 나서야 자리에서 일어났다.

"난 이야기 전했으니까. 산 것만 챙겨서 갈게."

무어라 더 말하려던 서원은 입만 달싹거릴 뿐 말하지는 못했다. 어머니를 조금 더 챙겨 드리는 것이 어떻겠냐는 말은 그대로 삼켜져 속을 쓰리게 했다.

사실 어머니를 생각한다면 그 누구보다 자신이 집 밖에서 살고 있으면 안 된다는 걸 서원도 안다. 하지만 그 집은 서원에게 의무감을 짊어지라고 압박하는 것만 같아 싫었다.

그래서 더 걸음을 하지 않았던 것일 수 있었다. 그런 것을 스스로도 해결 못 하면서 형에게 조언이라니 가당치도 않은 행동이라는 걸 인정하고 말았다.

"여기요."

아름에게서 쇼핑백 가득 샌드위치와 샐러드를 챙겨 건네 받은 서원은 먼저 가 보겠다며 카페를 나섰다.

나오면서도 그는 형의 편안한 얼굴을 잊을 수 없었다. 조만간 어머니의 입에서 즐거운 비명이 들리지 않을까 상상을 해 보며 카페로 가는 걸음을 서둘렀다.

오늘따라 유달리 커피를 달고 있는 루미를 보며 명진은 속으로 혀를 내둘렀다. 저러다 속이 남아나지 않을 것 같았다.

어제 무슨 일이 있었는지 평소보다 배는 더 피곤해 보였고, 하얀 피부는 더 하얗게 보여 창백한 듯도 싶었다.

"루미 씨, 그냥 들어가. 내가 진서한테 좀 빨리 올 수 있냐고 연락해 볼게."

"아니에요. 괜찮아요. 그냥 어제 좀 늦게 잤더니 졸려서 그렇지 안 아파요."

괜찮다고 웃는 루미를 더는 등 떠밀 수 없어서 명진은 다시 주문을 받기 시작했고 루미는 다시 커피를 내렸다.

조금 전보다 한가해지긴 했지만 손님들 몇은 여전히 카페 내에 있었기에 앉아서 쉬라고 할 수도 없었다.

"들어가서 다들 좀 먹고 하죠?"

그 와중에 카페로 들어선 서원의 모습에 명진은 루미와 그를 번갈아 쳐다봤다. 벌써 몇 달째 사장이 이 어린 여자에게 차이는 중이라는 걸 모르는 직원은 없었다.

몇몇 여자 알바생은 이 상황이 이상하다는 듯 루미를 흘긋거리며 봤다. 하지만 명진은 루미가 참 착하고 성실하다는 건 확실히 알고 있었다.

지난 몇 달 동안 함께 일하며 알게 된 점이었다.

"우와. 뭐 사 오신 거예요?"

"샌드위치랑 샐러드 조금. 들어가서 먹고 나와요. 내가 볼 테니까. 손님도 별로 없는 것 같은데."

"그럼, 감사히 먹고 오겠습니다!"

명진이 우렁차게 대답하며 봉투를 하나 받아 들었다.

"루미 씨도 가서 먹고 와요."

사장이 따로 루미에게 말을 건네며 봉투를 내미는 모습을 보다 명진은 재빨리 스태프 룸으로 몸을 숨겼다.

서원은 서둘러 자리에서 벗어난 명진의 뒷모습을 흘긋, 바라보다 시선을 거둬 앞에 선 루미를 마주 봤다.

"오늘 피곤하잖아요. 아무것도 안 먹었을 거고. 그러니까 들어가서 같이 먹어요."

"오늘 아침이요."

하지만 그녀는 제법 고집이 있었고, 그는 그런 그녀에게 한없이 약했다. 어쩌면, 장난스럽게 말했던 순간부터 좋아하고 있었던 걸지도 모른다고 서원은 생각했다.

"사장님이 다 하신 거예요?"

"네, 내가 다 했어요."

그는 그녀의 물음에 순순히 대답했다. 달리 변명할 것도 없고, 할 이유도 없었기에 앞에 서서 그녀의 얼굴을 관찰하듯 바라봤다.

"왜요?"

"루미 씨가 힘든 게 싫으니까. 당연히 새벽에 들어갔을 거고, 새벽에 나와서 오늘 미들까지 하는 거 아는데 가만히 손 놓고 있긴 싫었어요."

"진짜 저 좋아하시는 건……."

'아니죠?' 라는 말을 하려는 루미의 입 모양을 읽은 서원이 내내 웃던 얼굴을 바꿨다. 단호한 얼굴을 한 그가 루미의 말을 막았다.

"좋아해요."

루미의 멍한 얼굴도, 밝게 웃는 얼굴도 모두 자신만이 알고 싶을 정도로 이 여자를 좋아했다.

"루미 씨가 지금 생각하는 것보다 더. 훨씬 많이 좋아하는 거 같은데, 이래도 아니라고 말할 거예요?"

'아니죠?' 라는 그녀의 말은 어느새 쏙 입안으로 들어가 있었다. 다만 깊게 고민하는 그 얼굴이 그의 두 눈에 들어올 따름이었다.

"그러니까, 지금은 그냥 들어가서 내가 사 온 샌드위치랑 샐러드를 먹고 나와서 퇴근하는 거예요."

서원은 그렇게 말하면서 루미를 거의 밀어 넣다시피 해 스태프 룸으로 들여보냈다. 그는 조금 전 혼란스러워하는 루미의 얼굴을 생각하며 웃음 지었다.

루미가 걱정하는 게 뭔지도 알고, 왜 걱정하는지도 알기에 그는 서두르고 싶지 않았다. 조금씩 천천히 다가가 옆에 서 있으면 저 작은 손이 자신을 놓는 일 따위는 없으리라 굳게 믿었기에…….

퇴근길에 루미는 서원이 손에 쥐여 준 쇼핑백을 물끄러미 바라봤다. 옥탑방에 들어서자마자 그녀는 선풍기를 돌려 낮 동안 더워진 공기를 밖으로 빼내는 일을 제일 먼저 했다.

"하……."

오늘 하루가 참 길고 힘들었다. 어제 그렇게 친구들을 등지고 나온 게 못내 걸려 아침에 문자를 보내 놓았던 터였다. 그녀는 오늘 하루 동안 내내 서원의 행동과 말들을 떠올렸다.

그리고 오늘 아침 그의 행동은 무척이나 그녀를 당황케 했으며, 어젯밤 그의 행동은 그녀를 설레게 했다.

그게 전부였다.

깊게 생각하는 것이 사람을 만날 땐 꽤 곤란한 버릇이라는 걸 알면서도 루미는 생각을 멈출 수가 없었다.

이렇듯 혼자인 시간이 되면 그녀는 하루를 되짚어 보고, 내일은 같은 실수를 반복하지 말자고 다짐했다.

설령 서투르다 할지라도 같은 실수를 반복하고 싶지는 않았기에…….

하지만 이상할 정도로 그녀는 서원의 앞에서만큼은 어수룩하게 행동했다. 다른 때에는 안 그러면서. 그게 스스로도 이상해 여러 번 생각해 봤지만, 늘 결론은 하나였다.

그냥 그렇게 된 것이라는 것.

어느 정도 더운 공기가 가시자 그녀는 그가 준 쇼핑백 안의 것들을 꺼냈다. 직원들에게 건네줬던 샌드위치, 샐러드 외에도 과일이 담겨 있는 작은 일회용 용기와 케일 주스가 있었다.

루미는 다른 누군가가 자신을 챙겨 주는 것이 기분을 즐겁게 만든다는 걸 서원으로 인해 알게 됐다.

'연애라면 괜찮지 않을까?'

루미의 머릿속엔 어느새 같은 물음이 끊임없이 생겨나고 있었다. 정말 연애뿐이라면 그런 사람하고 만나도 괜찮을 수 있지 않을까, 하는 물음이 그녀를 기대하게 했다.

재벌도 아니고 그저 카페 사장이니, 괜찮을 수 있겠다는 생각이 정해지자 그녀는 그에게 말하고 싶었다.

나도 어느 순간부터는 당신과 같은 생각을 하게 되었다고…….

곁에 따뜻한 사람이 있으면 좋겠다는 상상을 하면, 서원은 외롭지 않았다. 외롭게 살아오지 않았지만 그는 온전히 자신만을 보고 좋아해 주는 여자를 만나고 싶었다.

"좋구나. 종종 이렇게 와서 식사라도 자주 하자."

어머니의 말에 그는 고개만 끄덕일 뿐, 가족이 한데 모인 식사 자리에서 말을 꺼내지는 않았다.

그건 형인 재준도 마찬가지였다. 사실 서원은 가족 식사보다 더 중요한 일이 있었다. 재준의 강권에 맞은편에서 밥을 먹고 있는 다온에게 그의 가게에서 사고를 치지 못하게 타일러야 하는 문제였다.

도통 그의 말은 잘 듣지 않으니 여간 골치 아픈 것이 아니었다. 서둘러 밥을 먹고 자리에서 먼저 일어나는 다온을 유심히 관찰하던 서원은 이내 곧 자리에서 일어났다.

"더 먹지 그러니."

어머니의 말이 이어졌지만, 그는 충분하다며 자리에서 멀어졌다.

"요새 가로수길에 자주 오더라?"

"거기 놀 데도 있고, 먹을 데도 있고, 심지어 옷도 있으니까?"

한량처럼 말하는 그 모습에 서원은 무어라 더 말하려다가 입을 다물었다. 어느새 밥을 다 먹은 건지 거실로 오는 재준과 아버지의 모습을 봤기 때문이었다.

거기에 어머니는 차를 내오고 있었다.

"요새 괜찮은 차가 있어서 내왔다. 들렴. 이렇게 한자리에 모두 모여서 자주 식사라도 하면 좋으련만. 둘 다 그렇게 바쁘니?"

"건물주가 왜 바빠요?"

어머니의 말에 다온의 음성이 툭, 하고 날아들었다. 서원은 틀린 말이 아니라 웃고 말았다. 하긴 직업을 설명하라면 가게 사장

또는 건물주일 뿐이었다. 거기서 조금 더 써 준다면 거리가 전부 그의 소유라는 정도였다. 하지만 서원은 어쩐지 씁쓸했다.

루미가 만약 이 사실을 안다면 더 뒷걸음질 칠 것이라는 건 불 보듯 뻔한 일이었다. 요즘 들어 그는 사소한 일 하나하나 모두 그녀와 연관 짓고 있었다.

"백수만 하겠습니까."

장난스럽게 받아치는 서원의 음성으로 이내 분위기는 여느 평범한 가정과 비슷하게 변해 있었다. 그러지 말라는 어머니의 타박, 아버지의 당부, 자제하는 것이 어떻겠냐는 큰형의 매서운 눈초리…….

서원은 그런 생각을 하면서도 그녀를 떠올렸다.

오늘 쇼핑백을 쥐여 주던 그 순간마저도 망설이는 기색이 역력했던 루미는 흔들리고 있는 게 틀림없었다.

서원은 그런 루미를 더 흔들고 싶었다. 마구 흔들어서 제 옆에 두고 싶을 정도였다. 이기적인 사람이 되어 버려도 좋았다. 그저, 눈길이 갔을 뿐인데 다음엔 늘 말을 걸고 있었다. 정신을 차리면 그 앞에서 장난을 치고 있었고, 농담에 가린 진심을 건넸었다. 그는 또다시 루미를 떠올렸다는 사실에 웃고 말았다.

"어머니, 반찬 좀 챙겨 주세요."

단 한 번도 집에서 무언가 가져간 적 없었던 그가 반찬을 요구했다. 그 모습에 아버지는 놀란 모양이었지만 서원은 신경 쓰지 않았다.

그가 집에서 받아 간 반찬에 즉석 밥을 사서 먹는다면 루미의 건강은 지금보다 훨씬 좋아질 것 같았다.

"그럴래? 잠시만 기다리렴."

지 여사가 분주히 움직이자 서원은 다정한 아들로 분해 그 뒤를 쫓아 들어갔다. 서먹한 남자들 사이에 껴서 긴장하고 싶지는 않았다.

밀려 있던 빨래를 하고 나서야 루미는 언 손을 녹이겠다며 옥상에 있는 평상에 드러누워 버렸다.

그 흔하다는 세탁기 하나가 없어 그녀는 빨래를 전부 손빨래할 수밖에 없었다. 속옷, 민소매, 봄 니트, 어제 입고 나간 카디건, 지난주에 자주 입었던 티와 물이 빠진 청바지까지 모두 빨아서 널고 나니 뿌듯했다.

하지만 그것도 잠시, 그녀는 자신이 저녁을 먹지 못했다는 걸 깨달았다.

"아!"

단말마의 감탄사를 내뱉은 그녀는 서둘러 방으로 들어가 서원이 준 먹거리들을 평상 위로 가져왔다.

참 잘도 챙겨 줬구나 싶어 그녀는 바람에 이리저리 흩날리는 머리카락을 귀 뒤로 넘기며 감탄했다.

혼자였음에도 습관처럼 말을 내뱉는 것도 잊지 않았다.

"잘 먹겠습니다!"

그녀는 말을 하자마자 포장을 벗긴 샌드위치를 들어 한입 크게 베어 물었다. 흡사 햄스터가 양 볼 가득 음식을 밀어 넣은 것 같았다. 루미는 목을 타고 넘어가는 음식에 배시시 웃었다.

맛있다는 감탄사를 연신 연발하며 서너 번 더 베어 물쯤 그녀는 두 눈을 크게 뜨고 옥탑방 입구에 시선을 고정시켰다.

"사……장님?"

이 시간에, 그것도 쇼핑백 한 꾸러미를 안고 온 서원의 모습이 현실성을 떨어뜨려 루미는 멍하니 입을 벙싯거렸다.

"있었네요."

그의 음성에 루미는 서둘러 샌드위치를 내려놓고 다가갔다.

"여긴, 어떻게……. 아, 여기 사장님이 알려 줬죠. 근데, 여긴 왜……?"

물론 내일 서원을 만나면, 자신의 마음도 그와 같다고 말하려고 했었다. 하지만 오늘은 좀 빠르고, 마음의 준비도 덜 되어 있어 심장이 터질 듯 뛰기 시작했다.

그런 루미의 머릿속에는 오만 가지 **생각**이 다 들어찼다. 지금 말하면 서원이 이상하게 보지 않을까, 여태 밀어내다가 연애는 괜찮은 것 같다고 하면 이 사람이 어이없어 하지 않을까…….

갖은 생각을 하면서도 루미의 시선은 착실하게 서원을 향했다.

"아, 오늘 집에 좀 다녀왔거든요. 혼자 먹기에는 양이 좀 많아서 가져왔어요. 냉장고에 두고 먹어요."

서원은 지금 이 모습을 막내가 본다면 입에 침이나 바르고 거짓말하라고 놀리고 싶어 했을 게 분명하다는 걸 알면서도 말을 멈출 수 없었다.

일부러 어머니에게 반찬을 달라고 해 가져온 걸 안다면 루미의 표정은 기대감에 반짝이는 지금과 같지 않고 얼어 있을 게 분명했다.

"우……와."

때 묻지 않고 순수한데, 매우 현실적이라니. 그 조합이 부자연스러워 몇 번이고 눈길이 갔던 여자였다.

서원은 지금도 스스로가 이해가 가지 않았다. 왜 루미가 좋은 건지, 어째서 루미를 놓기 힘들어진 건지 이해할 수 없었다.

하지만 한 가지는 확실했다.

"먹고 나 없는 데서 쓰러지지 마요."

사람을 좋아하는 데에는 이유가 없다는 것.

그래서 지금이라도 루미가 자신을 좋다고만 해 준다면 그녀가 누리지 못한 걸 차분히 함께 만들어 나가고 싶었다.

"그날은, 그건……."

무어라 말하고 싶어 하는 루미의 마음도 십분 이해하지만, 서원은 정말 그녀가 또 쓰러질까 봐 걱정이었다.

"이건 즉석 밥만 있으면 반찬만 꺼내서 먹으면 되니까, 의외로 간편할 거예요."

"저……."

조심스러운 루미의 음성이 또 거절일까 염려되는 마음에 서원은 서둘러 그녀의 손에 들고 온 쇼핑백을 넘기고 걸음을 돌렸다.

옥탑방 아래로 향하는 계단을 밟으려던 그의 발걸음이 등 뒤에 닿은 루미의 음성에 멈추고 말았다.

"저도, 사장님 좋아요."

놀란 서원이 몸을 돌려 다시 루미를 바라봤다. 그런 서원의 마음을 아는 건지, 모르는 건지 고개를 푹 숙이고 말하는 루미가 그의 시선에 들어왔다.

"그러니까……. 저랑 하자는 게, 연애…… 맞는 거면…….”

저 작고 여린 여자가 여기까지 용기 냈다는 게 기특하고 대견하기만 했다. 서원은 서두르는 기색을 표 내지 않으려 부러 천천히 입을 열었다.

"우리 연애해요.”

3

깊은 한숨을 내쉬는 루미는 조금 전 자신이 한 말을 곱씹을수록 얼굴이 벌겋게 달아오르기만 했다.

들키지 않으려 고개를 푹 숙였지만 역시 역효과였다.

"루미 씨, 얼굴 엄청 빨개요."

외려 놀리는 소리가 추가될 뿐이었다. 그 소리에 하지 말라며 웅얼거리던 루미는 그에게 주스를 내밀었다.

"이거, 드세요."

얼굴에 찬물이라도 끼었으면 좀 나을까 싶어 그녀는 주스를 병째로 서원에게 내밀고는 서둘러 방으로 걸음을 옮겼다. 평상에 앉아 있는 그가 행여 쫓아올까 다급한 걸음걸이였다.

웨이브진 머리가 순간 바람에 날리고, 따뜻한 체온이 등 뒤로 느껴지자 루미는 걸음을 멈추고 말았다.

"고마워요."

그의 다정하고, 따뜻한 음성이 귓가를 두드리자 그녀는 마치 구름 위를 걷는 듯 현실감각이 떨어지는 기분이었다.

"말해 줘서."

루미는 자신이 몇 번을 거절했는지 되짚지 않고, 그저 말해 줘서 고맙다는 그에게 오히려 더 고맙다고 말하고 싶었다.

"정말 잘해 줄게요."

그는 헌신적이었고 그녀는 그런 다감한 성격의 그가 전부라고 믿어 의심하지 않았다.

서원이라면 가진 것이 없는 이루미가 아닌, 그냥 이루미가 될 수 있을 것 같아 괜찮다고 생각했다. 그녀는 그제야 환히 웃을 수 있었다.

사뿐, 걷는 루미의 걸음이 위태로울 정도로 가볍다고 느낀 건 비단 서원뿐만이 아니었을 것이다.

서원은 카페에서 내내 저 상태로 움직이는 루미의 모습에 행여 넘어질까 걱정스럽기만 했다. 결국 그는 영화관을 입점시키는 문제로 골머리를 썩이던 건 까마득히 잊은 채로 루미에게서 시선을 떼지 못했다.

그런 그의 시선 끝에 어느 순간 익숙한 뒷모습이 들어왔다.

"도다온?"

요새 디저트 카페에 잘 간다며 카페에는 모습을 보이지 않았던 동생의 등이 너무나 익숙했다.

주문을 마친 다온이 카페 내부를 쓱, 둘러보다 자신을 발견하고 다가오는 모습에 서원은 켜져 있던 노트북을 닫아 옆으로 밀어 놨다.

모르긴 몰라도 막내가 커피를 받고도 조금 더 놀다가 간다는 데에 한 표 걸 수 있었으니까.

"형이 웬일이야? 카페에 다 있고?"

"날씨 좋아서. 그러는 너는?"

"아……. 난 근처 왔다가, 커피나 좀 마실까 해서."

눈치도 빠르고, 형들 놀리는 데에는 그만한 기질이 없는 녀석의 등장에 괜스레 서원은 긴장하고 있었다.

행여 루미를 보고 눈치라도 챌까 봐 그는 오늘따라 부러 다온에게 말을 걸었다.

"예민해서 사람들 많은 데서는 일도 못 하고, 잠도 못 자면서 무슨 바람이래?"

벌써부터 시선이 가늘어진 다온의 모습과 커피를 들고 다가오는 루미의 모습에 서원은 속으로 그녀가 커피만 내려놓고 곧장 돌아가기를 바랐다.

"주문하신 커피 나왔습니다."

"넌, 다들 가져다 먹는데 갖다 달라고 한 거냐?"

"난 좀 특별하잖아."

귀여운 구석이 제법 많은 막내라, 서원도 결국 포기한듯 웃고 말았다. 그런 그의 모습을 보던 루미가 머뭇거리며 걸음을 쉽게 못 떼고 있었다.

"루미 씨?"

그가 결국 돌아가도 된다고 말하려고 다시 입을 뗐을 때, 루미가 먼저 재빨리 말을 던지고는 총총 걸음을 재촉해 돌아가고 있었다.

"사장님……. 오, 오늘 밥…… 같이 먹어요."

쑥스럽고, 부끄러워하는 그 얼굴밖에 눈에 들어오지 않아 끈질기게 루미를 좇던 시선이 막내의 음성에 순간 멈췄다.

"형, 연애해?"

어디선가 들은 것 같은 묘한 기시감에 서원은 태연한 척 입을 열었다. 어머니의 귀에 들어가 봤자 지금으로서는 좋을 게 없었다.

연애도 못 하고 바로 결혼으로 가야 할지도 모르고, 무엇보다 루미는 자신이 그냥 카페 사장인 줄로만 알고 있었다. 이런 상황에서도 연애하고 싶다는 말을 하는 데 몇 달이 걸린 여자였다.

서원은 아직 말하지 않은 게 남은 줄 알지만, 조금만 더 이대로 있고 싶다는 생각을 했다. 만약에 서원의 집이 그냥 평범한 집이거나, 그냥 조금 괜찮게 사는 정도의 집이 아니라는 걸 루미가 안다면 분명 도망갈 것이었다.

조금의 확신이나, 루미가 곁에서 멀어지지 않을 수 있다는 판단이 들면 말하고 싶었다. 서원이 아는 루미라면 겁을 잔뜩 집어먹고 뒷걸음질 칠 게 분명했다.

분명 도망가고도 남을 사람이었다.

"어, 한다."

"오, 엄마는 알아?"

"그보다 너 형 연애하는 거 모르지?"

자신보다야 형의 연애가 더 뉴스거리가 될 테니 서원은 재빠르게 판단해 막내에게 소스를 제공했다.

그룹 호텔 근처에 있는 애견카페에 있는 작고 귀여운, 강아지 같은 여자랑 연애를 한다더라는 이야기까지 하고 나서야 그는 막내의 호기심에서 벗어날 수 있었다.

그는 좀 전에 루미가 한 말에 싱글벙글 웃으며 무엇을 먹으면 좋을지만 생각하기에도 바빴다. 서원은 붉어진 얼굴로 총총, 가볍지만 분주하게 카페에서 움직이는 루미에게 시선을 고정하고 있었다.

그동안 얻어먹은 것도 많고, 받은 것도 너무 많아 루미는 오늘은 자신이 밥을 사겠다고 서원에게 먼저 말했었다.

하지만 그녀는 이내 시무룩해질 수밖에 없었다. 가로수길의 꽤 괜찮다는 음식점들을 슬쩍 카페 컴퓨터로 찾아봤는데, 가격들이 만만치 않았다.

그래도 연애를 하자고 해 놓고 처음 같이 밥을 먹는 건데 이 정도는 해야 할 것 같아 루미는 하루만 무리하기로 생각했다.

바로 며칠 전에 클럽 입장료로 15만 원을 쓰지만 않았어도 이 정도로 허덕이지 않았을 텐데, 아쉬운 마음이 한가득이었다.

하지만 맛은 정말 좋았기에 루미는 웃는 얼굴로 먼저 카운터로 다가갔다.

"괜찮아요, 내가 낼게요."

먼저 내밀어진 루미의 체크카드와 서원의 신용카드를 번갈아 바라보던 직원이 이내 어색하게 웃으며 서원의 것을 집었다.

"아, 하지만……. 제가 사 드리려고……."

오늘 같은 날에는 그녀도 무언가 사고 싶었다. 이러면 정말 매번 다 서원이 사 주는 것을 받기만 하는 느낌이 들어 싫었다.

"괜찮아요. 원래 데이트는 남자가 내는 거예요."

"하지만 오늘은 제가 사려고 먼저 얘기한 건데……."

시무룩해진 루미를 본 서원은 결국 입가에 그려진 미소가 더욱 짙어지는 걸 느꼈다. 그는 두어 번 헛기침을 하고는 루미의 머리를 다정히 쓰다듬었다.

그 모습을 본 직원이 영수증과 카드를 건네주면서도 믿기지 않아 했다. 하긴, 그도 이런 자신이 믿기지 않았으니 다른 사람들을 오죽하겠는가 싶었다.

"그럼 루미 씨가 커피 사 줘요. 그러면 되죠?"

그의 말에 이내 두 눈을 반짝이며 고개를 끄덕이는 루미가 견딜 수 없이 사랑스러워 보였다. 서원은 이런 루미의 모든 면면이 좋기만 했다.

옆에 오래도록 있어서, 자신과 함께 늘 즐거운 하루를 살았으면 싶을 정도로…….

여름이 아직 성큼 다가온 것도 아닌데, 날은 점점 따뜻해져만 갔다. 벌써 6월인 건가 싶을 정도로 더위가 피부로 느껴지기 시작했다. 루미는 늘어지듯 평상에 누워 있다가 벌떡 일어났다.

하늘을 보고 있던 루미의 시선에 서원의 얼굴이 불쑥 나타났기 때문이었다.

"사, 사장님!"

"연애하자더니, 여전히 사장님이에요?"

벌써 며칠째, 그는 호칭을 붙들고 늘어졌지만 루미는 입이 쉽게 안 떨어졌다. 어쩐지 '오빠'라고 부르면 너무 오글거릴 것 같았다. 당혹감에 또다시 말을 더듬고 말았다는 사실이 그녀의 얼굴을 붉혔다.

"여, 연락도 없이 웬일이세요?"

"여기 덥죠?"

평상을 손가락으로 가리키는 서원의 말에 루미는 살포시 고개를 내저었다.

"아뇨, 괜찮아요. 사실 전 여기 해가 질 때쯤 눕는데요."

"장마철 되면, 비도 더 자주 올 테니까. 이거 쳐 줄게요."

그제야 루미는 서원의 손에 들려 있던 가방 하나를 발견했다. 신기한 시선으로 가방을 유심히 바라보던 루미는 그가 꺼내는 봉들을 멀거니 바라봤다.

"그게 뭐예요?"

서원이 꺼내는 것들이 신기하기만 해 그녀는 묻기 바빴다.

"그늘막이요. 집에 놀고 있으니, 여기에 치면 괜찮겠다 싶어서 가져왔어요."

제법 크기가 큰 건지, 묵직했다.

"이거 무거운데요?"

"당연하죠. 비도 피할 수 있고, 그늘도 피할 수 있는데."

서원의 말에 그렇구나, 하고 가볍게 감탄하던 그녀는 서원의 옆에 서서 그가 바닥에 아무렇게나 놓았던 것들을 주워 한편에 정리하기 시작했다.

"나중에 내가 할게요. 그냥 들어가서, 쉬고 있어요."

"그래도, 저도 도울게요!"

루미는 그 혼자 일을 하는 모습은 볼 수 없어 돕겠노라 나섰지만 이내 저지당하고 말았다. 너무 간단하게 그녀를 평상에 앉혀 버린 그가 입고 온 카디건을 루미의 품에 안기며 입을 열었다.

"내 카디건 이거 다 칠 때까지 잘 안고 있는 것도 일이니까. 거기 앉아서 어디 내려놓지 말고 잘 안고 있어요."

그의 말에 결국 루미는 서원의 카디건을 꽉 끌어안고 앉아 그가 하는 양을 가만히 지켜볼 수밖에 없었다.

"그렇게 지켜보고 있는 것도 좋네요."

다른 사람들과 달리 서원은 괜찮았다. 그에게라면 무엇이든 이야기하고, 말해도 상관없을 정도로 솔직하게 말해 주고 얘기해 줬다.

속마음을 솔직하게 말하는 게 어렵다는 걸 그녀는 잘 알고 있었다. 알고는 있지만 잘 고쳐지지 않았다. 솔직하게 말하지 못하면서도 괜찮다고 자위하며 사는 삶도 쉽지만은 않아 루미는 번번이 사람들 사이에서 이러지도 저러지도 못했다.

적당히 경계하고, 적당히 솔직한 척했을 뿐이었다.

하지만 서원은 늘 자신에게 솔직하게 마음을 말했다. 생각나는 것도 말하고, 느끼는 것도 말하고……. 그런 그가 처음에는 신기해 경계를 먼저 했었다.

"그렇게 빤히 보니까 좋은데요?"

느끼는 것에 솔직할 수 있다는 건 가진 게 많아서라고 오해도 했었다. 하지만 아니라는 걸 알게 되기까지 그리 오랜 시간이 걸리지는 않았다.

그는 공과 사가 분명했고, 사람들을 대할 때 장난스럽다가도 어느 면에서는 단호하게 일을 처리했다.

"아, 아니거든요. 그냥 어떻게 하는지 궁금해서요."

겨우 21살인 그녀의 시선으로 봐도 그는 매우 열심히 살았다. 그녀가 하루를 버겁게 살아가는 것만큼 도서원이라는 남자도 매일매일 무언가 하고 있었다.

"뭐, 남자친구 본다고 어디 닳거나 사라지는 건 아니니까."

계속 보고 있으라는 말을 가볍게 덧붙이면서도 그는 열중하고 있었다. 천 사이의 틈에 폴대를 끼우고, 큰 뼈대를 만들더니 어느새 평상 위에 그늘막을 설치했다.

흔들리면 안 된다고 평상 다리에 그늘막 네 기둥을 묶고 나서도 서원은 부족하다며 옥상 구석에 있던 돌을 들고 왔다.

"그거 무거운……."

제법 무게가 나가 보였기에 루미는 걱정스러움이 앞서 말을 했지만 그는 괜찮다며 이내 평상 아래에 있는 줄 위로 돌까지 얹고 나서야 그녀의 옆에 앉았다.

"제가 밥 차려 드릴게요."

"밥은 다음에 줘요. 사실 한 시간 뒤에 약속 있어요. 가 봐야 해서 시간이 별로 없어요."

루미는 서원의 말에 아쉬워하면서도 내심 안도하고 있었다. 한 번도 해 먹어 본 적 없는 밥을 오늘 처음 해 보겠다고 생각한 것도 저번에 서원이 밥값을 계산했기 때문이었다.

차라리 집에서 밥을 먹자고 하면 그가 돈을 낼 일이 없지 않을까, 생각한 것도 있었다. 하지만 그것보다 루미는 그에게 진 빚이 너무 많다고 생각했다.

이 옥탑방을 소개해 준 것도 서원이었다. 그에 앞서 제주도에서 가이드를 한 번 해 줬던 인연을 잊지 않고 고맙게도 가장 어려운 순간 그의 카페에서 일을 해 보는 것이 어떻겠냐고 손을 내밀어 줬었다.

그래서 그녀는 그에게 직접 한 밥을 차려 주고 싶었다. 그게 표현도 잘 못 하고 쑥스러움을 많이 타는 그녀가 할 수 있는 최대한의 표현이었다.

"정말 다음에 해 줘요. 나 그 밥 꼭 먹고 싶으니까."

"네, 꼭 해 드릴게요!"

그때, 정말 정성 가득하게 차려서 한 치 앞이 보이지 않는 것 같았던 그날, 너무 고마웠었다는 말을 전하고 싶었다.

"가 봐야겠다."

그의 말에 루미도 고개를 끄덕였다. 어쩐지 늘 혼자였던 삶에 난 그의 자리가 오늘따라 유달리 크게만 느껴져서 고개를 끄덕이면서도 밝게 웃지를 못했다.

"일찍 끝나면 올게요."

"아니에요. 피곤하실 텐데, 들어가서 쉬세요."

그런 마음이었음에도 그녀는 오겠다는 그를 굳이 말렸다. 기대하고 기대기 시작하면, 한도 끝도 없을 것 같아 그런 부담을 서원에게 지워 주고 싶지 않았다.

연인의 관계가 어떤 건지는 모른다. 하지만 다만 한 가지 아는게 있다면 사람 사이의 관계에서 끝도 없는 기대감이 생겨나기시작하면 피곤해진다는 것이었다.

"내일 카페에서 봬요!"

그랬기에 루미는 일부러 더 밝은 척 서원의 앞에서 방긋, 웃으며 마중했다.

"그래요, 오늘 그럼 푹 쉬어요."

"그럴게요."

그렇게 계단 입구에 서서 서원이 내려가는 모습을 한참이나 바라보던 그녀는 그가 돌아가고 난 뒤에도 한참이나 그곳에 서 있기만 했다.

"어서 오세요!"

'어서 오세요.' 하고 인사하는 종업원의 목소리를 들으며 카페안으로 들어온 손님은 평소 인근에서 자주 볼 수 있는 직장인들도아니었고 길에 자주 등장하는 여학생들이나 관광객들도 아니었다.

루미는 귀부인에 가까울 정도로 곱고, 고상해 보이는 아주머니가 카페 안에 들어와 창가에 자리를 잡는 모습을 보며 참 고운 아주머니라고 생각했다.

만약에 엄마가 있었더라면, 저런 아주머니였으면 좋겠다 싶을 정도로…….

"루미 씨?"

루미는 자신을 부르는 명진의 소리에 놀라 어깨를 흠칫 굳히면서도 표정을 삽시간에 풀고 명진을 바라봤다.

딴생각을 하다가 누군가 그녀를 부르면 놀라는 것이 버릇이라 고치려고 애를 썼지만 쉽지 않았다.

"무슨 생각을 그렇게 해?"

"아, 아뇨. 저 아주머니 엄청 고우셔서요."

루미의 시선을 따라 움직인 명진의 시선이 멈춘 곳 역시 창가에 앉은 아주머니였다. 하지만 뒤이어 나온 명진의 감탄사와 말은, 루미가 상상하지 못했던 것이었다.

"루미 씨, 사장님하고 만나지?"

새삼 숨길 일도 아니고, 카페 직원들이라면 누구나 다 알고 있었던 사실이라 루미는 고개를 작게 끄덕거렸다.

"사장님이 다른 소리는 안 해?"

"무슨 소리요?"

궁금해진 루미가 되물었지만 알 수 없는 명진의 장난스러운 얼굴만 마주할 뿐이었다. 답답했음에도 루미는 더는 묻지 않았다.

"저분 말이야."

"고우시죠?"

단순히 곱다고만 말하는 루미의 모습에 결국 명진은 더는 놀리기를 포기하고 다시 입을 열었다.

하지만 그보다 카페 문을 열고 등장한 서원의 다급한 얼굴이 먼저였다.

그렇게 다급한 그의 모습은 본 적이 없었다. 아니, 한 번 봤었지만 아파서 기절했기에 기억이 잘 나지 않았다. 그래서 그녀는 놀라 입을 뻥긋 열었다.

그를 부르기 위함이었지만 조용한 카페 안에서 그가 창가에 앉은 아주머니를 부르는 것이 더 선명하게 먼저 루미의 귓가에 닿았다.

"어머니."

놀란 루미의 옆에서 명진이 슬그머니 자리를 피해 주문을 받기 시작했다.

"요즘 들어 얼굴 보기가 여간 힘든 게 아니구나."

루미가 들은 말은 딱 두 마디였다. 그가 건넨 말과 그의 어머니가 그에게 한 말. 하지만 그녀는 어딘지 모르게 더럭 겁이 났다.

한 번도 생각해 보지 못한 그의 가족을 눈앞에서 보니 사귀고 있다는 것이 더 현실감 있게 와 닿아 루미를 흔들어 댔다.

혼이 나가 있는 루미를 흘긋 쳐다보던 서원은 서둘러 어머니를 데리고 카페 밖으로 나왔다.

"얘, 카페가 뭐 어떻다고 자꾸 나가자고 그러니?"

"저기서 선보게 하신 덕에 직원들이 전부 다 알거든요."

선영물산 딸은 고고했고, 도도했으며 무엇보다 자신을 품평하기까지 했다. 그런 여자들은 싫다고 단호히 못 박는 것이 아니라, 누군가 있다는 언질을 해야 어머니 역시 자신의 문제에서 손을 놓을 것이라는 걸 알고 있었다.

"여전히 그 일로 단단히 화가 나 있는 모양이구나. 어디 좀 들어갔으면 하는데……."

다시 고개를 돌려 카페를 바라보는 어머니의 앞을 막아선 그가 다온이 자주 가는 디저트 가게가 있다며 그리로 어머니를 이끌었다.

거리 어디를 가든 대부분 그의 가게였고 건물이니 괜찮았지만 되도록 'One+One' 카페와 멀리 떨어진 쪽으로 결정한 것이었다.

"선영 차녀가 좀 욕심이 과했던 모양이더구나. 나는 진 여사가 참하다고 하기에 그 말을 믿고 약속을 잡은 건데 말이다."

"어머니."

서원은 나란히 어머니와 걸으면서 작은 어깨를 가만히 바라보았다. 저 작은 몸으로 성심그룹 안주인 역할을 하느라 늘 힘드셨을 것이었다. 그럼에도 후계를 맡겠다고 하는 건 오직 형밖에 없었다.

그게 다시금 어머니를 힘겹게 했으리라는 걸 안다. 알면서도 서원은 그 집이 싫었다. 무언가 의무를 다해야 할 것만 같은 본가가 싫었다.

"네가 그룹 일에 관심 없는 것도 알고 있고, 이대로가 좋다고 말하는 것도 알아. 한데 서원아, 네 나이도 서른이면 결혼 상대자는 만나 보고 다녀야 하지 않겠니."

어머니의 말 어느 한구석 틀린 것이 없었기에 그는 가만히 어머니의 모습을 바라봤다.

"원, 예민한 녀석이……. 누가 될지 모르겠지만 나는 네 안사람이 더 걱정이다. 예민해서는 지금 네가 지내는 그 오피스텔도 한 층을 다 비우고 나서야 들어가 살고 있으면서."

"어머니, 걱정 마세요. 마음에 두는 사람은 있어요."

이 말을 꺼내면, 분명 궁금증을 견디지 못한 어머니가 며칠 내내 알려 달라 채근할 것을 알면서도 더는 말하지 않을 수 없었다.

"어머."

소녀처럼 즐거워하는 어머니의 모습에 서원은 천천히 입을 열었다.

"단지, 그 사람은 제가 평범한 가정에서 자란 줄 알아요. 그래서 전 천천히 말할 생각이에요. 제가 알아서 데리고 갈게요."

연애를 하고 있었지만 그는 결혼도 생각하고 있었다. 나이가 그럴 나이였고 그런 생각이 없었더라면 루미에게 연애를 하자고 말하지도 않았을 것이었다.

"그 아가씨가 말이다……."

무언가 눈치를 채신 건지 말끝을 흐리는 어머니의 얼굴에 수심이 가득 차기 시작했다. 서원은 서둘러 입을 열었다.

"좋은 사람이에요. 밝고, 순수하고, 열심히 사는 그런 사람."

너무 열심히 살아 그를 늘 걱정시키는 여자였지만 그런 루미라

서원은 더 좋았다.

"그래, 그럼 된 거지. 내 아들이 좋다는 여자인데, 좋은 여자이지 않겠니. 차는 다음에 마셔야겠구나. 약속이 있는 걸 잊었지 뭐니."

"네, 그러세요."

볼일이 이것이었다는 걸 분명히 한 어머니의 태도에 서원은 웃고 말았다. 다음 행선지는 어딘지 보지 않아도 뻔했다. 오늘 회사에서 있을 거라던 바자회로 걸음을 서두르시려는 게 분명했다.

"꼭, 먼저 데려오렴."

"네. 그렇게 할게요."

서원은 어머니의 당부가 어떤 의미인지 제대로 이해하지도 않은 채로 대답했다. '먼저'라는 말이 어떤 의미였는지 알지 못했다.

그저 당분간 루미와 함께 평화롭고 조용한 날들을 보낼 수 있으리라는 생각으로 그는 즐겁기만 할 따름이었다.

지 여사의 시선은 여전히 백미러를 통해 아들을 바라보고 있었다.

"사모님?"

운전기사와 비서의 물음에 퍼뜩 정신을 차린 지 여사가 시선을 거두고 입을 열었다.

"둘째가 만난다는 아이, 누군지 들은 적 있나요?"

"둘째 도련님은……."

비서의 말을 듣기도 전 지 여사는 서원의 말을 곱씹고 있었다.

좋은 여자라고, 그래서 천천히 가고 싶다는 그 이야기는 누가 보아도 진심이었다.

결코 가벼운 관계로 만나는 게 아니라는 걸 대변해 주는 듯한 음성을 그녀는 믿었다. 다만 불안한 마음에 확인하고 싶었다.

"지난번 들은 바로는 카페 여직원분과 만나시는 걸로 알고 있습니다만. 확실한지는 확인을 해 봐야 알 것 같은데⋯⋯. 어떻게 할까요?"

"그러면⋯⋯."

오늘 아들의 카페에 들어서자마자 본 귀여운 여자아이가 그 순간 그녀의 머릿속을 스쳐 지나갔다.

설마 그 앳된 아이는 아니겠지 싶었던 그녀는 뒤이어 들린 비서의 말에 조용히 고개를 돌려 창밖을 바라보기만 했다.

"올해 21살입니다. 물론, 아직 생일이 지나지 않은 걸로 알고 있구요."

"자세한⋯⋯ 건."

21살이라니, 그녀는 아들이 만나는 아이가 너무 어리다는 사실에 놀랐고 그 아이에게 깊이 빠져 있다는 사실에 다시금 놀랐다.

어지간해서는 자신에게 누군가를 만나고 있고 마음에 두고 있으니 더는 개입하지 말아 달라는 식의 말을 하지 않을 성격이었다. 그 성격에 그런 말을 했다는 것에 가만히 뒤로 물러나 있으려던 그녀는 여자아이의 상황에 고심했다.

"집에서 듣도록 하죠. 결정은 그 뒤에 할 테니, 지금은 그냥 있어요."

지 여사의 말에 알겠다고 답한 비서의 음성이 이어진 뒤, 차 안은 조용해졌다. 조건을 생각하지 않고 아들이 좋다면 좋게 받아들일 수 있었다. 하지만 격차라는 것이 너무나 커, 자신이 괜찮다고 해도 남편이 쉽사리 받아들일지 혹은 서원이 만나는 아이가 쉽게 이 모든 것에 적응을 할지 미지수였다.

단화에 마 소재의 롱스커트, 그리고 롤업 된 티셔츠를 입고 거리를 총총 뛰어오는 루미의 모습에 서원은 웃었다.

어제의 일을 까마득히 잊어 준 루미가 무척이나 고마웠다. 그토록 혼란스러운 얼굴을 했으면서도 하얀 얼굴 가득 웃고 있는 루미의 모습은 어제를 기억하지 않는 얼굴이었다.

"천천히 오죠."

"그래두요. 기다리시잖아요."

얼마나 달려온 건지 루미의 이마에 송골송골 맺혀 있는 땀을 본 서원이 그녀의 팔에 대롱대롱 걸려 있는 에코백을 들어 차 뒷좌석에 올려놓았다.

"근데 정말 가고 싶은 데가 거기예요?"

"네, 전 정말 가고 싶은데……. 사장님은 거기서……."

"루미 씨 구경하죠."

낯간지러운 말을 아무렇지 않게나 내뱉어 내는 사람이 되었어도, 그저 루미가 옆에 있어 좋았다.

얼굴이 붉어져 자신을 바라보지도 못하는 이 여자를 많이 좋아하고 있는 사실을 숨기고 싶지도 않았다.

그렇게 있는 대로 표현하다가, 뭐든 받아들이기 편할 정도로 가까워질 무렵에 말할 생각이었다.

루미가 지금처럼 조금씩 천천히 다가오기만 하면 오래 걸리지 않아 속였던 걸 하나씩 고백할 수 있을 것 같았다.

"어서 타요. 길 막히면 저녁에나 돌아올 테니까."

"저녁이요?"

동그란 눈으로 바라보는 루미의 모습이 귀여워 서원은 그 머리를 몇 번이고 쓰다듬으며 조수석에 그녀를 앉히고 입을 열었다.

"그 근처에서 늦은 점심 먹을 거거든요. 이런 주말에, 루미 씨 일도 일부러 뺐는데 이왕 일산까지 간 거 뭐라도 먹고 와야죠."

데이트라고 할 건 없지만, 그래도 처음으로 단둘이 차를 타고 길에서 벗어나는 셈이니 루미가 살았다던 보육원만 덜렁 보고 돌아오고 싶지는 않았던 그였다.

"아······."

"그러니까 어서 가요."

어느새 그는 운전석에 앉아 루미가 불편하지는 않는지 본 뒤에야 차를 출발시켰다.

차로 한 시간 반을 달려서 목적지에 도착했다. 한적한 동네에 다다르자, 루미는 한눈에 알아볼 수 있었다. 맨날 학교에 가려면 버스를 타고 30~40분을 더 나갔던 기억이 새록새록 떠올라 신기해하기만 했다. 그녀는 서원이 자신을 이리저리 쳐다보고 있는 줄도 몰랐다.

"그렇게 신기해요? 여기서 고등학교 때까지 살았다면서요."

"그러니까요. 겨우 일이 년 만에 왔을 뿐인데 되게 신기해요."

"원장 수녀님한테는 말하고 온 거예요?"

서원의 물음에 루미는 고개를 끄덕였다. 그가 보육원 아이들을 위한 낡은 다인승 벤 옆에 차를 주차했다. 루미의 두 볼은 두근거리는 마음을 숨길 수가 없을 정도로 붉게 상기되어 있었다.

"루미 씨 보면 좋아하시겠어요."

"그렇죠?"

그럴 거예요, 하고 몇 번이고 말하고 되물으면서도 설레는 마음을 감추지 못하는 그녀를 본 서원이 덩달아 웃으면서 그녀의 가방을 챙겨 뒤따라 차에서 내렸다.

몇 아이들이 보육원 뜰에서 뛰놀고 있는 모습이 굉장히 인상적일 정도로 맑았다.

반가워하는 아이들의 손에 이곳에 들어오기 전 슈퍼에서 샀던 과자를 나눠 주었다. 그런 루미의 곁에 선 서원은 모든 풍경을 눈에 담고 있었다.

그렇게 조용히 곁을 지켜 주는 서원의 모습이 다시금 루미의 마음에 깊게 들어와 아로새겨졌다.

"루미야."

"수녀님!"

원장 수녀님께 쪼르르 달려가는 루미의 뒤를 더는 따르지 않은 그는 가만히 주위를 배회했다.

빨리 다녀오겠다며 손을 흔드는 루미의 모습에 웃으면서도 그는 괜찮다고만 대답했다. 이렇게 누군가의 삶을 알아가는 것이 즐겁다는 걸 이전에는 미처 알지 못했었다. 하지만 지금은 너무나 즐거웠다.

기꺼이 그 시간을 즐길 수 있을 정도로 서원은 루미에 관한 것이라면 무엇이든 좋았다.

미안해서 어쩔 줄 몰라 하는 루미의 모습에 결국 웃음이 터진 서원은 괜찮다고 서너 번은 더 말한 뒤에야 웃음을 멈출 수 있었다.

"이건 루미 씨 잘못이 아니라, 차가 막혀서예요. 뭐 어쩔 수 없죠. 밥은 돌아가서 먹어요."

예약해 놓았던 곳이 아깝긴 하지만 나중에 다시 오자는 말을 하고 나서야 그는 덜 미안해하는 루미를 볼 수 있었다.

"한숨 자고 있을래요? 어차피 이대로라면 저녁 6시는 좀 넘어서 도착할 것 같은데……."

"아니에요!"

꼭 자지 않을 거라고 말했지만 전날 마감까지 일했던 루미는 이내 곧 스르륵 잠에 빠져들고 말았다.

꾸벅꾸벅 조는 모습에 서원은 막힌 도로 위에서 천천히 차를 몰면서도 행여 루미가 깰까 봐 조심스러웠다.

이미 작게 틀어 놓았던 라디오는 꺼 버린 상태였다. 결국 그는 비상등을 켠 뒤 서둘러 루미가 앉은 조수석 의자를 더 눕힌 후에야 차를 다시 출발시킬 수 있었다.

좌석을 뒤로 젖혀 눕혀 버렸기에 흔들림도 적어 곤히 잠든 루미였다. 차를 몰면서도 간간이 그 모습을 보던 서원은 입가에 번지는 웃음을 막지 못했다.

이런 루미에게 아직은 집안 이야기를 꺼내고 싶지 않았다. 더불어 카페 사장만은 아니라는 걸 말하고 싶지도 않았다.

그녀가 자신에게 뭐든 알려 주니 좋다고 생각하면서도 '아직'이라며 고백을 미루는 것이 어딘지 모르게 모순적이었다. 하지만 말하고 나면 루미가 겁을 먹고 뒷걸음질 치지 않을까 걱정스럽기만 했다.

그래서 그는 스스로 정한 한계에 막혀 아무것도 하지 않고 멈춰 버렸다.

아직은 아니라는, 그 속삭임에 넘어가 아무 말도 하지 않았다.

카페 오픈조로 나왔으니 오후에 퇴근하는 것이 새삼스럽지 않은 자연스러운 하루였다. 하지만 퇴근길에 딱딱한 정장을 입고 선여자가 자신을 부르고, 그의 이름을 언급하며 같이 가면 안 되겠냐는 양해를 구했을 때부터는 별스러운 하루가 되어 버렸다.

"저어……."

루미는 여자의 뒤를 따라가면서도 스스로의 차림새를 다시 돌아봤다. 찢어진 청바지에 카키색 티셔츠, 그리고 매무새를 정리하지 못해 부스스한 웨이브진 머리카락.

주위를 아무리 둘러봐도 자신과 같은 차림새는 보이지 않았다.

다들 예쁜 원피스나, 정장 같은 옷을 입고 누군가와 이야기 중이었다.

"룸에 계시니, 조금만 더 가시면 됩니다."

어딘지 고급스러워도 보이고, TV 드라마에서 가끔 봤던 그런 좋은 곳 같아 루미의 두 눈이 쉴 틈이 없었다.

"들어가시죠."

스니커즈를 신은 루미의 발에 실린 주저하는 기색을 읽어 낸 건지 여자는 직접 문을 열어 주기까지 했다.

놀라지 말아야지 하면서도 루미는 눈앞에 있는 서원의 어머니를 마주하자 심장이 걷잡을 수 없이 뛰었다.

"어서 와요."

고운 음성, 그보다 더 고운 얼굴로 온화하게 웃는 그의 어머니를 마주하면서도 루미는 오늘 저녁에 그에게 밥을 차려 주기로 약속한 게 떠올라 내내 메뉴를 걱정하고 있었다.

그 생각을 들킨 것만 같아 버벅거리며 인사를 건네고 나서야 룸 안으로 걸음을 디딜 수 있었다. 밖에 서 있던 여자가 문을 닫았다는 걸 알면서도 흠칫 다시 놀라기까지 했다.

"어서 와 앉아요. 내가 이렇게 갑자기 보자고 해서 놀랐을 줄 알지만 도리가 없어 이렇게 보자고 했어요."

루미는 서원의 집이 평범한 집이지만 조금 부유한 집, 정도로 알고 있었기에 지금의 상황이 어색하고 이상하기만 했다.

"저를 무슨 일로 보자고 하신 건지."

"서원이가 아가씨를 집으로 데려올 때까지 기다려야지, 하다가도 회장님께서 혹여 드러내 놓고 불편한 기색을 비칠까 싶어, 그 전에 내가 봤으면 했어요."

놀란 루미는 어안이 벙벙해 가만히 지 여사의 말을 듣기만 했다.

"첫째는 워낙 다감한 성격이 아니지만 서원이는 다정한 성격이니 워낙 잘했으리라는 걸 알면서도 걱정이 앞서서…… 나이 차이도 있지만 남들 보기 좋을 정도는 갖춰야 회장님도 별말 안 할 것 같아 이렇게 보자 했어요."

루미는 지 여사의 입을 통해 흘러나온 말을 도무지 이해할 수 없었다. 회장님이라니…… 어딘지 현실감이 떨어지는 단어였다.

"진지한 사이라고…… 루미 양?"

지 여사의 말이 순간 뚝 끊겼다. 루미의 표정을 본 탓이었다. 멍하니 앉아 말들을 이해해보려 부단히 노력하고 있었다. 그 얼굴을 본 지 여사가 무언가 단단히 잘못되었음을 느끼고는 다시 입을 열었다.

"서원이가, 설마 지금껏 아무 말도 안 한 건가요? 보름이 넘는 시간을 그 녀석에게 줬는데 정말 아무런 말도 들은 게 없나요?"

지 여사의 다급한 물음에도 루미는 정신을 차리지 못했다.

"녀석이, 이런 애가 아닌데……"

"사, 사장님은요. 늘 솔직하시고 좋으신 분이세요."

하지만 어딘지 모르게 서원을 타박하는 것처럼 들리는 그 말에 루미는 앞에 있는 사람이 그의 어머니라는 것도 잊은 채로 발끈했다.

분명 그는 좋은 사람이었다. 한데, 그가 자신을 속인 건가 싶어 놀라 아무런 말도 하지 못하고 있었던 것뿐이었다.

물론 쉽게 이해가 되지 않는 말들이 있었기에 정신을 못 차린 것도 있었다.

"아가씨가 생각하는 것처럼 평범한 집은 아니에요. 그 기준이 일반 가정을 생각하는 소박한 마음이라면, 아니라고 확실하게 말할 수 있어요. 하지만 나는 아이들이 좋다는 사람 덮어 놓고 반대할 마음도 없고, 회장님도 그런 분이 아니니. 너무 염려 말았으면 좋겠어요."

"회……장님이요?"

"성심, 들어봤나요?"

어떻게 말을 해야 충격을 덜 받을까, 고심하는 지 여사의 얼굴에 루미는 덜컥 겁을 먹었다. 지금만으로도 충분히 격차가 느껴져 떨리는 마음을 어찌할지 모르고 있는데…….

지 여사의 입에서 나온 '성심'이라는 단어는 루미의 시선을 마구 흔들리게 했다. 설마설마하던 생각이 뒤이어 나온 지 여사의 말에 확신으로 바뀌었다.

"이왕 이렇게 된 거, 긁어 부스럼 같지만. 어쨌든 아가씨를 속이는 건 좋지 못한 일이니 솔직히 말할게요. 성심그룹을 이어 맡을 사람이 서원이 형이에요. 물론 서원이가 회사에서 일하는 걸 싫어하지 않았더라면 계열사 사장 타이틀 정도는 달고 형을 돕고 있었겠죠."

루미는 이런 집에서, 자신을 받아들일 리도 없을뿐더러 그가 자신과의 만남을 진지하게 여기지 않을 게 분명하다고 생각했다.

고졸이라는 것도, 고아라는 것도 다 무시할 수 있다고 쳐도 아주 소박한 생활에 만족하는 자신의 현실은 이들에게 어울리지 못했다.

"루미 양. 만약에 말이에요."

흔들리는 시선을 겨우 고정해 지 여사를 바라보는 루미는 이미 정신이 다른 곳에 있는 사람처럼 보였다.

그 모습에 지 여사는 자신이 서두른 것만 같아 미안했다. 미안한 것과는 별개로 만일 아니다 싶으면 지금 아이들을 정리하는 것이 옳은 일이라 여겨 다시 입을 열었다.

"만약 서원이와 함께하고 싶은 마음이 진심이라면, 연락 주겠나요? 그때에는 내가 도와줄 테니."

그 말과 함께 명함 한 장이 루미의 앞에 놓였다. 루미는 그 명함을 받아 들고 멀거니 생각했다.

정말, 그와 자신이 함께일 수 있는지…….

족히 여섯 시간은 지난 것만 같이 느껴지는데 사실은 겨우 7시밖에 되지 않았다는 사실에 한 번, 옥탑방 평상 위에 앉아 그가 남긴 흔적들을 바라보다가 다시 한 번.

루미는 놀라고 말았다.

고맙고 좋은 사람이지만 그의 어머니를 만났던 곳에서 봤던 그런 분위기의 여자들을 만나야 하는 사람이 자신과 어울릴 리 만무했다.

욕심을 내고 싶다고 한 걸음 뗐을 뿐인데, 결과는 이토록 실망스러웠다. 그에게 묻기 민망할 정도로 자신은 작고 초라하기만 했다.

늘 자신을 좋아한다고 말했던 남자들은 한결같이 입을 모아 뒤에서 말했다. 가진 것 없고, 다루기 쉬워 좋다고.

그도 그런 마음일 것 같아 루미는 그를 보고 직접 묻기 어려웠다. 정말 가볍게 생각해서 자신과 만난 것이냐고 물어보려던 얼굴은 굳어져 펴질 생각을 못 했다.

어려웠다.

이토록 어려웠는데 왜 다시 누군가를 욕심내고 싶다고 생각했는지 모를 일이었다. 아마도 끊임없이 데이트 신청을 하고, 걱정해 주는 그 얼굴을 마주했기에 마음에 꽁꽁 걸어 둔 빗장을 푼 것일 수 있었다.

거기에 자신이 어려웠던 순간마다 도와준 사람이었으니 경계심은 확연히 무너져 있었다.

루미는 집으로 돌아오기 전 잠시 카페에 들러 명진에게 물어 듣게 된 사실에 더 충격을 받았다. 명진도 서원의 배경을 알고 있었는지 묻던 루미는 사실 길 한 구간이 모두, 그의 소유로 된 건물들이라는 사실에 기함했다.

그냥 카페 사장이었던 게 아니라 이 거리의 주인이라는 사실과 함께, 처음 그녀가 카페에 들어온 날부터 이 얘기는 하지 말라고 당부도 받았었다는 말이 이어졌다.

'속였다'라는 사실이 너무나 선명해 루미는 그가 오기 전임에도 불구하고 멍하니 앉아만 있었다.

그러다 문득 자신이 딛고 선 이 생활이 송두리째 흔들릴 수 있다는 불안감에 휩싸였다. 그저 바랐던 건 다른 사람들이 하는 연애였는데, 돌아오는 건 늘 상대방의 거짓된 마음이었다.

이번에는 그 거짓된 마음을 확인하고 싶지 않아 루미는 서둘러 간단한 것들만 짐가방에 욱여넣었다.

이곳을 어서 떠나야겠다는 생각만이 그녀의 머릿속을 부유했다.

그를 마주하면 상처받지 않을 자신이 없었다. 그렇게 상처받고, 다시 일어서기까지 또 긴 시간이 걸릴까 봐 루미는 마음 가득 겁을 먹어 버렸다.

한 시간을 기다려도, 두 시간을 기다려도 루미는 오지 않았다. 이미 퇴근한 그녀가 집에 없을 확률은 거의 제로에 가까웠다.

그럼에도 그녀는 집에 없었다. 고작 몇 시간 사이에 무슨 일이 벌어진 걸까 싶다가도 걱정스러운 마음만 한가득해서, 서원은 서둘러 핸드폰을 들었다.

그가 알아볼 수 있는 모든 곳에 루미가 오늘 갔었던 곳이 있는지 확인하고 있던 차였다. 평상 위에 있던 어머니의 명함을 발견하기 전까지 이곳저곳에 전화하며 그는 루미를 보거나, 오늘 봤었다면 알려 달라고 당부했다.

"어머니."

겨우 스스로를 다스려 내리고 루미가 지냈던 방에서 서성이면서 수화기 너머의 음성에 귀 기울였다.

—그 아가씨가 무슨 말을 했구나. 내가 공연히 긁어 부스럼 만든 건 아닌가 싶다가도, 네가 그 아가씨를 속이는 건 아닌 것 같아 차라리 이 김에 솔직해지는 편이 낫겠다 싶었다.

서원은 이어지는 어머니의 말에 아찔해졌다. 루미라면 분명 겁을 먹었을 것이다. 단단히 집어먹은 그 겁이 어째서 생겨났는지는 알지 못해도 예상은 할 수 있었다.

—그러니 사람을 속이고 관계를 맺는 건 아니라고 전에도 말하지 않았니. 그 아가씨가 뭐라고 하든.

어머니의 말에 결국 서원은 그대로 무너지듯 주저앉았다. 평상에 앉아서 밖을 바라보니 그가 세워 놓은 그늘막이 보였다.

"아무 말도 안 했어요."

자신이 얼마나 어리석었는지 그리고 얼마나 자만심이 가득한 사람이었는지, 이 공간에 있으니 확연히 보였다.

그는 단단히 오해하고 있었다. 단순히 물질적으로 선물을 한다거나, 그가 더 잘해 준답시고 행동해도 그녀에게 가장 중요한 건 따로 있었다는 걸 보지 않았다.

좋아한다고 했으면서 그걸 보지 않았다.

—얘?

자신에게 묻지도 않은 그 마음이 어떠했을지, 상상하는 것만으로도 서원은 버거웠다. 방문 하나로 보이는 세상이 전부였던 루미에게 자신은 일곱 살 난 사내아이처럼 자랑을 한 것이나 다름없었다.

네가 가지지 못한 것, 보지 못했던 것을 나는 가지고 보고 살고 있다고…….

그러니 나랑 만나면 내가 가질 수 있게 해 주겠다고 한 셈이었다. 솔직하지 못했으니 자신이 지금까지 했던 모든 행동은 그렇게 보일 수밖에 없었다. 그게 아니라고, 진심은 그런 의미들이 아니었다고 아무리 말해도 듣지 않을 수도 있었다.

그는 마구잡이로 뻗어 나간 상념들을 채 떨치지 못한 채로 가만히 있었다. 미안해서, 차마 미안하다는 말이 나오지도 않았다.

"끊……을게요."

겨우 말을 이어 전화를 끊고 나서야 서원은 자기 자신이 얼마나 이기적이었는지 깨달았다. 눈앞에 보인 것에 급급해 전체를 보지 못하고 루미에게 숨기기에 급급했다.

처음부터 그녀처럼 모든 것을 솔직하게 말하고 서로에게 다가갔더라면 오늘과 같은 일은 없었을 것이라는 후회가 뒤늦게 온 것에 아파할 새가 없었다.

홀연히 사라져 버린 루미를 찾는 것이 먼저였다.

"사람 좀 찾자."

다시 핸드폰을 든 그는 누군가를 다급히 호출해, 루미를 찾아내라고 말했다. 서너 번은 더 그러고 나서야 그는 다시 고요해진 그곳에 홀로 우두커니 앉아 있었다.

4

하얀 포말이 밀려 들어왔다가 다시 쓸려 나가는 모습만 계속 바라보던 루미는 끌어안고 있던 가는 다리를 더욱 꽉 붙들었다. 목적지가 어딘지도 보지 않은 채 버스터미널에서 가장 빨리 출발하는 버스에 올라탔다. 그렇게 내린 곳에서 타박거리는 걸음을 옮겨 앞을 봤을 땐 바다가 펼쳐져 있었다.

깊게 내쉰 한숨은 분명히 스스로를 향했다. 한숨을 내쉬면 내쉴수록 그녀는 자신이 비겁하고 어리석다는 생각을 할 수밖에 없었다.

멍청하고 어리석었으며, 어리기까지 한 생각들은 도망가라고 아우성이었다. 용기도 없었고, 앞으로 발걸음을 뗄 자신도 없었다.

단순히 지금까지 그녀가 겪었던 사람이 모두 그랬으니 그도 같은 가벼운 마음일 것이라는 생각에 묻지도 않고 도망쳤다.

그가 얼마나 황당해하고 어이없어 할지 알면서도 루미는 그렇게 했다.

옆에 있는 가방 하나, 낡은 구형 핸드폰 하나.

평소 자주 들고 다니는 천 가방까지 그녀가 가진 것은 소박하기 그지없었다. 이런 자신은 그런 집에 어울리지 않는다는 생각만이 가득했다.

지원의 말처럼 어울리는 사람은 정말 따로 있는 것일까 싶다가도 루미는 그렇지 않을 거라고 스스로에게 말했다.

그 말이 주문이라도 되는 양 행동하고 말하고, 입을 벙싯거리기까지 했다.

하지만 그럴수록 어제의 자신은 너무나 비겁했음을 인정해야만 했다. 최소한 그에게 대답해 달라고 먼저 물었어야 했다.

진심이 무엇이었는지, 그중에서 진심이 아닌 건 어떤 것이었는지 알려 주기라도 해 달라고 말했어야 했음을 안다.

알면서도 하지 못했다.

몇 번이고 하고 싶었지만 그 시간 동안 손이 움직이지 않았다. 서원의 번호를 눌러 놓고도 전화를 걸지 못했다.

문자를 보내야지, 하면서도 보내지 못했다.

동이 트는 모습을 보며 그녀는 자신이 밤새 바다를 바라보고 있었다는 걸 깨달았다. 그제야 밤새도록 앉아 있기만 하고 아무것도 하지 않았다는 사실에 몸을 움츠리듯 웅크렸다.

어디로 가야 하나, 어떻게 해야 하나…….

그에게 전화를 해야 하는데, 오늘 카페에 출근을 해야 했는데…….

고민이 꼬리에 꼬리를 물고 머릿속을 뒤죽박죽 아프게 헝클어 놨다. 루미는 그 와중에도 출근을 걱정하는 자신이 좋기도 하고 우습기도 했다.

그는 이런 자신에게 이내 질릴 게 분명하다. 맘 편히 몸 누일 수 있는 방을 가지는 게 소원인 자신과 달리 그는 전부 다 가지고 있었다.

하물며 가족도 있는 그였다. 그런 그가 자신에게 느끼는 것이 연민이라고 해도 좋다고 하고 싶었다. 그렇게 어리게 행동하고 모르는 척 굴고도 싶었지만 그런 성격이 아니라는 걸 스스로가 너무 잘 알았다.

뻔뻔해지자고 마음을 먹어도 결국 서원의 얼굴을 보면 먼저 못난 말을 하고 말 것이었다.

그래서 그녀는 그의 얼굴을 보지 않는 편을 택했다. 다시 얼굴을 무릎 사이로 파묻으면서 루미는 생각하지 않으려 애썼다.

미친놈이 있다면 딱 이럴 거라고 생각하면서도 그는 루미를 찾았다. 다음 날 아침에 혹시 루미가 있을까 싶어서 그녀의 옥탑방에도 가 보고, 아는 사람들을 들들 볶아 댔다.

루미가 보이지 않는 시간은 마치 아무것도 보이지 않는 암흑에 있는 기분을 느끼게 했다. 그때 그는 루미를 찾아도 문제라는 걸 깨달았다.

무슨 말을 해야 할지, 미안하다고 해야 하는 건지, 놀라게 해서 미안하다고 해야 하는 건지, 알 길이 없었다. 하지만 서원은 루미가 걱정스러워서 내내 스스로를 괴롭혔다.

스스로를 돌보지 않았음에도 루미를 찾는 일을 멈출 수가 없었다. 그렇게 내내 찾던 그가 결국, 도착한 곳이라고는 그녀가 자란 보육원이었다.

서원은 물끄러미 보육원을 바라보기만 했다. 건너편에 차를 세워 두고 지난 며칠간 사라졌다 나타난 루미를 그려 보았다.

어제저녁 그녀가 보육원으로 들어가는 걸 봤다는 소식을 들었을 때는 단숨에 차를 몰아 달려오고 싶을 정도로 안달했었다.

어느새 이토록 커져 버린 건지 알지 못했던 마음이, 스스로를 깊게 짓눌러 아프기만 했다.

"사장님."

그런 그의 앞에 거짓말처럼 그녀가 서 있었다. 보육원 입구에 서서 들어가지도 돌아가지도 못하는 그의 앞에 나타난 루미의 모습은 이전보다 더 수척해 있었다.

제대로 먹고는 있는 건지 걱정이 일순 밀려들어 그는 입을 열려다 닫았다. 지금은 그것보다 우선해서 말해야 할 것들이 많다.

"왜 그러고 계세요."

루미의 말에 그는 머뭇거렸다. 무슨 말을 해야, 속였다고 생각하지 않을까 고심하다가도 자신이 하고 있는 행동들이 우스워 어느새 다시 자조했다.

"사……장님?"

"다시 올게요."

그는 멍청하게도 그 순간 말할 용기가 나지 않았다. 걱정스러워 얼굴을 봤으면 하고 바랐던 것이 마치 허상이었다는 듯 아무렇지 않은 얼굴로 서서 루미를 마주했다.

　그렇게 그녀를 바라보던 서원은 자신이 없어졌다. 루미의 말간 두 눈을 마주 보고서 미안하다 하지 않을 자신이 없어 서둘러 등을 돌렸다.

　"있잖아요."

　등 뒤로 닿은 루미의 음성에 그가 내딛던 걸음을 멈춘 채로 귀 기울였다.

　"저한테 한 모든 말은 진심인 거죠?"

　먼저 말을 하게 만들었음에도 그녀는 여전히 그녀였다. 여전히 씩씩하게 그리고 현실적인 생각을 하면서도 순수한 두 눈으로 사람을 보는 루미였다.

　"그러니까 사장님이 말하지 못한 건……. 그냥 제가 싫어할까 봐, 부담스러워……할까 봐 그런 거죠?"

　지난 며칠 동안 무슨 생각을 어디까지 저 작은 머리로 했을지 알지는 못한다. 하지만 서원은 하나는 확실히 알고 있었다.

　지금 아무 말도 하지 않고 돌아간다면 그 어떤 행동으로도 루미의 마음을 돌릴 수 없다는 걸 말이다.

　"좋아하는 건 사실이에요."

　눈앞에 있는 작고 사소한 행복에 눈을 가리고 나중을 생각하지 못했다고 한다면 루미가 믿을까, 싶었다.

　보통의 여자라면, 그리고 그가 익히 보아 온 여자들이라면 물질적인 것들을 안겨 줘야 화를 풀었고 괜찮은 척 넘어갔었다.

하지만 루미는 아니었다.

그랬기에 아무것도 없이 그는 그냥 루미를 마주하는 것으로 모든 노력을 다 하고 있었다. 사람들은 저마다 나름대로 살아온 방식이 제법 확고했다. 그렇게 서로 다른 두 사람의 방식을 맞춰 나가는 과정이 연애라고 그는 생각했다.

그 연애를 루미와 하고 있다는 사실에 하루하루가 즐거울 만큼 그는 행복했다.

"부담스러워할까 봐 말 못 했던 것도 사실이에요. 루미 씨는 선풍기 하나에, 영화 관람 한 번에 즐거워하고 좋아하니까. 그런 것쯤 백 개도, 백 번도 더 넘게 해 줄 수 있다고 말하고 싶어도 안 했어요."

문득문득 즐거워하는 그 얼굴을 마주하면 입이 좀처럼 떨어지지 않았다. 사소한 것에 이토록 즐거워하는 여자에게 자신의 이야기는 버거울 게 분명하다는 생각이 뇌리에 박혀 떨어지지 않았기 때문이었다.

"말해 주지 그랬어요. 사장님은 좋은 사람이니까, 분명 좋은 사람이니까. 그러니까……."

"그 말을 했다면, 그랬더라면 루미 씨는 다시 뒷걸음질 쳤을 거잖아요. 지금처럼 한 걸음 다가오는 게 아니라 다시 뒤로 물러나 도망갈 거라고 그렇게 쉽게 생각했어요."

잘못을 인정했다. 인정하고 나니 제법 사고도 명확하게 정리가 됐고, 판단이라는 것도 다시 할 수 있었다.

지난 며칠간 아무것도 할 수 없었던 자기 자신의 상태를 루미가 알 길이 없다는 사실이 그를 안도하게 했다.

"아니에요. 그……렇지 않아요."

"아니에요?"

되묻는 서원의 앞에선 루미는 제법 단호한 얼굴을 하고서도 길게 말을 잇지는 않았다.

"저는요."

신고 있는 슬리퍼 앞코를 바닥에 툭툭 찧어 대며 바닥을 바라보던 루미가 입을 다시 열기까지는 오랜 시간이 걸리지 않았다.

서원의 걸음이 루미를 향해 한 걸음 나아갈 때, 그때 그녀도 입을 열었다.

"사장님은 그런 사람이 아니라고 생각하면서도, 다른 사람들처럼 제가 고아라서. 가진 게 없어서 다루기 쉬우니까. 편하게 생각하고 만날 수 있으니까. 그래서 만났다고 하면, 그러면 정말 슬플 것 같았어요."

"내가 정말 그렇게 생각할 거라고 믿은 건 아니죠?"

서원은 루미의 말에 아득해지는 느낌이었다. 그 생각을 그대로 믿어 버렸다면 그동안 자신이 한 행동을 어떻게 생각했을지 훤히 보일 지경이니까.

"그렇지 않아요. 사장님은 좋……은 사람이잖아요."

"이렇게 도망치기 전에 물어보지 그랬어요."

아니라고, 자신이 좋은 사람이라는 걸 안다고 말하는 루미의 음성에 서원은 안도에 가까운 웃음을 그제야 얼굴에 그려 넣을 수 있었다.

"그야……."

겁이 났다는 것쯤 알고 있었다. 그런 환경에서, 그렇게 생각하며 살 수밖에 없었던 것도 알고 있었다. 하지만 서원은 비단 그게 모두 루미의 잘못이라 생각하지 않았다.

루미는 너무나 자연스럽게 상처받는 걸 기피한 것일 뿐이니까.

그는 그래서 그 사람들을 하나하나 찾아서 그녀에게 상처를 줄 수 없도록 만들고도 싶었다. 하지만 그녀가 자신의 모든 마음을 알기 바라지는 않았다.

모순적이게도, 늘 좋은 마음과 생각만을 알기를 바랐다.

"나는 루미 씨가 없으면, 아무것도 못해요."

그러니 이기적이게도 미안하다는 말은 절대 하지 않을 생각이었다.

"며칠 동안 미친 사람처럼 루미 씨를 찾았지만, 보고 싶었다고는 말해도. 다른 말은 하지 않을 거예요."

"그럼, 사장님. 저 속이셨어요?"

"아뇨. 일부러 그러지는 않았어요."

서원은 루미의 말에 솔직하게 답하는 것으로부터 새롭게 시작하리라 생각했다.

"그럼, 저요……."

머뭇거리는 루미의 모습에 이번에는 서원이 먼저 한 발짝 더 다가가며 입을 열었다. 이제 손만 뻗으면 루미의 얼굴이 닿을 정도로 가까워진 거리였다.

"이렇게 좋아하는 줄은 정말 몰랐는데, 좋아해요."

"사……장님?"

루미의 멍한 얼굴이, 그 순간 견딜 수 없을 정도로 서원을 안도 케 했다. 그는 자각하지 못한 채 작고 하얀 루미의 얼굴로 손을 뻗었다.

부스스한 머리카락을 정리하듯 넘겨 주고, 보드라운 볼에 손을 대면서도 서원은 품 안에 루미를 안고 싶다고 생각했다.

"그러니까. 나랑 같이 가요. 나는 루미 씨가 옆에 있는 생활을 선택하고 싶어요. 나랑 함께 있어요."

망설이는 기색이 역력하면서도, 또 한편으로는 도망쳤던 걸 미 안해하는 루미를 서원은 품에 끌어안았다.

품 안에서 느껴지는 온기가 그를 더 웃게 했다.

이제 정말 루미가 없는 생활은 생각할 수도 없다는 현실만이 그에게 또렷이 인지될 뿐이었다.

며칠 쉬다 나왔으니 앞으로 주에 한 번씩 쉬는 날들도 모두 반 납이라는 생각을 했다. 그보다 루미는 먼저 자신 대신 나와서 일 한 직원들에게 꾸벅이며 미안하다고 했다. 하지만 모두 어쩐 일인 지 한결같이 건강 먼저 챙기라는 말을 할 뿐이었다.

"루미 씨?"

오늘 같은 시간대에 일하게 된 명진이 슬쩍 다가와 말을 붙이자 루미는 시무룩했던 얼굴을 조금은 펼 수 있었다.

"몸은 괜찮아?"

"네? 네!"

"사장님이 다 호출했었어. 뭐 대타 뛰면 월급 더 준다는 말도 하시긴 했지만. 그날 무슨 일 있었어?"

그날이라고 물어온 명진의 말에 루미는 그의 어머니를 떠올렸다. 곱고 우아한 분이셨는데, 놀라서 허둥대느라 그날의 자신은 매우 이상해 보였을 것이다.

"아, 아뇨! 그냥……."

"진짜 아팠구나. 그러게 뼈밖에 없어서……. 좀 먹고 다녀!"

파이팅이라는 말까지 덧붙이며 능글맞게 웃는 명진이 이내 쓰레기를 버리겠다며 뒤편으로 사라지고 나서야 루미는 현실로 돌아온 느낌을 받을 수 있었다.

제대로 묻지도 듣지도 않고, 자신을 좋아한다는 그의 말에 그냥 같이 가겠다고 해 버렸다. 조금쯤 더 애태우는 게 좋다는 이야기를 어젯밤 라디오에서 들었다. 하지만 옥탑방에 누워 곰곰이 생각해도 도무지 쉽게 이해가 가지 않았다. 라디오에서 나오는 사연들은 하나같이 시트콤 같기만 했다. 현실성이 떨어지는 그 사연들을 듣고 있노라면 웃음이 나다가도 이내 시무룩해졌다.

사실 현실성 없기로 따지자면 그녀가 하고 있는 지금의 연애가 더 현실적이지 못했다.

연애를 더 하자는 쪽으로 서로 이야기를 하고 부담을 느끼지 않는 선에서 맞추겠다고 그가 약속해 주었다. 대신 루미가 한 약속은 하나였다. 무엇이든 물어보겠다는 것, 그래서 이번처럼 지레 겁을 먹고 어린 마음에 도망가지 않겠다는 약속을 그에게 했다.

"참 지난번에 저 아래 건물에 있는 레스토랑에서 전복이랑 값나가는 해산물 전부 다 소진된 거 들었어?"

여직원들이 자신을 흘긋 바라보며 말하는 통에 신경을 안 쓰려야 안 쓸 수가 없었다.

저 아래 건물이라고 했으니 분명 서원의 건물 중 하나일 것이었다.

"조만간 특별 수당 줄 테니 나와서 일하라는 말 돌걸?"

"특별……수당요?"

요 며칠 엄청 미안하기만 했는데, 일하고 돈 벌어서 맛있는 거 많이 해 주면 좋아하겠지 싶어 루미는 슬그머니 여직원들 틈에 끼었다.

"어?"

놀란 직원들의 모습에 어색하게 웃던 루미는 다시 입을 열었다.

"그게 뭔데요?"

"아, 전에 명진 씨가 말해 주지 않았어? 사장 가게에 문제 생겨서 사람 더 필요하면 가끔 수당 높여 주고 일할 사람 자원 받거……든. 근데, 루미 씨가 하려고?"

"네!"

대략 얼마를 받는지도 듣고, 그 돈으로 어떤 음식을 만들면 좋을지도 물어물어 적어 놓은 루미가 내심 뿌듯한 마음에 내내 싱글벙글했다.

서원이 미안하다는 말은 절대 하지 말라고, 그 말을 들으면 정말 기분 나쁠 것 같다며 신신당부한 덕에 그녀는 말 대신 무언가 해 주고 싶었다.

하지만 부담스럽지 않으며, 정성스러운 건 역시 밥상을 차려 주는 것뿐인가 싶었다.

"루미 씨, 끝났어요?"

끝나는 시간에 맞춰 카페 안으로 들어온 서원의 모습에 루미는 해맑게 웃었다.

"네! 사장님은요?"

"직업이 사장님인데 일이 있겠어요?"

서원의 말에 루미는 까르르, 맑간 웃음을 터트렸다. 다른 사람이 들으면 실없는 말이라고 할 소리에도 웃어 버리는 루미의 모습을 차곡차곡 눈에 담아 내는 그를 알지 못하는 건지 그녀는 웃음을 터트리면서도 서둘러 움직였다.

"저 옷만 갈아입고 바로 나올게요!"

그날 이후로 루미는 솔직하게 무엇이든 묻고 말했다. 서원은 그런 루미에게 숨기는 것 없이 뭐든 말해 줬다.

루미는 카페 내부를 서성이는 서원을 한 번 더 보고 나서야 서둘러 스태프 룸으로 들어갈 수 있었다.

가끔 서원은 그날을 생각해 보곤 했다. 루미가 만약 그날 밖에 나왔다가 들어가던 길이 아니었다면, 자신이 그날 그 이상의 용기를 내지 못해 진짜 걸음을 돌려 돌아갔더라면.

그랬더라면 지금과 같은 순간을 맞이하지는 못했을 것이라는 생각만이 서원의 머릿속을 지배했다.

"사장님?"

옆에서 책을 고르는 루미의 모습이 보기 좋아 그는 맞잡은 손을 단단히 붙들었다.

"책 고르는데 너무……."

'불편해요'라는 말이 나올 걸 미리 눈치챈 서원이 웃으며 루미의 말을 단번에 자르고 말했다.

"편하죠? 뭐 더 보고 싶어요? 이리 줘요."

무거운 책을 받아 들고 그는 어색하게 웃어 버리는 루미의 옆모습을 바라봤다. 루미가 잠시 며칠 동안 사라졌었던 사실이 거짓처럼 흐릿했다.

흐릿했지만 그날의 아픔은 쉬이 잊히지 않아 끝내 눈앞에 있는 루미를 보지 않으면 안도할 수 없게 했다.

루미는 모르겠지만 그는 그가 아는 모든 수단을 동원해 그녀를 찾아 헤맸다. 그녀의 친구들, 가 볼 만한 곳, 심지어 그럴 리 없겠지만 외국으로 나간 것은 아닌지 전부 뒤졌다.

그렇게 찾아냈으니 이번에는 다시 차근히 서로 마주 보고 웃을 일만 만들겠다고 다짐했다. 그때와 같은 순간을 맞이하지 않도록 이 관계를 공고히 다질 생각이었다.

"사장님도 대학교…… 나오셨죠?"

한참을 주저하다 물은 것 같은 루미의 음성에 서원은 무언가 그가 놓친 게 있나 싶어 그녀를 바라봤다.

"학비, 비……싸겠죠?"

그는 루미가 학교에 다니고 싶은 건가 싶어 그녀를 바라봤다. 그리고 이내 그녀가 또래 친구들처럼 생활하는 것을 동경하고 부러워할 나이임을 인식했다.

그러고 보니 그녀가 오늘 본 책들은 전부 무언가 배울 수 있는 것들이었다. 이런 자격증 말고, 진짜 학교에 가서 대학 생활을 하는 걸 루미도 꿈꾸지 않았을 리 없다는 걸 서원은 그녀가 고른 책을 보고 알아차렸다.

"저 뭘 좀 배우려구요. 배우면 더 괜찮은 일자리도 구할 수 있을 것 같고. 금세 다시 돈을 모을 수 있지 않을까요?"

"내가 도와줄까요?"

서원은 루미가 안쓰러웠다. 적어도 그 보육원이 성심재단에서 후원하는 곳이기만 했어도 루미는 지금과는 조금 다른 생활을 하고 있지 않았을까 싶었다.

"아니에요! 혼자 할 수 있어요. 사실 그중에 어떤 걸 해야 할지도 아직 못 정해서요……."

"그럼 같이 찾아봐요."

그는 꽉 붙들고 있는 루미의 손을 더 단단하게 잡은 뒤에야 걸음을 옮겼다. 서점 내 곳곳에 있는 의자를 찾아 나섰다.

붙들고 있는 손이 불편하다는 생각은 전혀 들지 않았다. 또 시간을 쪼개고 열정을 쏟아 돈을 버는 것보다 루미와 함께 있는 지금 이 시간이 더 좋다는 생각마저 들었다.

이런 자신이 스스로도 적응이 되지 않을 정도로 그는 무척이나 이 시간이 좋았다. 그렇기에 루미가 하고 싶어 하는 것이 무엇이든 할 수 있도록 옆에서 돕고 싶었다.

오래도록, 이 일상을 지키고 싶었으니까.

한 번도 쉽게 무언가를 가져 본 적 없는 삶에 느닷없이 나타난 도서원이라는 사람은 루미에게 있어서 신기한 존재였다.

늘 주지 못해 안달이었고, 외롭지 않게 해 주려 분주하게 움직였다. 그런 그가 이제야 제대로 보이기 시작했다. 루미는 늘 그가 반쯤은 장난일 수도 있겠다고 생각했던 건 그가 온전히 다 말해 주지 않아서라는 걸 이젠 안다.

알기에 지금은 함께 있는 모든 시간은 물론이고, 그가 하는 모든 행동이 제대로 보이기 시작했다.

"무거운 건 들지 마요."

"사장님, 저 일하러 온 건데요?"

이렇게 가까이에서 카페 일을 할 때면 그는 제가 무엇을 하고 있든 단숨에 달려왔다. 무거운 건 자신이 들겠다고 달려오는 그 모습에 좋아하다가도, 그러면 안 될 것 같았다.

"이런 게 직원을 생각하는 사장의 마음이죠."

"그럼 사장님을 생각해서 전 무급으로 일한 걸로 칠까요? 아무것도 못 하게 하실 거면 왜 오겠다는 다른 분들은 오지 말라고 하셨어요?"

루미는 진심으로 궁금했다.

대체 왜, 이 많은 양의 일거리를 두고 그가 모두 돌려보낸 건지. 더욱이 자신은 앉아서 간간이 그와 대화나 하고 있었다.

다만 그녀가 아는 건 오늘 일해서 이달 월급이 더 늘어난다는 사실과 그에게 따뜻하고 맛있게 건강한 식사를 차려 줄 수 있겠다는 사실이었다.

"아직 모르겠어요?"

서원의 말에 루미는 고개를 갸우뚱거리기만 할 뿐 다른 어떤 행동도 하지 못했다. 서원의 손에 이끌려 의자에 앉혀지는 동안에도 그의 말뜻을 이해하지 못했다.

그녀가 이해하기에는 아직 이 상황과 그가 존재하는 현실이 매우 비현실적이었기 때문이었기에…….

"루미 씨가 힘든 건, 안 했으면 싶어서요."

"하지만 이건 제 일이잖아요."

"그래도 안 했으면 좋겠어요."

서원의 말에 루미는 멍하니 냅킨을 쥔 채로 그를 바라봤다. 오늘 나왔더니 그가 시킨다는 일이 테이블 닦는 것과 냅킨 접는 일이 전부였다. 전복을 손질하는 일이라든가 내일 있을 레스토랑 운영에 차질이 없도록 식재료를 정리하는 일은 전부 그가 하고 있었다.

"이러면 제가 정말 월급 받아 가는 게 죄송해서……."

더 이상 그의 가게에서 일을 할 수 없겠다 싶어 입을 더 열려던 찰나, 서원이 루미의 앞에 다가왔다.

루미는 그런 서원의 행동에 말을 급히 멈추고 숨을 들이켰다. 그가 문득문득 보이는 이런 사소한 행동들에 그녀는 설레었고, 믿을 수 없으리만치 행복했다.

그런 제게 그는 여전히 잔잔한 파동을 일으키고 있었다. 그 사실을 아직 그가 모른다는 것이 즐거운 그녀였다.

"그런 말 하지 마요."

"네?"

루미는 서원의 말에, 행동에 아무런 대답도 하지 못하고 가만히 있기만 했다.

"나는 이렇게 있는 지금이 정말 좋으니까."

그가 입고 있는 좋은 옷이 구겨져도, 그녀가 낡아서 물이 빠져 해진 청바지를 입고 있어도 지금은 그저 서로를 좋아하는 상태라는 사실만이 명확하게 인지됐다.

루미가 이 모든 상황이 간결하고 명확하게 인지한 순간 그녀는 그의 옆에 더 오래 있기 위해 자신이 해야 하는 것이 단순히 먹고 살 궁리가 아니라는 걸 깨달았다.

"루미 씨?"

"네?"

그를 앞에 두고 또 다른 생각을 했다는 사실에 어쩔 줄 몰라 루미는 눈에 띄게 허둥댔다. 그렇게 손에서 놓친 냅킨이 바닥에 떨어지자 루미는 빠르게 허리를 숙여 잡으려 했지만 서원이 그녀보다 더 빨랐다.

"무슨 생각 했어요?"

"아, 그냥……."

"지난번에 서점에 가서 고민했던 거, 아직도 결정 못 한 거죠?"

그의 말에 루미는 선선히 고개를 끄덕였다. 그 고민도 생각 중 일부 있었으니 영 거짓말은 아니었기에 루미의 고갯짓은 제법 자연스러웠다.

"오늘 다시 가서 볼까요?"

원한다면 그 책 사서 옥탑방 평상 위에서 함께 보자는 서원의 속삭임에 루미는 두 볼을 발그레하게 물들였다.

하지만 그녀는 고개를 내저으며 입을 열었다.

"아니에요. 이건, 꼭 혼자 결정하고 싶어요."

사실 아무도 없다고 생각했던 루미에게 그는 다른 길도 있다는 걸 보여 주고 싶어 한 유일한 사람이었으니……. 루미는 요즘 들어 더 고민이었다.

남들처럼 그렇게 학교도 다니고, 아르바이트도 하면서 살 수 있을지. 그러면서도 서원과 계속 만날 수 있을지가 가장 큰 고민거리였다.

그를 위해 무엇을 감수해야 하는지, 어떤 것이 필요한지는 아직 알지 못했다. 하지만 차차 알아가며 해 볼 수도 있지 않을까 하는 작은 희망이 마음 속에 똬리를 틀고 있었다.

그럴 수 있다는 희망.

그게 이토록 사람 마음을 기분 좋게 간질이는 줄은 이전에는 몰랐다.

팍팍했던 현실에서, 도서원이라는 남자는 루미에게 기분 좋은 간질거림을 안겨 주고 있었다. 오랫동안 그 기분을 느끼고 싶어 버둥대는 어린아이처럼 루미는 제법 간절했다.

평상 위에 드러누워 루미는 달력을 체크했다. 그가 쳐 준 그늘막에 누워 있으면 항상 보였던 별이 총총한 하늘은 보이지는 않았지만 적어도 따가우리만치 뜨거운 햇볕을 피할 수 있었다.

이틀 뒤면 월급이 들어오는 날이니 루미는 월세를 제외한 나머지 돈을 적절히 분배할 생각에 메모지에 필요한 금액을 계산하기 시작했다.

용돈으로 쓸 돈 조금, 월급날 그에게 밥을 해 줄 수 있도록 필요한 재료를 사야 할 돈 조금. 그렇게 하나씩 메모지에 적어 가다 보니 확연히 줄어든 액수에 시무룩해졌다.

돈을 얼른 모아서 다른 곳으로 이사를 해야 그가 이 힘든 옥탑방으로 안 올라올 수 있을 텐데 싶어 루미는 지금까지 모은 돈을 셈해 보다 결국 달력을 옆에 놓고 다시 드러누웠다.

이게 다 뭐하는 건가 싶다가도 그녀는 히죽 입가에 번지는 웃음을 막지 못했다. 당장 내일 하루에 쓸 수 있는 돈이 만 원밖에 없어도 즐거웠다.

비슷한 상황을 작년에도 겪었고, 그전에도 겪었던 적이 있었지만 루미는 신기하게도 지금이 더 낫다고 생각했다.

기이하게도 괜찮을 수 있다는 근거 없는 믿음이 마음에서 싹트자 정말 괜찮아진 것 같았다.

재호가 빌려 간 돈을 받을 수 없게 되었다는 사실을 안 그녀는 거리에 주저앉아 엉엉 울기도 했었다. 하지만 괜찮았다.

그 나름의 사정이 있었으니 자신에게 그런 행동을 했던 것이리라. 그렇게 생각하면 어느 부분은 이해가 되기도 했다.

재호는 자신과 꽤 비슷한 처지였으니 다른 사람들보다 더 안쓰러운 마음이 있는 것이 사실이었다. 그게 그녀의 눈을 가리고 있었던 것을 인정할 수 없었다.

한 번 의심을 하면 두세 번은 훨씬 쉬울 것 같아 그녀는 그렇게 하지 않았다. 정말 그러면 루미는 돌이킬 수 없을 정도로 자신의 주변 사람에게 실망할 것 같아 굳게 믿어 버린 생각을 바꿀 용기가 들지 않았다.

무작정 사람을 의심하고 싶지가 않았다. 그런 삶은 정말이지 슬플 것만 같아 루미는 애써 생각을 털어 내려 애썼다.

당장 내일이 지나고 그다음 날 그에게 고슬고슬한 하얀 밥에 따뜻한 국과 반찬을 차려 든든한 식사를 내어 줄 수 있다는 생각이 그녀의 굳은 입가를 유연하게 풀어 주었다.

어떤 것을 해 주면 좋을지 고심하던 루미는 이리저리 뒤척거리며 방 안에서 천장을 바라보다 그녀도 모르게 스르르 잠들었다.

저마다 월급날엔 무엇을 할지 재잘거리는 소리가 아침을 깨우고 있었다. 루미는 그 사이에서 방황하는 강아지처럼 서성이기만 했다.

창가에 앉은 서원에게 다가가서 말을 붙여야 하는데 도통 용기가 나지 않아 몇 번이고 그 주위를 치운다며 맴돌기만 할 뿐 다가

가지 못했다.

평소엔 이쯤 되면 슬쩍 다가와 말을 붙이던 그가 오늘은 어쩐 일인지 노트북에 눈을 박은 채로 옴짝달싹하지 않고 있었다. 직원들이 몇 번이고 그가 앉은 테이블 위에 있는 빈 커피 잔을 다시 바꿔도 골몰하는 모양새였다.

마침내 루미는 서성이던 걸음을 조금씩 옮겨 서원의 옆으로 천천히 다가갔다. 이른 아침 카페 안은 아직 손님들이 별로 없어 꽤 조용한 편이었다.

"저……. 사장님."

여전히 호칭은 그가 바라는 대로 입에 붙어 나오지 않았지만 루미는 조심스럽게 그를 불렀다. 무언가 이토록 골몰하는 서원의 모습을 그녀는 본 적이 별로 없었기에 생경하기만 했다.

루미는 순식간에 날아든 서원의 시선에 자신이 먼저 불렀다는 것도 잊은 채로 당황하다가 입을 겨우 뗐다. 좋으면서도 말하려고만 하면 왜 이렇게 자꾸만 작아지는지 그녀는 스스로가 도무지 이해할 수 없을 지경이었다.

"바, 밥이요……."

"루미 씨 안 먹었어요?"

단번에 자신을 걱정하고 파고드는 서원의 음성에 루미는 마음 한편이 뻐근할 정도로 뭉클해 원래 왔던 목적을 잊을 뻔했다.

"그게 아니라. 오늘 저녁에……."

같이 먹자는 말이 루미의 입 밖으로 나오기도 전 서원이 그런 루미를 보며 먼저 입을 열었다.

"같이 먹어요. 강남 근처에 봐 둔 음식점 하나가 있는데 거기 가요."

막힘없이 술술, 서원의 입에서는 오늘 저녁에 무엇을 할지가 나오고 있었다. 루미는 그런 서원을 제지하려다가도 틈이 보이지 않아, 결국 그의 말을 끝까지 다 듣고 있을 수밖에 없었다.

"그게 아니라……"

밥을 한 번도 차려 먹어 본 적이 없으면서 그에게 밥을 직접 해서 주고 싶었다는 말이 용기 있게 나오지가 않았다. 그렇게 우물거리다가 그녀는 정작 하려는 중요한 말은 빼먹고 시간만 입 밖으로 내뱉었다.

루미는 조금 이따 보자는 자신의 말에 서원이 알겠다며 대답하는 것으로 두근거리던 가슴이 어느 정도 진정이 되는 것 같았다.

오늘 같은 날 오픈조라 정말 다행이었다. 루미는 그렇게 생각하며 다시 총총 걸음을 옮겼다. 그녀가 걸음을 옮길 때마다 질끈 묶은 다갈색의 머리카락이 흔들렸다.

비실비실하게 생긴 여자 혼자 커다란 비닐봉지 두 개를 들고 언덕길을 오르니 사람들의 시선이 절로 돌아가는 건 당연한 일이었다. 저렇게 올라가다가 넘어질 것만 같다는 불안한 시선들이 루미의 등 뒤로 쏟아졌다.

하지만 그녀는 올라가기에 바빴다. 장을 보는 일이 이렇게 어려운 일이 될 줄은 꿈에도 몰랐던 루미는 너무 쉽게 생각했나 싶기도 했다. 양손 가득 들린 식재료가 루미의 고민을 더 깊어지게 했다.

장을 보느라 1시간이 지나가는 줄도 모르고 있었다. 지금이라도 서둘러야 8시까지 상을 차릴 수 있겠다고 생각하며 바삐 걸음을 옮겼다. 루미는 집으로 올라가는 계단을 오르는 동안 힘에 부치면서도 힘든 내색을 하지 않았다.

살면서 더 힘든 때도 많았다. 그래도 서원이 제주도에서 관광 안내 아르바이트를 했던 자신을 기억하고는 손을 내밀어 주지 않았더라면 여전히 주저앉아 울고 있을 것이 뻔했다.

재호가 같은 처지라 안쓰럽기는 해도 고생해서 모은 돈을 다 줄 정도로 안쓰러운 것은 아니었다. 루미에게 그 돈은 돈 이상의 큰 의미가 있었다.

그거라도 있으면 많이 배우지 못했어도, 고아여도 스스로 해낸 것이 하나쯤은 있다는 생각에 다른 사람들 앞에서 괜스레 작아지지 않을 수 있었으니까.

루미는 평상 위에 식재료를 올려 놓고는 옥탑방을 열심히 종종 걸음 쳤다. 아랫집 아주머니께 김치찌개 끓이는 법을 다시 물어봐야 하나 싶다가 가만히 메모지에 쓴 빼곡한 글씨를 다시 읽어 내려갔다.

김치찌개 끓이는 법, 냄비로 밥 짓는 법.

단 두 가지였지만 루미에게는 수능보다 더 어려운 일이었다.

그래서 이 행동이 의미가 있는 행동이라는 걸 알아줬으면 좋겠다고 그녀는 그렇게 생각했다.

그가 알아줬으면 좋겠다.

그렇게 자신을 안아 주고 잘했다고 다독여 줬으면 좋겠다.

곁을 지켜 주는 사람이 있다는 사실이, 그래서 의지할 수 있다는 생각이 이전에는 알지 못했던 감정을 불러일으켰다.

다시 어린아이가 된 것만 같은 착각이 들었다. 하지만 루미는 그게 이토록 좋을 줄 몰랐었다.

인정하고, 받아들이며 종국에는 그의 곁에 오래 있고 싶다고 생각했다. 그렇게 생각하기까지 많이 어려웠고 꽤나 고민했다. 그렇지만 그녀는 이제 그가 자신을 놓는다고 생각하면 이전에 겪었던 자잘한 생채기들보다 더 아플 것이라고 확신했다.

그가 자신을 놓지 않았으면 좋겠다는 바람이 강하게 루미의 안에서 움트기 시작했다.

서원은 루미의 옥탑방에 발을 디딘 순간 고소히 번진 밥 내음에 그 자리에 우뚝 서 있을 수밖에 없었다. 전과 다를 바 없는 광경에 달라진 것이 있다면 루미가 그를 위해 밥을 했다는 사실이었다.

그게 신기하기도 하고 고맙기도 해 그는 입가에 번지는 웃음을 막지 못했다.

"루미 씨?"

"어, 언제 오셨어요?"

한 손에는 국자를 들고 고개를 빼꼼 내민 루미의 모습에 서원은 기분 좋은 울림이 있는 웃음을 터트렸다. 가끔 상상을 해 봤지만 실제로 이렇게 보게 되니 루미가 자신을 위해 밥을 해 주는 모습은 상상만 했던 때보다 더 좋았다.

"밖에서 먹자는 거 아니었어요?"

서원은 두 볼을 붉히면서 쑥스러운 기색이 가득한 루미의 모습에 이 상황만으로 아주 좋다고 말해 주고 싶었다.

"그게……."

루미가 한 다음 말이 아니었다면 그는 분명 바로 입을 열었을 것이었다.

"제가 직접 해 드리고 싶었어요. 진짜 처음 해 보는 거라서 자신이 없는데……. 그래도 해 드리고 싶었어요."

서원은 그제야 자신이 느끼는 이 기분들이 무엇인지 얄팍하게나마 깨달을 수 있었다. 청량한 여름 바람이 불어오는 지금, 그는 그녀가 주는 설렘을 맛보고 있는 것이었다.

원하던 것이 손에 넣어지지 않았다고 오기를 부린 치기 어린 마음이 아니라.

"그러니까 맛이 별로 없을 수도 있어요……."

국자를 싱크대 위에 올려놓은 것인지 어느새 빈손이 된 루미가 서원의 앞으로 다가와 그의 손을 잡아 이끌었다.

선풍기를 계속 틀어 놓았는지 루미의 옥탑방은 더위를 못 이길 정도로 달아올라 있지는 않았다.

방 안에 놓인 소반.

그 위에 놓인 반찬과 밥을 보고 서원은 순간 할 말을 잃었다. 좋아서 어떻게 표현을 해야 할지 알 수 없어 말이 없는 그를 끌고 방으로 들어온 루미는 국그릇에 김치찌개를 담아 왔다.

루미가 내준 그릇을 멍하니 바라보던 서원은 두 눈을 반짝이며 자신을 바라보는 루미의 시선에 수저를 들었다.

그는 찌개를 한 숟갈 떠서 입에 넣고 맛을 보는 둥 마는 둥 하며 입을 열었다.

"맛있어요. 정말 잘 먹을게요."

"진짜요? 다행이다."

이제야 안도의 한숨을 내쉬는 루미의 모습에 서원은 그녀의 머리를 쓰다듬고 싶은 충동을 내리눌렀다.

찌개는 사실 무슨 맛인지도 알 수 없을 정도로 오묘했다. 분명 집에서 밥을 잘 안 먹는 루미는 김치가 있을 리 없었다. 분명 밖에서 파는 김치를 사서 한 것일 텐데도 오묘한 맛이 나는 김치찌개가 신기했다.

밥도 냄비로 한 건지 아직 설익은 부분이 있어 먹기 곤란했지만 서원은 아랑곳하지 않고 맛있게 먹기 시작했다.

루미는 그제야 한 숟갈 떴다. 이윽고 일그러진 얼굴을 한 루미가 자신을 보고는 울 듯한 얼굴로 말하기 시작했다.

"맛없잖아요……. 그냥 드시지 마세요. 사장님이 주신 반찬하고만 먹어요."

"맛있어요. 그러니까 루미 씨는 밥하고 반찬만 먹어요. 루미 씨 생각보다 집에서 일하시는 아주머니 솜씨가 좋거든요."

아옹다옹하면서도, 맛없는 김치찌개로 승강이가 이어지는 이 상황이 그는 좋았다. 서원은 이제 거의 울 것 같은 루미를 보고는 결국 수저를 내려놓을 수밖에 없었다. 그는 결국 루미의 손에 들려 있는 수저를 상 위에 올려놓고는 상을 옆으로 밀었다.

그렇게 울 것 같은 루미의 얼굴로 손을 뻗은 그가 조금 더 다가가 머리를 쓰다듬었다.

"루미 씨 어서 더 커야겠다."

동그란 두 눈으로 자신을 올려다보는 루미를 보는 서원은 쑥스러워 헛기침을 하고 나서야 말을 이어갈 수 있었다.

"그래야 내가 왜 맛있다고 하는지. 루미 씨가 주는 게 뭐든 맛있게 먹을 수 있는지 알죠."

어서, 더 자라서 사람들이 세상 물정 모르는 어린 여자 꼬셔서 집안에 들여앉혔다는 소리도 안 들 수 있게 이 년쯤 순식간에 지나갔으면 좋겠다는 바람은 굳이 입 밖으로 내뱉지 않았다.

이처럼 즐거운 날들이 계속 이어진다면 그깟 이 년쯤이라고 칠 수도 있을 것 같았다.

"저, 정말 맛이 없는데……."

"루미 씨가 나한테 해 주려고 처음 밥을 했잖아요. 나한테는 그게 가장 중요해요."

그제야 풀어진 루미의 얼굴에 서원은 웃음이 일었다. 어른인 척, 상처 안 받으려는 척했어도 결국 상처받을 수 있다는 걸 자신의 앞에서만큼은 다 드러냈으면 좋겠다는 바람을 담아 그는 그녀의 머리를 쓰다듬었다.

그렇게 등을 토닥이고, 정말 맛있다고 말했다. 그는 루미가 귀여워서 절대 놓지 못할 것 같았다.

이런 모습은 그 혼자만 보며, 알고 싶었다.

그 강한 욕구에 서원은 가만히 루미를 끌어안은 채로 움직이지 않았다.

밥을 두 그릇이나 먹고, 냄비에 있는 김치찌개도 싹싹 비워 낸 서원을 보고 루미는 내내 미안해했다.

고마웠고, 좋아하니까 그래서 해 주고 싶었던 밥이었다. 하지만 분명 간을 볼 때나 밥이 익었는지 조금 떼어 먹어 봤을 때는 괜찮은 것 같았는데 막상 상에 놓고 먹으니 맛이 없었다.

그 맛없는 밥과 찌개를 깨끗이 비우고도 맛있다고 연신 칭찬을 하는 서원에게 미안해 루미는 배라도 잘 깎아야겠다고 다짐했다.

그 다짐이 무색하리만치 과도에 의해 싹둑, 하얀 부분이 떨어져 나갔다. 루미가 들고 있는 게 반, 껍질과 함께 잘려 나간 게 반이라고 해도 과언이 아니었다.

옆에 있는 서원은 그런 것은 하나도 신경 쓰지 않고 그저 조심하라는 말만 계속할 뿐이었다.

"진짜……. 예쁘게 깎고 싶었는데……."

루미는 머뭇거리면서도 배가 있는 접시를 서원의 앞으로 내밀었다. 하지만 그는 접시를 먼저 받기보다 그녀의 손에 들린 과도를 치웠다. 멀리 치우고 나서야 그는 접시를 받았다.

"예쁘게 잘 깎았어요. 근데, 루미 씨."

루미는 그가 무어라 말할지 걱정돼 마른침을 삼켰다.

"재료 다 사서 들고 올라오려면 제법 무거웠을 텐데. 다음부터는 나 불러요. 혼자 그렇게 들고 여기까지 오르내리는 거 안 반가워요."

걱정 가득한 시선과 말투.

루미는 친구들에게도 받지 못한 것들을 모두 그에게 받고 있어 구름 위를 걷는 듯 기분이 좋기만 했다.

"정말 안 무거웠어요……. 게다가 진짜 재미있었는데요?"

"그래도 나는 루미 씨가 하는 모든 일에 내가 있으면 좋겠어요."

루미는 가만히 서원을 바라봤다. 마주 보고 있는 그의 얼굴 위로 드러난 걱정에 루미는 그가 진심으로 염려하고 있다는 걸 깨달았다.

"그럴게요. 정말 그렇게 할게요. 하지만 이건 사장님한테 말 안 하고 해 드리고 싶었던 거니까. 예외예요."

루미는 충분히 지금도 좋다고 생각했다.

이보다 더 좋으면 불안한 생각이 생기지 않을까 싶었다. 하지만 한 번도 경험해 보지 못한 일이라, 묘한 기대감과 두려움이 함께 마음속에서 일렁이는 것만 같았다.

5

평상 위에 드러누운 루미의 시선이 천장을 부유했다.

"루미 씨?"

그런 자신의 옆에서 그가 듣기 좋은 음성으로 말을 건네주는 게 참 좋기만 했다.

"친구들이요. 그때 보셨죠?"

루미는 사실 클럽에서 친구들을 만났던 그가 마음에 걸려 머뭇거렸다.

"아, 그 친구들. 그건 왜요?"

서원의 다정한 물음에 루미는 그의 팔에 머리를 가만히 누인 채로 재잘거렸다. 내일 모처럼 하루 쉬는 날인데, 그와 만나지 않고 친구를 먼저 봐야 할 것 같다는 말과 핸드폰은 꼭 가지고 나가겠다는 소리를 하려고 이야기를 꺼냈지만 쉽사리 입 밖으로 말이 나오지 않았다.

사실 첫 만남이 그다지 유쾌하지 않았기에 만약 그가 싫어한다고 해도 별다른 이의를 제기하지 않을 생각이었다.

"그때 그 지원이라는 친구 말하는 거예요?"

서원의 다독거리는 손길이 끊이지 않고 루미의 어깨를 두드렸다. 루미는 그 다정한 행동에 저절로 말려 올라가는 입꼬리를 막지도 않은 채로 웃고 있었다. 그걸 모르는 그녀는 서원에게 재잘거렸다.

"아뇨. 지원이 말고, 혜연이랑 잠깐 보기로 했는데……. 핸드폰 꼭 충전해서 가지고 나갈 테니까."

"연락할게요. 걱정 말고 친구 잘 만나요."

이내 이어진 서원의 말에 루미는 밝게 웃으며 고개를 끄덕였다. 무엇 때문에 친구를 만나는지, 왜 만나는지 묻지 않은 채로 연락하겠다는 서원의 말이 다른 때보다 더 좋았다.

사실 스스로도 정리하지 못한 생각을 제대로 말할 수 없을 것 같았으니까.

루미는 내일 해연에게 더러 겁나는 일도 물어보고, 걱정되던 것도 질문하며 귀 기울일 생각이었다.

어깨를 다독이는 손길이 톡톡, 자장가처럼 루미를 스륵 잠들게 했다.

늘 메고 다니는 에코백, 물이 빠진 청바지, 민소매에 카디건 하나. 루미는 여느 대학생들과 비슷해 보였다. 적어도 서원의 눈에는 그렇게 보였다.

그런 루미가 늘 생활을 염려하고 열심히 살아가는 것이 안쓰러우면서도 한편으로 자신과 함께 많은 시간을 보낼 수 있다는 것이 좋았다.

그는 내일 루미와 함께 가려고 생각했던 공연 티켓을 보다 오늘 있었던 일을 떠올리고는 기분 좋은 웃음을 입가에 덧그렸다.

"무슨 생각 하길래 불러도 몰라?"

"이거 너 봐라."

서원은 오랜만에 보는 경준에게 대뜸 티켓부터 내밀었다.

"이거 구하기 어렵지 않아?"

티켓값은 안 비싸지만 구하기 어려운 공연의 좋은 좌석이었다. 알고 있었지만 서원은 아깝지 않았다. 공연이야 다른 걸 봐도 그만이었고, 만일 루미가 그 시간에 공연을 보기보다 드라이브를 더 하고 싶어 한다면 드라이브를 할 생각이었다.

그가 하려고 생각하고 준비하는 모든 건 루미에게 맞춰져 있었다.

"근데 너 공연 안 좋아하지 않냐?"

"그랬지."

"그런 녀석이 웬 공연 티켓을 가지고 있냐?"

어디서 들어왔냐는 물음이 이어졌지만 서원은 그 이상으로 입을 열지 않았다. 삼삼오오 모여드는 멤버들을 보는 경준의 시선이 날카롭게 빛나고 있었다.

"선영물산, 요새 자금난인 모양이더라."

경준의 말에 그런가 보다, 하며 작게 맞장구치던 서원은 대기

하고 있던 직원을 불러 간단한 것들을 주문했다.

"형님은 안 오냐?"

같은 모임에 속해 있어도 우연히 한 장소에서 그냥 마주칠 확률은 그리 많지 않았다. 고개를 내젓는 서원을 보던 경준은 저녁을 먹었다면서도 많이 주문하기 시작했다.

"근데 너나 형님이나 약혼도 안 하니까 집안도 안 좋은 애들이 괜히 한번 자기들한테도 차례가 오는 건 아닌가 하고 눈도장 찍으려고 한다는 소문이 파다해."

"그러든지."

서원은 집안이라는 이야기에 루미가 바로 떠올랐다. 다른 때 같았으면 어머니가 떠올라 친한 친구와의 이야기도 불편했을 텐데 아직 그렇지는 않았다.

"너 진짜 생각이 있는 거야? 잘 골라야 한다. 생각이라는 걸 안 하고 사는 애들 중에 더러는 너랑 결혼까지 가면 맘 편히 니 수익으로 놀고먹을 수 있을 줄 아는 애들도 있으니까."

"내가 벌면 얼마나 번다고."

서원의 스쳐 지나가는 듯한 말에 경준은 혀를 내두르며 잔소리를 늘어놓았다. 그러면 안 된다며 늘어놓는 잔소리가 단순히 그를 놀리기 위해서라기보다는 진심에서 우러나오는 걱정 때문이라는 걸 알기에 그는 경준을 제지하지 않았다.

서원에게 이 모임은 몇몇 친한 친구들을 만나는 장소이기도 하지만 때로는 인맥을 활용해 정보를 얻기도 하고 서로 돕기도 하는 매체였다. 그래서 서원은 대부분 빠지지 않고 참석하는 편이었다.

"그리고 네가 나보다 더 벌지 않냐?"

경준의 말에 서원은 장난치지 말라며 타박했다. 어느새 앞 테이블 위로 놓인 진한 커피 한 잔을 손에 쥔 서원의 모습에 경준은 술잔을 들며 말하고 있었다. 그런 경준의 이야기는 한 귀로 흘리며 서원은 다른 녀석들이 오늘 오는지 확인하기 시작했다.

딱히 더 오는 사람이 없다면 잠깐 경준과 이야기를 나누다 돌아갈 생각을 하며 그는 천천히 주위를 둘러봤다. 익숙한 장소와 사람들이었지만 어쩐지 오늘만큼은 이곳보다 루미가 있는 옥탑방이 더 익숙한 공간 같았다.

❖　　❖　　❖

쓰디쓴 커피를 홀짝이는 해연을 보며 루미는 저절로 찌푸려지는 인상을 펼 생각을 하지 못하고 있었다.

"안 써?"

아메리카노에 투 샷 추가. 루미는 어제 해연이 고단한 일이 있었거나 술을 많이 마신 건가 싶기까지 했다.

"응, 안 써. 요샌 이렇게 먹는 게 좋아. 가끔 그냥 아무것도 추가 안 하고 먹으면 밍밍해."

해연의 말에 루미는 서원이 떠올랐다. 그도 아침마다 무슨 커피를 그렇게 마셔 대는지, 거짓말 조금 보태서 물 대신 커피를 들이켜는 것 같았다.

"여기 네가 부탁한 거. 너 수능 보게?"

"응? 아……. 한번 해 볼까 싶어서. 진짜 고마워."

루미는 해연에게 문제집 몇 권과 두툼한 수학 공식 책을 받아 들었다. 책을 보는 시선이 복잡하게 얽혀 있다는 걸 알아차린 해연이 커피를 한 모금 들이켜고는 루미에게 입을 열었다.

"사실 너 성적도 좋았고, 가려면 얼마든지 장학금 받고 지방 쪽으로 가 볼 수 있었는데 아깝다고 다들 그랬었잖아."

"아냐. 내 성적에 무슨. 그냥 생각 좀 해 보려고……. 대학교는 한 달에 얼마나 들어?"

한 번도 대학교 등록금을 내 본 적이 없으니 도무지 감이 잡히지 않았다. 얼마나 내야 다닐 수 있을지 아무리 생각을 해 봐도 현실로 와 닿지가 않았다.

"한 달? 아냐. 한 학기에 한 번 내는 거야. 그게 등록금 받는 기간이 있는데, 그 기간 안에 내야 해. 그게 끝나고 수강신청도 받고. 전문대는 4년제 대학교보다는 싸고. 1학년 들어가면 처음엔 학생회비다 입학금이다 뭐다 내는 거 좀 있어서 좀 더 내는 편이 고. 제일 좋은 건 국립대 들어가서 장학금 받는 거지."

꽤 괜찮은 국립대를 목표로 해 보라는 현실적인 조언이 이어졌다. 하지만 루미는 자신이 할 수 있을지 의심스러웠다. 정말 할 수 있을지, 그가 이런 현실에 사는 자신을 보고도 좋다고 속삭여 줄 수 있을지 궁금했다.

그 의심과 의혹들이 그녀로 하여금 불안을 느끼게 했지만 어쩔 수가 없었다. 처음부터 격차가 너무 컸으니까.

이건 당연한 것이었다. 이 불안은 오롯이 스스로가 감당해야 할 몫이라는 걸 알고 있었다.

알고 있었으면서도 행복해서 잊고 싶었다. 앞으로 더 나아가서 서원과 비슷한 어른이 되면 잊을 수 있을 것만 같았다.

"루미야?"

해연의 부름에 루미는 고개를 들어 방긋, 웃음을 입가에 그려 넣었다. 작위적이라는 걸 알면서도 해연은 묻지 않을 걸 알고 있다.

지원과 달리 해연은 다른 사람의 이야기도 잘 들어 주고 고민도 나눠 주는 친구였다. 그랬기에 루미는 다른 친구들보다는 해연에게 더 속 이야기를 털어놓았었다. 이런 친구가 있어서 다행이라고 생각한 적이 고등학교 때까지는 꽤 됐었다.

"아냐. 이건 진짜 고마워."

"그래. 뭐 더 필요한 거 있으면 알려 줘. 내가 다시 천천히 찾아볼게. 요새 유형이 어떻게 되는지 몰라서 그것만 보라고는 못하겠는데……. 기본기는 다시 찾을 수 있을 테니까."

"응. 고마워."

'정말 고마워' 라는 말을 서너 번은 더 하고 나서야 루미는 해연을 먼저 보낼 수 있었다. 그러고 나서야 그녀는 손으로 만지작거리기만 하던 폴더폰을 꺼내 열었다.

현재 시간은 네 시.

그가 카페 창가 부근에 앉아 아무것도 하지 않고 가만히 있을 시간이었다.

루미는 서원에 대한 생각을 하고, 그가 무엇을 할지 그리기만 했을 뿐인데도 마음이 머리를 울릴 듯이 뛰는 걸 느꼈다.

이만큼이나, 이토록이나······.

그를 마음에 담아 겁이 났음에도 물러날 수 없었다. 늘 겁을 내고 뒷걸음질 쳤지만 이번만큼은 물러설 수 없어 그 자리에 버티고 서 있었다. 다가가지는 못하더라도 그대로 서 있을 순 있었다.

그게 더 나쁘다고 생각하면서도 그녀는 그가 조금만 기다려 줬으면 좋겠다고 생각했다. 한 걸음만 움직이면 다음 걸음은 쉬울 것이라는 생각을 하면서도 첫걸음이 어려웠다.

늘 그렇듯, 무엇을 하든 처음이 어렵듯.

루미에게 지금 이 순간들은 모두 처음이기에 어렵기만 했다.

전화를 받고 서원은 곧장 루미에게로 내달렸다. 차를 몰아 루미가 있다는 강남까지 가는 길이 평소보다 더 멀게만 느껴졌다.

"늦었죠?"

차가 막히면 오래 걸리는 길에서 그는 혼자 있을 루미를 떠올리며 초조해했다. 하지만 자신만을 기다릴 루미를 생각하면 기분이 좋아졌다.

그 이상한 느낌이 오는 동안 내내 그를 즐겁게 만들기도 했고 괴롭히기도 했다.

"아니요! 별로 안 기다렸어요."

루미의 손에 꽉 쥐어져 있는 핸드폰에 눈길이 갔던 서원은 이내 시선을 돌렸다. 그러고는 요샌 잘 보이지도 않는 폴더폰을 손에 꽉 쥔 채 가게 내부를 들여다보는 루미의 모습을 보며 입을 열었다.

"혼자 뭐 했어요?"

"음....... 그냥 있었어요. 사장님, 있잖아요......."

무언가 할 말이 있거나, 궁금한 것이 있을 때 루미는 항상 이야기를 하기 직전에 머뭇거렸다. 조심스럽게 꺼내는 말과 달리 사실 눈은 전혀 조심스럽지 않다는 걸 스스로는 모르는 듯싶었다.

서원은 그런 루미의 모습에 다시금 웃으며 다음 말을 기다렸다.

"도서원?"

그는 그렇게 루미의 말을 기다렸지만 들리는 건 등 뒤에 닿은 반갑지 않은 음성이었다. 서원은 루미를 보여 주고 싶지 않아 모른 척하려고 했지만 다가오는 발소리를 들으니 그럴 수 없을 것 같았다. 그래서 서둘러 일어서서 루미의 앞을 막아서듯 섰다.

궁금해하는 루미의 시선을 피하려면 등지고 서는 방법 외에는 다른 뾰족한 수가 없었기에 그는 그렇게 서서 인사를 건넸다.

다가오는 사람은 그냥 데면데면 아는 사이이지 친한 사이가 아니었다. 어젯밤 참석했던 모임에서 가끔 스치듯 보는 그런 사이.

"이런 데도 오는구나?"

"최효준. 어제 봤던 것 같은데."

"물론. 내가 도착했을 때가 네가 나갔을 때니까. 같이 계시는 분은......?"

물음으로 끝나는 최효준의 음성에 서원은 난감한 기색이 역력했다. 루미에게 이런 골치 아픈 일들을 알려 주고 싶지 않았다.

그저 좋은 거, 즐거운 일들만 알려 주고 싶은 마음에 그는 알 것 없다며 효준에게 다음에 보자고 하고 나서야 다시 자리에 앉을 수 있었다.

그렇게까지 하고 나서야 그는 깨달았다.

자신이 지금 그녀를 완전히 배제한 채로 있었다는 걸.

"사……장님."

조금은 위축된 루미를 보자 서원은 잘못을 빠르게 인정하고 미안하다고 하고 싶었다.

이어진 루미의 말만 아니었더라면.

주문을 받으러 온 카페 직원만 아니었더라면.

"저요. 돈 덜 받고, 근무조 옮길 수 있어요?"

연인이 아닌 진짜 사장에게 하는 말이 루미의 입에서 나오자 서원은 당황할 수밖에 없었다. 조금 전의 일은 최효준 같은 사람들하고 루미가 알고 지내는 것이 싫어서 한 행동이었다.

다른 의도는 없는, 그런 마음에서 나온 무의식적인 행동.

"저 공부할 거예요."

루미의 입에서 공부라는 말이 나오자, 서원은 상황을 설명하고 수습하려 달싹이던 입술을 다물고 경청했다.

"그래서 사장님 옆에서 조금 더 있고 싶어요."

눈에 띄게 불안해하는 루미의 시선이 마치 자신의 잘못인 것만 같아 서원이 다급히 입을 열었다. 아무렇게나 시킨 음료를 테이블 위에 올려놓는 직원이 있는 것도 신경 쓰지 않을 정도로 초조해했다.

"조금 전에는 루미 씨가 그런 사람들하고 알고 지내게 하고 싶지 않아서 막은 거예요. 소개하고 싶지 않았다고 생각하지 마요."

"알아요. 사장님은 분명 그러실 거라는 거. 근데요……."

말끝을 길게 늘인 루미를 가만히 바라보던 서원은 이어진 그녀의 말에 깊게 한탄했다.

"좋으면 좋을수록. 사장님이 더 많이 알고, 사장님 주변 분들이 많이 배웠을 거라고 생각하면. 언젠가는 이런 제가 싫어지실 것 같아서……. 그래서……."

"아니. 그렇게 생각 마요."

정말 그렇게 생각하지 말라고 한 번 더 강조해서 말했다. 그 말에 루미가 흐릿하게 웃어 보였다.

"아니에요. 저는 오래 있고 싶어요."

대상이 빠진 그 말에 서원은 머리를 한 대 맞은 듯 아무런 행동도 할 수가 없었다.

"사장님 옆에 오래 있고 싶어요. 그렇게 지금처럼 즐겁고 행복해질 수 있다면 좋겠다는 생각을 도무지……."

그녀의 걱정이 무엇인지 더 깊게 보지 않은 스스로를 욕했다. 서원은 그런 스스로를 욕하면서도 루미가 자신을 먼저 생각해 주고 있다는 사실이 기뻤다.

곁에 오랫동안 있고 싶은 건 자신이라고 말하려다 말고 그는 단호하게 입을 열었다.

"그런 생각 버리지 말아요."

서원은 그녀가 이대로여도 좋았고, 다른 무언가에 골몰해도 좋을 것 같았다. 어떤 모습이든 그건 루미일 테니까.

"나는 루미 씨가 이런 루미 씨라서 좋아요. 고마워요, 말해 줘서."

진심을 다한 한마디에 루미가 안도하기를.

그는 간절히 바랐다.

루미는 해연에게 받은 책을 넣어 놓은 에코백이 한껏 무거워졌다는 걸 알기에 한사코 서원의 손에서 뺏으려고 들었다.

하지만 그는 도무지 내어 줄 생각이 없어 보였다. 내친김에 서점에도 가자며 강남역 인근에 있는 서점으로 자신을 데리고 가기까지 했다.

"사장님, 이러면 못 들고 가요……."

"내가 있잖아요. 앞으로 이런 무거운 거 들 일 있으면 불러요."

손도 꽉 잡고, 넓은 서점 내부를 이리저리 휘젓듯 움직이던 서원의 걸음이 멈추면 루미의 걸음도 덩달아 멈췄다.

루미는 그렇게 그가 멈춘 자리에 서서 고개를 들고 알아차렸다. 왜 그가 걸음을 멈췄는지, 그리고 더 이상 자신의 손을 붙들지 않은 채 놓아준 것인지.

곁에 서서 가만히 있는 그는 자신이 하는 양을 지켜보기만 할 뿐이었다.

이런 일은 혼자 하고 싶었는데 함께하자고 하는 서원이 고마웠다. 고마운 만큼 미안하기도 해서 루미는 서점 내에 있는 카페에 가서 기다리라고 서원에게 끈질기게 말했다.

사실 그는 이런 책에 흥미가 없을 게 분명했다. 흥미 있는 척해도 지루할 것이다. 그게 미안해서 루미는 한사코 괜찮다 말하는 그를 말리고 있었다.

"이러기보다는 얼른 고르는 편이 더 좋지 않을까 싶은데. 어때요?"

아옹다옹하는 동안 사람들이 흘긋거리며 그녀와 그를 보고 있다는 걸 몰랐다. 루미는 주위를 쓱 둘러보고 난 뒤에야 사람들의 시선이 자신에게 향했음을 알아차렸다. 이윽고 그에게도…….

"사람들이 왜 쳐다보는 거예요?"

"루미 씨가 어려 보이니까."

당연히 수험생 서적을 보고 있으니 그들의 머릿속에 고등학생이나 갓 스무 살이 넘은 학생으로 보일 수도 있었다. 하지만 루미는 서원과 자신을 흘긋거리며 보는 시선이 너무나 이상해 다시 묻지 않을 수가 없었다.

"근데 왜요?"

"루미 씨는 어려 보이고, 옆에 있는 남자는 나이가 많아 보이니까."

서원의 말에 루미는 강하게 반발했다. 서원이 나이가 많이 들어 보인다니 말도 안 되는 소리라며 손을 내저었다.

"저 사람들 눈에는 내가 굉장히 나쁜 사람처럼 보일 수도 있어요."

"사장님은 좋은 사람인걸요."

그녀에게 그는 좋은 사람이었다. 다른 수식어는 필요하지 않을 정도로 좋은 사람. 그런데 다른 사람들의 눈에 그가 나쁜 사람처럼 보일 수 있다는 사실이 그녀에게는 조금 충격적이었다.

"좋은 사람은 이런 마음을 안 먹어요."

"네?"

멍하니 되묻는 루미를 향해 서원의 듣기 좋은 중저음이 들렸다. 속삭이듯 들린 그 음성에 루미의 얼굴이 잘 익은 사과처럼 붉어졌다.

'*착한 사람은 아무런 마음 없이 타인을 도와주지, 그 대상을 사랑하지는 않아요.*'

루미는 방에 돌아와서도 내내 그가 한 말을 생각했다. 곱씹어도 도무지 그 말의 의미를 이해하기 힘들어 몇 번이나 인상을 찌푸렸다 풀기를 반복했다.

책이 놓여 있는 방 한쪽, 그녀는 엎드렸던 몸을 돌려 누워 천장을 바라봤다. 낮은 천장이 코앞에 닿을 듯 가까웠지만 지금 이 시간이 좋았다.

다른 이들은 힘들겠다고 말하는 상황에서도 그녀는 늘 밝게 생각하려고 부단히 노력했다. 그 노력을 마다하지 않은 건 언젠가는 노력한 만큼의 빛을 발할 수 있을 것이라는 생각이 강했기 때문이었다.

남자가 노력의 대가일 수는 없지만, 이제 조금씩은 여유가 생기려고 서원이 자신의 삶에 등장한 것이 아닐까.

루미는 아무것도 없는 하얀 천장을 바라보며 그렇게 생각했다. 그러다 문득 공부를 다시 하고 싶어도 어디서부터 시작해야 할지 막막해 한숨을 내쉬었다.

이렇게 하루에도 열두 번은 더 오가는 변덕이라니. 루미는 이런 자신이 처음이라 어떻게 해야 할지 종잡을 수가 없었다.

이번에도 해연에게 도움을 청할까 고심하던 루미는 이내 크게 실망하고 말았다. 자신의 인간관계가 이토록 좁다는 사실이 그녀를 우울하게 했다.

그래도 지원에게 도움을 요청하는 것보다야 해연에게 하는 편이 낫다고 생각한 루미는 오래된 폴더폰을 찾았다.

고대 유물이라고 친구들이 매번 놀리던 핸드폰이었지만 이것마저 없다면 그녀는 친구들과 연락할 수 있는 수단이 딱히 없었기에, 이 작은 핸드폰은 그녀에게 소중했다.

시간이 날 때 같이 학원이라도 알아보자고 해야 할까, 고심하며 해연에게 언제 시간이 나는지 묻기 시작했다.

그래도 친구가, 그가 있어서 다행이라는 생각과 함께.

❧　❧　❧

종알거리는 루미의 이야기를 들으면 그는 그날 받았던 스트레스를 까맣게 잊곤 했다.

"루미 씨."

"네?"

"지금 엄청 예쁜 거 알아요?"

얼굴이 빨갛게 달아오르는 루미를 보는 것도 좋았고, 수줍어서 어쩔 줄 모르는 그녀를 보는 것도 좋았다.

하지만 그 무엇보다 좋은 건 그를 놓지 않겠다고 말했던 루미였다.

"아무래도 공부하는 건 혼자 해야 할 것 같아요. 해연이랑 몇 군데 알아봤는데 쉽게 갈 수 있을 것 같지는 않아서."

"도와줄게요. 일단 시간부터 고정으로 해 줄 테니까."

서원은 루미의 말에 카페에서 일하는 시간부터 옮겨 주겠다고 나섰다. 루미가 왜 학원을 가는 걸 주저하는지 이미 알고 있기 때문이었다.

"아, 아니에요. 그냥 제가 혼자 한다고, 그 말 하려고 한 건데……."

"괜찮기는요. 처음 한 달은 괜찮을 수 있어요. 잘할 수도 있고, 열심히 할 수도 있고. 하지만 시간이 가고, 점점 힘들어지면 루미 씨가 포기하거나 몸이 아파지거나."

"그렇지 않아요. 저 한 번도 쓰러져 본 적……."

호언장담하려던 루미는 이내 목소리를 줄일 수밖에 없었다. 그도 그럴 것이 그가 선을 넘겠다고 생각했던 그날.

루미는 그의 앞에서 쓰러졌었다. 가벼운 감기 몸살과 영양실조라는 이유로 쓰러진 루미를 고쳐 안고 그는 그가 사는 집까지 쉬지 않고 걸음을 옮겼었다.

빠르게 걷는 그 걸음 위로 걱정이 차곡차곡 쌓이는 줄 꿈에도 모르고 루미는 점점 더 희게 질린 낯을 했던 그런 날이었다.

"쓰러……진 적은 있지만 그래도 괜찮아요. 요샌 그때에 비하면 엄청 잘 먹으니까요."

"잘 먹는데도 이 정도로 살이 안 붙는데, 그땐 얼마나 창백했는지 알기나 해요?"

"사, 사장님……."

더듬거리며 자신을 부르는 루미의 모습이 좋아서 서원은 더 그녀를 놀리기 시작했다.

"그렇게 집에 데려다 놓고 죽 사러 간 사이에 깨서는 가겠다고 현관 앞에서 어찌나 고집을 부리던지."

"그, 그때는……. 사장님은 사장님이셨으니까."

그게 당연한 거였다는 이야기를 하려고 입을 달싹이는 루미를 보던 서원이 몸을 살짝 기울였다. 그런 서원의 행동에 루미는 진열장 안에 베이글을 넣다가 말고 놀랄 수밖에 없었다.

볼에 가볍게 입을 맞춰 온 그 때문이었다. 본 직원은 몇 없었지만 루미는 몇몇 여직원의 얼굴에 번진 놀라움을 읽어 낼 수 있었다.

"루미 씨는 그랬겠죠."

"네?"

"나는 아니었다고 말해 주는 거예요. 우리는 뭐든 전부 말하기로 했으니까."

루미는 빨개진 얼굴로 고개를 휘휘 내저으며 생각을 정리해 보려고 애쓰고 있었다. 그 모습이 다시 또 예뻐 보여 서원은 큰일이라고 생각했다.

"미치겠네."

낮게 울리는 그 소리에 루미의 큰 두 눈이 그에게 닿았다. 그 모습을 보자 서원은 곤란하다는 얼굴을 하며 웃고 있었다.

아침부터 카페에 울리는 서원의 웃음소리에도 직원들은 모르는 척하며 각자 맡은 일을 하고 있었다.

"아침부터."

"아침부터?"

유니폼을 입고 선 루미여도, 청바지에 티셔츠 하나만 입고 있는 루미여도 그는 루미가 정말 좋았다.

가벼웠던 그 장난스러운 마음이 조금씩 무게를 더해 가는 동안 그는 모르고 있었다. 놓을 수 없을 정도로 그녀를 좋아하기 시작했다는 걸. 그랬기에 늘 선을 그어 놓고 그 이상으로 루미에게 다가가지 않았었다.

그게 지금처럼 후회된 적은 없지만 괜찮았다.

"이렇게 예쁘면 내가 어떻게 다른 일을 보러 나가겠어요."

서원의 말에 루미의 얼굴이 더 이상 붉어질 수 없을 만큼 달아올랐다. 서원은 그런 루미의 머리를 쓰다듬으며 다시 입을 열었다.

"이따 같이 저녁 먹어요. 루미 씨가 좋아하는 걸로."

"네? 네……."

루미의 대답에 서원은 더욱 짙게 웃고 말았다. 매 순간 다시금 루미가 좋아지고 있으니 큰 문제라고 여기면서도 그는 그녀의 머리를 쓰다듬는 손길을 멈추지 않았다.

카페에 들이닥친 친구들을 보며 루미는 곤혹스러웠다. 서원이 오려면 아직 시간은 남았지만 어쩐지 친구들의 폼이 예사롭지 않았다. 해연이 입모양으로 벙긋거리며 무어라 말하는 걸 본 루미는 한숨을 내쉬었다.

'미안. 못 오게 하려고 했는데.'

공부를 한다는 소식과 남자친구가 카페 사장이라는 사실에 궁금증이 커진 친구들이 득달같이 온 건 어쩌면 지원의 영향이 있었으리라는 생각을 떨칠 수가 없다.

이미 근무시간이 끝난 루미는 명진에게 주문을 하면서도 개운하지가 못했다. 지난번 클럽에서 그렇게 나간 게 끝내 마음에 걸려 미안하다고 해야 할까 싶은 생각이 든 탓이었다.

"루미 씨 친구들?"

명진이 주문한 음료를 내어 주며 소곤거렸다. 루미는 작게 고개를 끄덕이며 트레이를 받아 들었다.

"저 테이블은 제가 정리하고 갈게요."

루미가 일하는 사람들을 귀찮게 하지 않겠다는 의욕을 불태우자 명진은 쾌활하게 웃었다.

"걱정 말고 친구들하고 재미있게 놀아. 사장님도 곧 오실 것 같은데, 사장님 커피도 내려야 하려나."

매우 현실적인 명진의 고민에 루미가 고개를 휘휘 내저었다.

"아뇨. 저녁 먹자고 그러셔서 아마 커피는 안 드실 거예요."

"오, 남자친구라서 아는 거야?"

명진의 물음에 루미의 얼굴에는 당황한 빛이 역력하게 돌았다.

"그, 그게……."

"루미 씨, 나한테만 말해 봐 봐. 사장님 카페에서 보는 거랑 똑같지? 그 워커홀릭이 루미 씨한테 장난을 엄청 칠 때부터 알아봤다니까. 장난이라기에는 좀 애매하고, 그렇다고 진심이라기에도 애매한 장난을 치는데 이상해서 우리끼리 내기도 했었거든."

"네?"

또 멍청하게 반문했다는 걸 자각한 루미는 아랫입술을 깨물며 다시 그렇게 하지 않아야지, 했다. 하지만 명진의 말은 끊어지지 않았다.

"되게 신기했어. 한동안은 루미 씨가 철벽 치는 거 보는 재미도 쏠쏠했었으니까."

"그, 그건…… 그런 게 아니라 그냥 사장님이 사장님이니까."

"알아. 부담스러웠던 거 아냐?"

명진의 말에 루미는 고개를 작게 끄덕였다. 루미의 등 뒤로 들려오는 여자들의 웃음소리가 카페에 번져 가고 있었다. 루미는 명진에게 한 번 더 자신이 앉은 테이블을 치우고 가겠다고 말하고 친구들에게 걸어갔다.

"여기."

"넌 뭐 이렇게 오래 걸려? 진작 나온 거 아냐?"

지원의 말에 해연이 눈살을 찌푸렸다. 루미는 각자의 앞에 음료를 놓아 주며 천천히 말했다.

"같이 일하는 분인데 뭐 좀 물어보셔서."

"일 끝났으면 끝난 거지 왜 그런대? 우리 오늘은 뭐 할까?"

지원이 이야기를 주도하려 애쓰는 사이 루미는 해연의 옆에 조용히 앉았다. 요새 과제에 치여 정신없어 죽겠다던 해연의 얼굴이 참 많이 해쓱해진 것 같아 루미는 조용히 속삭이듯 해연에게 말했다.

"너 요새 과제가 그렇게 많아? 얼굴 살 빠진 것 같아."

"그래? 그래도 교수님이 도움이 될 때가 있네."

"그래도······."

말끝을 흐리는 루미를 보던 해연이 걱정하지 말라는 듯 손을 내저었지만 루미는 제게 늘 도움만 주는 친구가 걱정이었다.

"걱정 마. 참, 그분이 엄청 잘해 주나 보다. 너 만날 때마다 얼굴 되게 좋아 보여."

해연의 말에 루미는 고개를 작게 끄덕였다. 서원은 그녀가 생각한 것 이상으로 잘해 줬다. 만나자고 하고 그의 집안을 알게 된 후로 혼자 땅굴을 열심히 파던 며칠을 제외하면 만나는 시간마다 좋았다.

"잠깐 봤지만 잘생겼던데, 카페 사장이면 그래도 웬만큼은 돈 벌겠다. 그치?"

해연의 물음에 이내 조용해진 테이블이었다. 루미는 아주 작게 물어본 해연의 속내를 알기에 기분이 나쁜 건 아니었다. 해연은 자신이 고생하지 않겠다는 생각으로 물어본 것이었기에 외려 걱정해 준다는 생각이 들어 좋았다.

하지만 지원의 시선이 반짝거리고 있는 걸 보았기에 기분이 썩 좋지 못했다.

"카페 임대해서 차렸을 텐데 그렇게 돈 많아?"

지원의 적대적인 말에 루미는 속으로 한숨을 삼켰다. 자신이 뺏으려고 한 것도 아니고 고등학교 때 지원이 좋아하던 같은 반 동급생이나 선배가 자신을 좋아한다고 한 걸로 여전히 적대적인 그녀였다.

몇 년 지나지 않았다고 하더라도 루미는 지원의 이런 태도가 계속 지속되면 힘들 것 같다고 생각했다.

"야, 그래도 여기 좋잖아. 게다가 이런 데 카페 내는 게 어디 쉬운 줄 알아?"

해연이 어미 새처럼 나서 주자 루미는 희끗하게 웃었다. 흐릿한 웃음을 서원이 입구에 서서 보고 있다는 걸 알지 못한 그녀는 말을 아꼈다.

"나이는 많아 보이던데, 몇 살이야? 혹시 능력 없어서……."

"아냐."

지원의 적대적인 말에 루미는 결국 얼굴을 굳혔다.

"사장님 그런 사람 아니라고."

"네가 어떻게 알아. 원래 사람은 겉만 봐서는 모르는 거야. 그러니까 네가 서재호한테 그렇게……."

"내가 멍청하게 재호 오빠한테 돈 빌려주고 못 받은 건 맞는데. 사장님은 네가 말한 그런 사람 아니라고."

루미는 지원이 자신을 건드릴 때는 무덤덤했다. 거의 반응이 없는 편에 가까워서 친구들도 그런 지원을 말리는 시늉만 했었다. 성격이 드센 지원을 잘못 건드리고 싶지는 않아서.

하지만 내내 얌전하고 조용하기만 하던 루미가 단호하게 말하는 모습에 모두 루미의 모습을 지켜보고 있었다.

"사장님은 되게 좋은 사람이야. 능력도 있고."

"애인도 있죠."

루미가 단호하게 우리 사장님 건드리지 말라는 말을 하기가 무섭게 서원이 루미가 있는 테이블로 다가와 섰다.

"일이 생각보다 까다로워서 30분 늦었어요. 그때 그 클럽에서 봤던 친구들이네요?"

"네? 네……."

"근데, 우리 저녁 먹으러 안 갈 거예요?"

루미는 친구들 사이에서 먼저 일어난다고 하면 또 지원이 뒷말을 할 것 같아 다시 미적지근하게 행동했다.

"참, 다음번엔 미리 연락을 하고 오면 좋겠는데."

서원이 웃는 얼굴로 말하고 있었지만 루미는 단번에 알아차릴 수 있었다. 그는 지금 기분이 매우 좋지 못하다는 것을. 아침에만 해도 즐겁게 웃던 그의 기분이 이토록 저조해진 데에 자신도 일조한 것 같아 얼른 자리에서 일어섰다.

"미안. 나 오늘 약속 있어서……."

"가 봐. 연락도 안 하고 찾아온 우리가 잘못이지."

지원이 먼저 말하기 전에 해연이 먼저 입을 열어 다른 말이 못

나오도록 막는 모습을 보자 루미는 조금 더 미안해졌다.

"담에 같이 밥 먹자."

연락하겠다는 말이 생략되었지만 해연이 고개를 끄덕이고 있었
다.

"사장님 가요."

무어라 한마디 하려는 것 같은 서원의 모습에 루미는 초조하게
그의 팔을 잡아끌었다. 그 행동이 의미하는 바를 그녀는 단순하게
받아들였다. 그냥 이 상황이 기분 나빠서 그런 것으로 생각한 루
미는 서원의 팔을 잡아당겼다.

겨우, 카페 밖으로 나온 루미는 여전히 덜 풀어져 있는 서원의
얼굴을 보고 어떻게 해야 그가 웃을까 싶었다.

"오, 오빠."

애교와는 거리가 멀지만, 재호나 보육원의 다른 오빠들을 부르
듯 부르면 그가 좋아하지 않을까 생각해서 용기 내 뱉어 낸 말이
지만 서원은 조금 전 상태에서 달라질 것 없는 얼굴로 자신을 바
라보고 있었다.

"지금 뭐 한 거예요?"

하지만 이내 루미는 그의 시선에서 선명한 놀라움과 당황을 읽
어 내고는 마음을 놓을 수 있었다.

"애교……? 이렇게 하는 거 아니에요? 친구들이 이상하게 말
한 거 들으신 거면 신경 쓰지 마시라고 말하고 싶었어요."

자신으로 인해 그가 안 좋은 소리를 듣는 게 싫어서 발끈하기
는 했지만 본래 성격이 어디 가는 것도 아니고, 루미는 다시 걱정

하고 있었다.

"내가 나한테 안 좋은 소리를 들었다고 아까 뭐라고 하려 했다고 생각해요?"

"그럼 왜……?"

카페 앞에서 서로 마주 보며 얘기를 하고 있으니 사람들 시선에 보이지 않을 리가 없었다. 친구들의 시선 역시 창밖을 향해 있으리라고 생각했다. 하지만 루미는 그보다 그가 하는 말이 더 신경 쓰여 다른 것은 하나도 걱정되지 않았다.

"루미 씨에 대해 함부로 말하니까."

루미는 그의 진심을 듣자 아무런 말도 할 수가 없었다.

"이렇게 착하고 좋은 사람을 함부로 대하니까."

"하지만 전 괜찮은데요……."

"내가 안 괜찮아요. 어디 가서 이렇게 무르게 행동하면 안 돼요. 알았어요?"

아이를 타이르는 듯한 서원의 말투에 기분이 우울했다가, 미안했다가, 안심이 됐음에도 루미는 마냥 좋기만 해 웃었다. 헤실헤실 웃는 루미를 보던 서원이 결국 매번 자신이 진다며 허탈해하는 건 예정된 순서였다. 그렇게 루미를 품 안에 끌어안은 서원은 오늘도 선한 마음에 이리저리 휘둘린 루미의 등을 토닥거렸다.

그 손길에 루미는 환하게 웃고 말았다. 이제는 이 토닥거림이, 이 위로가 없으면 하루가 마무리되지 않을 것이라고 생각하면서 그녀는 그의 허리를 꽉 끌어안으며 품 안으로 더 파고들었다.

❖　❖　❖

　바보처럼 당하기만 하는 루미의 순한 성격에 서원은 고민했다.
그런 모습은 저에게만 보여도 충분한데 루미는 모두에게 그런 행
동을 보였다.

　"웬일이냐."

　서원은 경준이 맞은편에 앉는 모습을 보며 오늘 있었던 일을
잠시 접어놓았다.

　"술 마시자고. 술집에서 만나자는 이유가 그거밖에 더 있겠냐."

　"와인바를 술집으로 만드는 새끼는 너밖에 없을 거다."

　경준이 못 말린다며 고개를 내젓자 서원은 웃었다.

　"너 결혼은 언제 하냐?"

　입맛에 맞는 와인을 신중히 고르는 경준의 모습을 보던 서원은
1년 전 약혼식을 올렸던 그에게 물었다.

　"뜬금없이 웬 결혼 질문?"

　"작년에 약혼식 올렸으니까. 집안에서 하라는 소리 안 나와?"

　"나오지. 근데 알잖냐. 그 여자 더럽게 기 센 거."

　집안도 좋고, 공부도 많이 해서 자존감도 높은 지수현이 경진
과 엮이게 되리라고는 아무도 알지 못했었다.

　"그런데?"

　"아직은 아니시란다."

　그간 고달팠던 일이 많았는지 한번 찔렀을 뿐인데도 술술 나
오는 경진의 말을 경청하던 서원의 머릿속으로 곧장 루미가 떠올

랐다.

"그러는 넌, 만나는 사람 없는데 가만히 둬? 저번에 지 여사님이 여기저기 많이 알아보시는 거 같던데. 그건 누구 거였어?"

"나."

그리고 형이라는 말은 보기 좋게 삼켜 낸 서원이 다시 입을 열어 말을 이었다.

"그리고 만나는 사람 있고."

"누군데? 너처럼 예민하고 깐깐한 놈한테 누가 그런 매우 희생적인 일을 해 주는 거냐."

"누군지 알면 뭐하려고."

테이블 위에 놓여 있던 큐브 치즈를 하나 입안에 넣은 경진이 즐겁다는 양 입을 열었다.

"알면 감사패라도 전해 줘야지. 그런 봉사 정신이 뛰어난 사람에게는 패도 주고, 상도 줘야 하는 거지."

경진의 말에 서원은 얼굴을 일그러트리면서도 경진을 막지 않았다. 싫지 않을 정도로만 장난을 거는 행동은 오랫동안 알고 지냈기에 가능한 일이었다.

그는 친구와 말을 주고받는 사이에도 루미가 지금 무엇을 하고 있을지를 상상했다. 그 상상은 늘 고달픈 종류의 것이 아니라 즐거운 일이었기에 그저 좋기만 했다.

❖   ❖   ❖

"사장님, 회식이요. 회식!"

회식을 간절하게 외쳐 대는 명진의 말에 서원은 조금 고민했다. 오늘도 루미는 옥탑방에서 공부를 할 것이고 그는 그런 루미의 옆에서 일을 보려고 했었다.

"사장님, 회식! 다들 회식을 언제 했는지 기억도 안 난다는데……."

"오늘 10시에 문 닫고, 회식하죠. 마감조 외에도 올 사람 오라고 전하고."

마감조 외라고 말한 건 그 역시 루미가 오기를 바랐기 때문이었다. 솔직히 말하자면 그는 루미가 왔으면 했다. 안 온다고 하면 억지로 데리고 나올 생각도 다분했다.

"건너편 골목에 있는 삼호가든으로 오면 된다고 해."

"네!"

명진의 우렁찬 대답에 오픈을 준비하던 루미는 물론이고 서주와 우현까지 웃음을 멈추지 않았다.

"요새 공부하느라 얼굴이 해쓱해졌는데, 고기 먹어요."

서원은 열심히 바닥을 닦는 루미에게 다가가서 그녀가 꽉 쥐고 있던 대걸레를 뺏어 들었다.

"그건 제가……."

루미가 작게 반항했지만 그보다 서원이 바닥을 닦기 시작하는 것이 더 빨랐다.

"올 거예요?"

"퇴근, 저희 집으로 하실 거 아니에요?"

루미는 누가 들으면 꽤 오해할 만한 말도 거리낌 없이 했다. 서원은 순수하다 못해 순진한 루미가 현실적인 면을 갖추고 있는 건 오로지 일상생활뿐이라는 걸 그녀와 사귄 지 얼마 되지 않아 알게 됐다.

그러니 이런 말도 계산하지 않고, 사람들이 어떻게 상상할지 고민해 보지 않고 하는 것이리라.

"갈 거죠?"

"그냥 혼자 있으면 안 돼요?"

루미의 소심한 반항에도 서원은 개의치 않았다. 혼자 놔두는 것보다, 공부하다 피곤에 지쳐서 잠드는 것보다 이편이 나으리라고 여기기도 했기 때문에 서원은 물러나지 않았다.

"그렇게는 못 하겠는데, 어쩌죠?"

"그럼, 오늘 풀타임으로 바꾸면 안 돼요?"

지극히 현실적으로 돌아온 루미의 말에 서원은 웃고 말았다.

"어차피 10시에 다시 나와야 하니까?"

서원의 물음에 루미가 순순히 고개를 끄덕였다. 그는 그런 루미를 한번 쓱 쳐다보고는 바닥을 계속 닦았다. 루미가 그런 서원의 뒤를 졸졸 쫓아다니며 계속 묻는 모습은 이제 카페에서 보기 흔한 광경이 되어 있었다.

"그러면 안 돼요? 차라리 일하는 게……."

"그럼 공부할 거 가지고 여기로 나와요."

"네?"

그건 좀 그렇다며 고개를 내젓는 루미의 모습에 서원은 걸레질을 멈추고 서서 루미를 바라봤다.

"그게 좋겠다. 그렇죠?"

"하지만 사장님……."

"나 또 화난 척하면 그때처럼 오빠라고 불러 줄 거예요?"

그렇게 부르면 다시 생각해 보겠다는 말을 덧붙였다. 하지만 루미가 그를 다시 오빠라고 부를 것 같지 않아 할 수 있는 말이었다.

입술만 달싹이는 루미를 보며 서원은 빙긋이 웃어 버렸다. 오늘 아침도 이렇게 함께하는 하루여서 매우 기분이 좋았다.

삼호가든 2층에 자리를 잡은 카페 One+One 식구들은 신나게 떠들어 댔고, 신나게 먹기 시작했다. 오랜만에 사장이 사 주는 고기가 더 달게만 느껴져 눈치 보지 않고 시켜 먹고 있었다. 그 와중에 루미의 앞 접시는 서원이 구워 준 고기로 탑을 쌓을 지경에 이르고 있었다. 그런 소소한 일 외에는 별것 없어 보이는 평범한 회식이었다.

잠깐 그가 자리를 비운 사이에 루미의 앞에 놓인 물 잔이 술잔으로 바뀌어 있었고, 회식보다는 술자리에 가까운 소란스러움이 이어졌다는 것을 제외한다면 특별할 것은 없었다.

"누가 술 줬어요?"

서원은 두 볼이 발그레해져서는 내내 헤실헤실 웃는 루미를 보고 속으로 한숨을 삼켰다.

"술? 이거 술이에요?"

아무것도 모른다는 얼굴로 소주잔을 들고 있는 루미의 모습에 그는 확신했다. 루미가 취했다고.

"네, 그거 술이에요. 고기를 먹으라고 했더니, 술은 왜 먹어서."

이래서야 루미를 먹이려고 회식 장소를 고깃집으로 고른 보람이 없었다. 서원은 속상한 마음에 루미 앞에 놓인 잔을 치우려고 했지만 저지당하고 말았다. 말 그대로 저지라고 봐도 무방했다.

"어, 어……!"

"왜요? 이거 루미 씨가 잘 못 먹는 거예요."

일단 술에 취했으니 어르고 달래서 술을 깨게 하면 되리라 여겼던 그는 이어진 루미의 말에 낭패감을 맛봤다.

"그거 저 엄청 잘 머거요."

벌써 혀가 짧아져 있음에도 잘 먹는다고 벅벅 우기는 모습마저 귀여워서 큰일이었다. 그는 잔에 있던 소주를 아무것도 없는 앞접시에 부어 버리고는 빈 잔을 루미의 손에 쥐여 줬다.

"자, 여기요."

물끄러미 비어 있는 잔을 바라보는 모습에 결국 서원은 루미의 옆에 앉아 사이다 병을 들어 잔에 부어 줬다.

마시라고 손짓을 하자 루미가 잔을 들어 홀짝였다. 직원들의 시선이 루미를 향해 있다는 걸 알면서도 서원은 루미의 반응이 궁금해 시선을 돌리지 않았다.

"다라요."

아까보다 더 취한 것인지, 말이 한참이나 짧아져 있었고 꼬여 있었다. 그런 루미를 보며 서원은 웃고 말았다. 잠깐, 그것도 한 20분쯤 자리를 비웠는데 그사이에 무슨 일이 있었는지 그는 진심으로 궁금해졌다.

"네, 달죠."

"어째서 다라요?"

루미의 물음에 결국 직원들은 키득거리며 웃기 시작했다.

"사이다니까 달죠."

"사이다 마고 소주."

사이다를 단숨에 비운 루미가 다시 잔을 내밀며 소주를 달라고 애교를 부리는 모습을 보게 될 줄은 상상도 하지 못했던 서원은 결국 체념하듯 입을 열 수밖에 없었다.

"대체 20분 사이에 무슨 일이 있었길래 이렇게 취했어요?"

서원은 루미의 잔에 소주를 따라 주면서도 행여 그녀가 내일 아침 속 쓰려서 아파할까 봐 고기를 먹으라고 강권하고 있었다.

"헤……."

기분 좋게 헤실헤실 웃는 루미를 보며 차라리 다행이라고 여기기로 했다. 자신이 있는 곳에서라면 얼마든 보호할 수 있으니 괜찮았다.

하지만 다른 곳에서 술을 마신다고 하면 강하게 반대해야겠다는 생각이 가득했다.

"루미 씨 이러니까 애교 엄청 많네요?"

우현이 재미있다는 양 말하자, 루미가 평소라면 하지 않을 행동을 연이어 하기 시작했다.

"애교 엄서여. 그르니까아……. 그르니가아."

"알았어요. 루미 씨 애교 없어요. 남자친구한테 맨날 사장님이라고 부르는데, 무슨 애교가 있겠어요. 그렇죠?"

서원이 루미의 머리를 쓰다듬어 주며 아주 조금씩만 루미의 잔을 채워 줬다. 가득 따라 주면 그걸 또 전부 마실 거라는 걸 알기에 그는 나름대로 머리를 썼다.

"근데, 조아여."

발음이 꼬였어도, 술에 취했어도 루미가 이 말은 꼭 기억해 주기를 서원은 그 순간 간절히 바랐다.

"오."

명진의 소리와 웅성이며 웃는 직원들의 행동에도 서원의 눈에는 소주잔을 꽉 그러쥐고 웃는 루미만이 보였다.

"누가 좋아요?"

서원은 그 말을 한 번 더 듣고 싶어 다시 물었다.

"사장니미여."

루미의 대답에 서원은 웃었다. 평소라면 쑥스러워서 예쁜 얼굴을 숙이고 간신히 대답을 하던 루미에게서 이런 모습을 볼 거라고는 상상하지 못했기 때문이었다.

그는 몇 번이고 루미와 실랑이를 하며 고기를 먹기 시작했다. 그래도 내일 아침 속 쓰려서 아파하는 모습은 볼 수가 없었기에 그는 그 부분만큼은 물러서지 않았다.

❖　　❖　　❖

두 눈을 깜박이던 루미는 놀라서 몸을 급히 일으켰다. 늘 보던 익숙한 하얀 천장이 아니라 어딘지 모르게 한 번쯤 봤었던 풍경이라 놀랄 수밖에 없었다.

"일어났어요?"

그리고 이내 그 걱정이 사실이라는 걸 증명해 주듯 현관문을 열고 들어서는 서원의 모습을 보고 루미는 고개를 푹 떨궜다.

"오늘은 미들이니까 좀 더 자도 괜찮은데. 속은 괜찮아요?"

"그, 그러니까. 제가 어제……."

술을 마셨고, 술에 취했으며 더불어 지금 그 기억이 나지 않는다고 말하기가 힘들어 말끝을 흐리며 서원의 눈치를 보기 시작했다.

"어제 루미 씨는 술을 마셨고, 나는 그런 루미 씨의 위를 걱정하고 있어요. 답이 됐어요?"

"혹시 실수했다거나, 실수를 한 것 같다거나, 실수했었을 것 같다고 예상되는 그런 상황이 있었는지……."

제발 없었기를 빌지만 루미는 걱정되지 않을 수가 없었다. 어제 대체 어쩌다 술을 마시게 된 건지 곰곰이 기억을 되짚어 보던 그녀는 서원의 물 잔에 손을 뻗었던 기억을 떠올렸다.

그가 잠깐 가게에 다녀오겠다며 자리를 비운 지 10분 만에 그녀는 서원의 물 잔에 손을 뻗었고, 의심 없이 잔에 든 투명한 액체가 물이라고 믿고 벌컥 들이켰었다.

"술 누가 줬어요?"

진지한 얼굴을 하고선 루미가 앉아 있는 침대맡에 다가와 앉은 서원이 루미와 시선을 마주하며 물었다.

"그게……."

그녀는 사실대로 말하면 그가 황당해할 것 같다고 생각하며 그의 물음에 대답했다.

"사장님 그 물 잔요."

물 잔, 이라고만 말했음에도 서원의 얼굴에 스친 곤혹스러움에 루미는 어색하게 웃어 버렸다. 굳은 얼굴로 웃으려니 여간 힘든 게 아니었지만 이 상황에서 울 수도 없었으므로 그저 실수한 일만 없었기를 간절히 바랐다.

"술이 등장하는 자리에서는 절대 자리 안 비울게요."

"네?"

이야기가 어떻게 그리로 흘러가냐고 입을 열려던 루미는 서원의 말에 말문이 막혀 버리고 말았다.

"하지만 나랑은 마셔요. 술 마신 루미 씨는 귀엽고, 예쁘고, 좋은 여자친구였으니까."

"술, 마시라는 거예요?"

그녀는 지금 자신이 맞게 들은 건가 싶어 두 귀를 의심했다. 하지만 돌아오는 대답은 조금 전과 다르지 않았다.

"내 앞에서만. 다른 데서 먹으면 잡으러 갈 거예요."

"왜요?"

"애인인데 이 정도의 집착은 바람직하지 않아요?"

서원의 말에 루미는 결국 어제 자신이 무슨 짓을 했는지는 떠오르지 않는 기억에 맡겨야 한다는 걸 직감했다.

"어제 무슨 일이 있었는지 안 알려 주실 거죠?"

"그 재미있는 건 나만 알고 있어야죠."

"저 속 아파요."

결국 현실에 순응한 루미가 빠르게 포기를 선언했다. 대신 쓰린 속으로 인해 저절로 찡그려지는 인상을 펴지는 못하고 말했다.

"그렇게 먹었는데 당연하죠. 나가요. 아직 시간 좀 있으니까, 해장국 먹고 카페로 가면 되겠어요."

"저 집에 가서 옷부터 갈아입고……."

"옷은 욕실 안에 걸어 놓을 테니까 입고 나와요."

옷이라는 말에 놀란 루미는 이내 네모난 쇼핑백을 보고 두 눈을 동그랗게 떴다. 그런 루미의 시선을 피하지 않은 그가 루미의 행동이 귀엽다는 듯 웃고만 있었다.

"여자 옷이 집에 있었을 리 없고, 루미 씨 준다고 일부러 12시 오픈인 가게 억지로 일찍 열게 한 거니까. 그냥 갈아입고 나와요. 알았죠?"

"그럼 이건 제가 월급 받으면 옷값 드릴게요."

그냥 받을 수는 없다고 생각한 루미가 조심스럽게 타협안을 제시했지만 말한 지 1초도 지나지 않아 서원에게 퇴짜를 맞았다.

"나중에 정 그러면 선물 줘요."

그가 말을 마치고 루미를 욕실로 이끌었다. 욕실로 들어선 루미가 멍하니 서 있는 사이 그는 욕실 문 안에 쇼핑백을 걸어 놓고 문을 꽉 닫았다.

뒤에서 닫히는 문소리에 루미는 그제야 자신이 서 있는 곳이 서원의 집, 욕실 안이라는 사실을 깨달았다.

아주 사소한 사실이었음에도 인지하자마자 얼굴을 붉히고 말았다.

"밥은 힘들 것 같았고, 밥보다는 국수가 나을 것 같아서 여기로 왔어요. 순댓국집인데 순댓국에 밥이 아니라 국수를 주는 집이라."

아침부터, 그것도 술 마신 다음 날 순댓국이라니 힘들지 않을까 싶은 루미의 얼굴을 마주 본 서원은 걱정하지 말라는 듯 입을 열었다.

"걱정 마요. 꽤 잘 넘어갈 거니까."

"저 어제 실수…… 했어요?"

"기억 하나도 안 나죠?"

서원은 루미가 정말 알고 싶어 하는 얼굴로 자신을 빤히 보고 있는 게 좋아서 더 말해 주고 싶지 않았다.

"진짜 안 알려 주실 거예요?"

"그렇게 궁금해하니까 더 알려 주고 싶지 않은데, 어떡하죠?"

서원의 말에 루미가 시무룩해져서는 앞에 놓인 애꿎은 물 잔만 쳐다보고 있었다. 그는 그런 루미의 모습을 보며 슬그머니 입꼬리를 말아 올렸다.

어느새 테이블에는 순댓국과 국수가 차례로 놓였다. 루미는 안 그래도 속이 쓰리던 차에 등장한 국물이 반가워 숟가락을 들었다.

"잘 먹겠습니다."

오늘도 밥을 먹기 전에 인사하는 것을 잊지 않은 그녀가 국물을 한 모금 입안으로 흘려 넣는 모습을 보고 나서야 서원이 젓가락을 들어 국수를 루미의 뚝배기 안에 넣어 줬다.

"이렇게 해서 먹으면 괜찮을 거예요."

처음에는 이상하다고 생각했던 조합이지만 먹으면 생각이 달라진다는 걸 아는 그는 해장국으로 이만한 게 없다고 생각했다.

그가 준 청바지와 헐렁헐렁한 반팔 티를 입고 있는 루미의 머리는 웨이브져 있었지만 정돈이 안 된 느낌이 강했다.

그런 루미의 머리 위로 서원의 손이 몇 번이고 지나갔다. 정돈이 안 된 느낌이 들었던 머리가 나름 차분해지는 모습을 본 그가 만족스럽게 웃었다.

"어서 먹어요."

머리를 손으로 정돈하고 나서야 그는 다시 자리에 앉을 수 있었다.

"사장님도 어서 드세요."

"먹어야죠. 루미 씨 데리고 나오느라 힘깨나 썼으니까."

"사장님!"

소리를 빽 내지르는 루미의 모습에 서원은 장난꾸러기처럼 웃기 시작했다.

"하나 알려 줄까요?"

"뭐……요?"

"어제 루미 씨가 했던 행동 중에 하나."

마른 침을 삼키며 루미는 서원을 바라봤다.

"고백했어요. 좋다고."

"네?"

"정확히는 '근데, 조아여. 사장니미여.' 라고 말했었죠."

서원의 말에 루미는 얼굴을 들고 서원을 보질 못했다. 어쩔 줄 몰라 하는 그 행동에 그가 다시 기분 좋은 만족감을 느끼는 건 어김없는 순서에 가까웠다.

6

명함을 들고 고민하는 루미의 머리 위로 그림자가 길게 드리워졌다. 루미는 갑작스럽게 드리워진 그림자에 놀라 명함을 떨어뜨렸다.

　"이게 뭐야?"

　명함을 주워 주며 해연이 스치듯 물었지만 루미는 쉽게 대답하지 못했다. 명함에 박혀 있는 그룹 이름과 직함은 어린 그녀에게 부러움보다 무서움으로 다가왔으니까.

　"성심재단? 여기 명함은 왜 갖고 있어?"

　"아, 아니……."

　장학금을 신청하는 데 명함이 필요하다는 말은 들어 본 적 없었기에 루미는 웃으며 고개를 내저었다.

　"도움받고 싶은 생각 들면 연락하고 하셨는데……. 연락하는 게 낫겠지?"

"무슨 말이야?"

"어? 거기 그분이, 도움받고 싶은 생각이 들면 연락하랬거든. 지금처럼 혼자 하면 올해 시험을 제대로 볼 수 있을지 불안하기도 하고, 어떻게 해야 하는지도 모르겠고. 얘기 나눌 사람이 필요한데……."

자신감이 사라진 루미의 음성에 해연은 고개를 슬쩍 빼고는 명함을 바라봤다. 성심재단 지문희 이사장이라고 선명히 박힌 글씨를 보다가 고민하는 루미의 얼굴을 바라봤다.

"그 이사장이라는 분이 널 어떻게 알고?"

"아, 그게……."

루미는 이런 걸 말해도 되나 싶어 우물거렸다. 아무래도 서원의 사생활이고, 그가 부러 숨긴 가족사인데 싶어, 그녀는 망설임이 역력한 얼굴로 해연을 바라봤다.

"말하기 곤란한 거야? 무슨 일인지 알아야 같이 고민이라도 하지."

"만약에 말이야."

루미가 만약을 가정해서 말하면 해연이 모르는 척해 줄 거라고 생각하며 입을 열었다.

"만약에 사귀는 사람 집에 돈이 엄청 많아. 그러면……."

"땡큐지. 없는 거보다는 있는 게 낫잖아."

"네가 상상도 하지 못할 정도로 많은 그런 집인데, 그 만나는 사람 어머니가 도와줄 테니까 연락하라고 하면 너는 어떻게 할 거야?"

서원의 집안을 알게 되고 달아나듯 도망갔다는 사실을 해연이 알게 되면 어떤 반응일까 궁금하기도 했다. 그를 힘들게 했던 그 시간이 미안해서 루미는 더욱 서원에게 좋은 연인이고 싶었다.

이렇게 힘든 모습을 매일 보여 주고 싶지 않아 고민이 더 깊어만 갔다.

"그래서 헤어질 거야?"

"어?"

"그래서 만약에 네가 그 상황이라면 헤어질 거냐고."

해연의 물음에 루미는 세게 도리질 쳤다. 헤어지다니, 그런 생각은 이제 할 수 없을 정도로 그녀는 그가 좋았다.

"그럼 받아."

"되게 간단한 답인데?"

루미의 반문에 해연이 고민할 여지가 없다는 양 단호하게 말했다.

"헤어질 생각도 없고, 부담스럽지만 견뎌 볼 만하고. 그리고 무엇보다 그쪽 집에서 반대 같은 건 안 하고 도와주겠다고 나섰으면 즐기면 되는 거 아냐?"

해연의 말에 루미는 고민할 필요가 없었다는 걸 새롭게 깨달았다. 그녀는 웃으며 고개를 끄덕여 댔다.

"근데 그 집 아버지가 성심그룹 이사라도 돼?"

"어? 뭐……."

비슷하니까, 거짓말은 아니라고 자위하며 루미는 해연의 말에 적당히 맞장구쳤다.

"좋네. 나도 졸업하고 거기 들어가려 준비중인데."

"어디?"

"기왕이면 성심전자. 거기가 월급도 세고 복지도 좋다더라."

그러다 문득 해연이 손뼉을 쳤다.

"맞다. 권지원 걔도 성심 들어가고 싶어 하잖아. 어떻게 인사권까지는 없으시다니? 이런 마음 먹으면 안 되지만 걔 떨어지는 거 한 번쯤은 보고 싶다."

이사가 아니라, 오너라고 말하면 뒤집어지겠다는 생각이 그 순간 루미의 머릿속에 경고음과 함께 두둥실 떠올랐다.

"뭐 그런 거까지 있으시려고⋯⋯."

"연락드려 봐. 어쨌든 도와주시겠다고 한 거면 나는 좋다고 봐. 안 그래도 학원들 비싸서 못 다니고 있는 거잖아."

루미는 해연의 말에 동의했다. 해연의 말처럼 그녀는 학원이 비싸서 안 다니는 것이었으니까. 사실 여건만 된다면 그녀 역시 학원에서 빡짝 수업을 듣고 시험 준비를 하고 싶었다. 그럴 수 없는 게 아쉬웠을 따름이지만.

"정말 연락드려 봐야겠다."

오랜만이라 잊지는 않으셨을까, 하는 고민이 루미의 머릿속을 헤집고 다녔다.

지난번과 같은 방식으로, 마주 앉은 서원의 어머니는 여전히 루미에게 어려운 존재였다.

"루미 양, 나는 서원이 그 녀석, 그렇게 당황한 모습은 처음 봤어요."

"아, 죄송합니다……."

"루미 양은 아무것도 몰랐는데, 내가 더 미안하죠. 그 녀석이 그렇게 미지근하게 행동하고 있는 줄 모르고 급한 마음에. 회장님 귀에 들어가기 전에 내가 끼어드는 편이 낫겠다 싶어 보자 했던 건데."

지 여사의 말에 루미는 머쓱해졌다. 사실 무섭다는 생각과 그가 말해 주지 않았다는 서운함, 또 한편으로 직원 모두를 입단속시킨 그의 행동에 드는 온갖 생각에 도망치듯 행동했던 것이었다.

그걸 모두 안다는 듯 지 여사는 한없이 온화하게 웃고만 있었다. 아들의 새로운 모습을 봤다며 즐거운 웃음도 간간이 보여 주기도 했다.

"저어……."

"어머니라고 불러도 돼요."

"사장님이."

루미는 습관처럼 사장님이라고 그를 지칭했다. 습관으로 박혀 스스로도 그렇게 불렀다고 자각하지 못했다. 하지만 지 여사는 달랐다.

"어머, 사귀는 사이인데 사장님이라고 불러요?"

"네? 아……. 이게, 그러니까. 어, 어머님."

"걱정 말아요. 루미 양. 이런 걸로 트집 잡으려는 고지식한 사람은 아니니까. 일단 루미 양이 도움을 요청했고, 나는 회장님이 별말 못 하도록 루미 양에게 이것저것 가르칠 생각이에요."

지 여사의 말에 루미는 얼떨떨했지만 고개를 끄덕이며 경청하고 있음을 드러냈다.

"지금 공부 중이라니까 그 녀석 카페는 그만두고……."

"카페는 못 그만두는데요. 거기 그만두면 전 월급 받는 데가 없어서……."

'안 돼요'라는 말이 목구멍 끝까지 올라왔다. 그녀는 지 여사를 바라보며 어떻게 말해야 기분이 안 상하실까 고심했다.

루미는 말을 하고서도 너무 고집스럽게 행동했나 싶어 서둘러 다시 말을 이어 갔다.

"아, 저는 그러니까. 어머님이 하자고 한 게 싫다거나 그런 게 아니라……."

"알아요. 다른 사람들이 서원이한테 뭐라고 하는 게 싫어서 그런 거죠?"

"네."

서점에서 본 다른 이들의 시선, 그리고 가끔은 사장이 자신을 너무 끼고돈다는 여직원들의 수다로 인해 어느 정도는 알고 있었다. 사람들의 시선에 그는 돈 많은 남자, 자신은 그런 남자를 꼬셔서 팔자 고쳐 보려는 여자로 보일 수 있겠다는 걸.

"제가 사장님하고 나이 차이가 너무 많이 나서 싫지는 않으세요? 저는 사람들이 사장님을 두고 이러쿵저러쿵 나쁜 말 하는 게 싫어요. 사장님은 너무 좋은 분인데……. 오해하는 것도 싫고……."

"보여 주면 되겠네요. 좀 촉박하기는 해도 재단에서 주최하는 자선파티가 있는데, 그때 서원이랑 나올 수 있도록 준비하면 인사할 수 있는 자리도 마련되고 괜찮겠어요."

"네?"

루미는 너무 급한 것 아닌가 싶기도 하고, 오늘은 그저 공부에 대해, 대학에 대해 어른과 의논하고 싶었던 것뿐이었는데 일이 점점 커지는 것 같아 쉽게 답하지 못했다.

"내가 또 너무 급했나요?"

"아, 그게……."

루미는 적당한 말을 찾지 못해 우물거렸다. 이런 행동을 어른들은 싫어한다고 본 것 같아 그녀는 점점 더 시무룩해져 가고 있었다.

"그 녀석이 왜 루미 양을 만나는지 알 것 같네요."

"네?"

"만약에 아이를 하나 더 낳았더라면 딸을 낳았을 거예요. 루미 양처럼 귀엽고 착한 그런 딸."

루미는 지 여사의 말이 칭찬인 건가 싶었지만 일단 머리를 숙였다 폈다.

"가, 감사합니다!"

루미의 그런 대답에 귀엽다며 가볍게 덧붙인 지 여사는 룸으로 직원을 불렀다. 지난번에 제대로 먹이지도 못하고 가게 한 게 마음에 걸렸다며 이것저것 주문을 하는 모습이 다른 친구들이 말하는 엄마와 닮아 있다고 생각했다.

엄마를 이렇게 느낄 수 있어서 좋았다. 이 기분 좋음을 느끼게 해 준 그가 자신에게 왔다는 사실도 좋았다.

루미는 이 모든 상황이 이제 마냥 좋기만 했다. 바뀐 건 그녀가 앞으로 한 발 나아간 것밖에 없었다.

그 외에 변한 것은 없는데, 삶을 물들이는 분위기가 변하기 시작했다. 루미는 그 사실이 마냥 신기하기도 했고 즐겁기도 했다.

❈　❈　❈

분명히 그는 루미가 그렇게 놀라서 뒷걸음질 쳤던 그날 이후로 어머니에게 물러나 계시라고 단호하게 말했었다.

하지만 그의 두 눈에 들어온 광경은 의외였기에 서원은 상황을 파악하느라 잠시 떨어져서 눈앞에 보이는 두 여자를 보고 있었다.

"사장님, 어머니 아니세요?"

오늘 이른 퇴근을 하는 명진이 탈의실에서 나오며 서원에게 슬쩍 말을 붙였다.

"저기 루미 씨 아니에요?"

두 사람이 나란히 즐겁게 이야기를 나누는 모습이 보기 좋은 반면 걱정도 됐다. 쓸데없는 이야기를 해서 다시 루미를 놀라게 하지 않을까 걱정됐다.

남자 둘이서 나란히 같은 곳을 바라보고 있는 게 영 어색하고 이상하다며 명진이 한참 동안 갖은 호들갑을 떨다가 재빨리 카페에서 나갔다. 서원은 어느새 다시 정적이 내려앉은 카페 안에서 어머니와 마주 보고 있는 루미의 얼굴에 번져 있는 환한 웃음을 마주 볼 수 있었다.

어머니와 루미가 잘 지내는 모습을 보는 건 그로서도 좋은 일이었다. 하지만 어딘지 모르게 개운하지 못한 입맛에 서원은 지켜보는 일을 그만두고 걸음을 옮겼다.

"언제 오셨어요?"

"얘, 나는 루미 양이랑 놀 테니 너는 네 일 봐라. 바쁘다는 녀석이 뭐하러 나왔니."

지 여사의 말에 루미는 물론이고 그도 당황해서 제대로 된 대답을 하지 못했다.

"그래서, 요새 수능 시험은 어떻게 준비해야 하는지 알아봤는데……."

"어머니가 그걸 왜요?"

서원은 그가 모르는 사이 무슨 일이 있었나 싶어 루미와 지 여사를 번갈아 쳐다보고 있었다.

"사장님, 그거 제가 부탁드렸어요……."

"루미 씨가요?"

서원은 루미가 직접 어머니에게 부탁했다는 말에 의아함을 느꼈다. 그도 있고 필요하다면 얼마든지 함께 이야기를 나눌 친구들도 있을 텐데 싶어 더 물어보려던 그를 막은 것은 얼마 지나지 않아 이어진 루미의 음성이었다.

왜 그랬냐는 얼굴을 하고선 서 있는 그를 향해 루미는 말했다.

"어른하고 얘기하고 싶어서……. 그러니까 저는 그럴 만한……."

어른이 없다는 말을 둘러서 하고 싶은 루미의 본심을 알아듣기란 그리 어려운 일이 아니었다. 잘 지내는 모습에 좋다고 해야 할지, 아니라고 해야 할지 감을 잡을 수 없었던 그는 이내 긍정하며 고개를 끄덕였다.

"그럼, 얘기 나누시고 루미 씨한테 맛있는 거 좀 사 주세요."

"어디 내가 어련히 알아서 할까. 어서 들어가서 일이나 보렴. 루미 양, 우리는 요 아래에 그리스식 레스토랑 있다는데 거기 갈까요?"

별걱정을 다 한다며 지 여사에게 타박을 듣고서도 서원은 어머니를 따라 나서는 루미에게서 시선을 거둘 수가 없었다.

루미가 원하는 게 아주 자잘하고 소박한 것이라는 건 이미 알고 있었다. 그렇지만 직접 겪게 되니 다른 문제처럼 보일 따름이었다.

학원은 기초가 있는 사람들이 다니는 거라며 한사코 거절한 루미는 일단 되는 대로 혼자 해 보고 싶었다는 이야기도 덧붙였다. 하지만 일과 함께하려니 여간 힘든 게 아니었다.

루미의 말을 경청하고 들어 주던 지 여사 역시 그런 루미의 속내가 뭔지 쉽게 알 것 같아 말을 아끼지 않았다.

"음, 그럼 다온이…… . 서원이한테 동생이 있는데."

"아, 저 한 번 뵌 거 같아요. 언제였더라…… . 가게에 오셨었어요."

루미가 필요했던 건, 그냥 그녀의 말을 들어 주고 좋은 조언을 해 줄 수 있는 어른이었다. 이미 그가 있지 않느냐고 말한다면 할 말이 없긴 했지만 그녀는 엄마나 가족에게 고민을 나누는 친구들이 부러웠다.

원장수녀님이 잘해 주셨지만 어디까지나 그녀를 안쓰러워해서라는 걸 알고 있었다. 그랬기에 늘 루미는 조용히 지냈고, 그 흔한 땡땡이 한번 쳐 본 일이 없었다.

"기왕 이렇게 알아보는 거 녀석도 하면 참 좋겠다 싶은데……."

지 여사의 말에 루미는 언젠가 한 번 봤던 그의 동생을 떠올렸다. 점점 날은 가을로 넘어가고 있었고, 루미는 아직도 불안하기만 했다.

하지만 그녀의 불안과 비등할 정도로 지 여사는 무척이나 아쉬움이 가득한 얼굴을 하고 있었다. 그의 동생은 어머니의 바람을 채워 주지 못했나 보다, 하는 간단한 결론에 도달했다. 하지만 루미는 사정을 모르니 쉽게 위로한답시고 입을 열 수가 없었다.

"내가 괜한 얘기를……. 요샌 회사에서 인턴 한다고 열심히 다니는 모양이니 걱정을 덜고 있지만. 참, 루미 양."

"네?"

루미는 지 여사의 부름에 화들짝 놀라며 반응했다. 잠깐 문희의 말을 들으며 서원을 떠올렸는데 마치 딴짓을 한 학생처럼 안절부절못하는 그 모습을 본 지 여사가 작게 웃음을 터트렸다.

"뭘 그렇게 놀라고 그래요."

"그, 그게……."

"놀라지 말아요."

사실 지 여사의 눈에는 막내보다 어린 아가씨가 귀엽기만 했다. 부모님 없이도 바르게 잘 큰 이런 아이를 눈에 담아낸 둘째의 행동이 마음에 쏙 들 정도로 좋기도 했었다.

예전이라면 그녀 역시 루미와 서원의 나이 차에 한참을 망설였을 것이 분명했다. 하지만 지금은 사회적 분위기도 많이 달라져 이 정도 차이쯤은 흠잡을 일도 아니었으니 괜찮았다. 말들이 좀 있을 걸 알면서도 탐이 난 건 눈에 보이는 순수함과 바르고 착한 심성 때문이었다.

"딸이 없어서 그런지, 나는 루미 양이 딸같이 느껴져요."

"감, 감사합니다!"

자란 환경이 절대 녹록하지만은 않았을 텐데도 그늘진 모습이 얼굴로 드러나지도, 행동에서 보이지도 않았다.

지 여사는 그 점이 더더욱 마음에 들었다. 만일 서원이가 결혼이라도 하겠다고 나선다면 루미가 서원이와 함께 다녀야 할 모임이 최소 두어 개쯤은 될 텐데, 그에 대한 준비도 미리 시켜 주고 싶었다.

공부에 관한 도움을 요청했으니 지 여사는 루미에게 그것도 일종의 공부라고 알려 줄 생각이었다.

사교적인 행사나, 모임 같은 공간에 가면 어떻게 행동하고 어떤 사람들을 만나야 하며 그런 자리에 가는 이유 같은 걸 설명해 줄 어른을 자처하고 싶었다.

먹을 것을 잔뜩 사 주시고서도 더 주지 못해 안달이 난 서원의 어머니에게 연신 감사하다고 인사를 하고 난 뒤에야 루미는 옥탑방으로 향할 수 있었다. 옥탑방으로 걸어가는 길목이 오늘따라 유달리 경사가 져 보여 이상했다. 그리고 이내 루미가 자신의 몸 상태가 이상하다고 느낄 때 귓가를 때리듯 울리는 소리가 들려왔다.

"이루미!"

날카로운 음성은 서원의 것이 분명했다. 단, 그 생각만을 했을 뿐인데 그 이후는 전부 점멸하듯 루미의 시야에서 사라졌다.

다급히 쫓아 올라온 서원은 겨우 쓰러진 루미를 끌어안을 수가 있었다. 고르지 못한 숨소리보다도 품 안에서 축 늘어져 버린 루미의 얼굴을 보고는 인상을 가득 일그러트릴 수밖에 없었다.

그렇게 먹이고, 신경을 쓰는데도 또 쓰러졌다는 사실이 마음을 아프게 했다. 영양실조는 아닐 텐데, 어떤 부분이 문제인지 알 수가 없어 서원은 찰나의 시간 동안 고민하고 생각했다.

이번에는 그의 집도, 그녀의 방도 아닌 병원을 선택했다. 병원에 루미를 입원시켜야 마음이 놓일 것 같았다.

사실, 처음부터 이렇게 하고 싶었지만 그랬더라면 부담감을 느끼고 뒷걸음질만 칠 게 분명했으니 하지 못했다.

서원의 다급한 걸음이 마치 지금 그의 마음을 대변해 주듯 빠르기만 했다. 다행스럽게도 병원이 인근에 있었다.

서원은 루미를 다시 한 번 더 품 안으로 고쳐 안으며 서둘러 차가 있는 곳까지 움직였다.

안절부절못하는 루미를 보고 나서야 서원의 굳었던 얼굴이 조금씩 펴지기 시작했다. 하지만 얼굴을 폈다고 해서 서원이 아직 화를 풀었으리라고 생각하지 않았기에 그녀는 그의 눈치를 여전히 보는 중이었다.

"과로라니까. 당분간은 이틀에 한 번씩만 나가요. 아니면 주에 3일 몰아서 나가든지."

"진짜요?"

사실 루미는 눈을 뜨자마자 보인 낯선 병실 모습에 서원이 지금보다 더 화를 낼 줄 알았다.

하지만 의외로 간단히 지나가는 것 같아 루미는 서원의 얼굴을 다시금 살펴보기 시작했다. 침대 옆에 놓인 의자에 앉아 자신과 시선도 마주치지 않는 서원의 모습에 슬그머니 불안감이 고개를 내밀쯤 그의 단호한 목소리가 들렸다.

"그리고 이사해요."

"네?"

루미는 서원의 말에 놀라 입을 벙싯거렸다. 이사라니, 대체 어디로 이사를 한다는 말인지 도무지 이해할 수 없었다. 게다가 이사를 하면 하루는 일을 나가지도 못할 것이다.

"오피스텔에 마침 남는 곳 있으니까. 들어와요."

이번엔 안 물러난다는 서원의 굳은 의지가 말에서 고스란히 느껴질 정도라 그녀는 전처럼 강하게 싫다고 거부할 수가 없었다.

"그래도……. 그건……."

"대체 왜 그렇게 약해요."

서원의 말에 루미는 우물거리며 고개를 숙였다. 다갈색의 머리카락이 헝클어져 있었지만 그녀는 그 사실을 몰랐다. 다만 머리카락은 그녀가 고개를 숙이니 함께 앞으로 쏟아져 내려 루미의 얼굴을 가려 줄 뿐이었다.

"속상하게."

루미는 서원의 말에 놀라 고개를 들었다. 싫은 게 아니고 속상하다는 말에 어설프게 파고드는 기대감을 떨쳐 내지 못한 루미의 얼굴이 반짝였다.

"싫은 게 아니라……요?"

"내가 왜 루미 씨를 싫어해요."

"제가 너무 자주 아픈 거 같아서요."

말하고 보니 정말 그랬다. 루미는 자신이 그동안 너무 자주 아픈 모습만 보여 준 것 같아 할 말이 없었다.

경제적인 차이에, 자주 아픈 여자가 싫다고 하면 어쩔 수 없지만……. 그렇지만 그녀는 이제 쉽게 서원의 곁을 벗어나기 힘들 것 같았다.

"루미 씨가 그런 걱정을 하는 이유가 확신이 없는 거에서 비롯되었다면. 그래서 날 못 믿는 거라면."

"아, 아니에요! 절대 그런 거 아니에요."

"그렇다고 해도 별로 할 말은 없겠네요. 사실 동생보다 어린 여자가 좋아서 꾀어냈으니 오래가지 않을 관계라고 생각하는 것도 무리는 아니겠어요. 그렇죠?"

짐짓 서원이 혼을 내는 말투로 루미를 나무랐다. 그런 서원의 얼굴을 본 루미는 야단을 맞아도 별수 없다는 생각에 고개를 더 더욱 숙이고 말았다.

뒤이어 나올 서원의 말을 예상하지 못한 탓도 있었다. 하지만 루미는 그보다 더 서원에게 미안한 마음이 컸기에 속상해서 얼굴을 들지 못했다. 지난번엔 아파서였고, 이번엔 뭣 때문에 길거리에서 또 쓰러질 뻔한 건지 그녀도 도무지 모를 일이었다.

"결혼해요."

루미는 서원의 말에 시선이 마구 흔들리면서도 애써 덤덤한 척 입을 열었다.

"네? 사장님 결혼……하세요?"

"하죠, 루미 씨랑. 루미 씨가 좋다고만 한다면. 내가 더 기다리려고 했는데."

사귄 지 이제 겨우 두 달 남짓. 그사이에 루미는 혼자 삽질도 했었고, 데이트다운 데이트도 여러 번 해 봤다. 하지만 이토록 빨리 결혼을 하는 것이 좋은지, 아닌지 감을 잡기도 전에 서원의 말이 루미의 귓가에 닿았다.

"루미 씨의 생활과 일상을 공유하고 싶어졌어요."

"사……장님."

"당신의 모든 것을 내가 알고 싶어졌다고. 그러니까, 더는 기다리기 싫어진다고. 이제 어떻게 할래?"

매번 존댓말을 쓰던 그가, 낯설게 느껴지리만치 진지했으며 하대를 했다. 루미는 그런 새로운 사실들보다 진심이 느껴지는 그의 말 한마디, 한마디가 가슴에 닿는 느낌이라 어찌할 바를 모르고 있었다.

"그러니까……. 그게……. 그 이유가 단순히 제가 자주 쓰러지는 것 때문이라면."

"어느 남자가 제 여자가 쓰러졌다는데 가만히 있어요. 그리고 그것 때문에 결혼하자고 병실에서 말하는 놈이 있을 것 같아요? 그 정도는 알지 않아요?"

서원의 단호한 태도에 루미는 말을 잃었다. 대답을 간절히 원하는 그의 눈을 마주 보고 그렇게 하자고 단숨에 대답하기엔 그녀는 어려서 두려웠다. 마치 서원의 집이 어떤 집안인지 알게 되었을 때와 비슷한 감정이었다.

"하지 마요."

"뭘……요?"

루미는 단숨에 그런 자신의 상태를 알아차리고 하지 말라는 말을 내뱉은 그를 바라봤다. 요동치는 시선을 옭아매듯 서원의 눈빛이 루미에게 꽂혀 떨어지지 않았다.

"도망치는 거. 달아나는 거. 뒷걸음질 치는 거. 혼자 고민하는 거. 외로워하는 거."

루미는 서원의 말에 멍하니 그의 시선만 바라보고 있었다. 그녀는 이상하게도 그에게 집중하게 됐다.

"그냥 다 하지 마요. 내가 하는 말과 행동에만 집중해요."

말을 마친 서원이 손을 들어 루미의 얼굴을 감싸듯 잡았다. 놀란 루미를 마주하면서도 그는 긴장된 마음과 설레는 마음을 숨길 수가 없어 빠르게 고개를 숙였다. 속상하게 고개를 숙이고 미안해하는 루미의 모습은 더 이상 보기 싫었던 그는 다소 상냥하지 못한 입맞춤을 했다.

입술이 닿고, 루미의 입술을 먹어 버릴 듯 움직이는 그의 행동에 결국 그녀는 환자 침대 헤드로 밀려났다. 그렇게 뒤로 밀려날 공간도 사라졌을 때 루미는 허공에서 어색하게 부유하던 손을 들어 서원의 목에 둘렀다.

그 작은 행동에 서원이 아주 살짝 입을 떼고 루미를 바라봤다. 파르르 떨리는 루미의 두 눈을 보자마자 그는 기분 좋은 만족감에 슬쩍 웃었다.

특실 병동에 입원한 여자 환자는 별 특별할 것 없는 일상이었지만 보호자로 서류를 작성하고, 사인한 남자 때문에 병원이 조금 떠들썩했다.

성심그룹 도영준 회장의 삼남 중에 차남이라는 소문이 빠르게 돌자마자 여자가 있는 특진 병실을 맡는 간호사부터 긴장했다.

"근데 여자 무지 어리지 않았어요? 차트 보니 21살이던데……."

"그러게. 역시 세상은 불공평해. 돈도 있겠다. 잘생겼겠다. 어린 여자애 하나 꼬드기는 건 일도 아니겠다."

뒤에서 수군거리는 거야 사람 많은 곳에서 늘 있는 일이니 그 렇다고 쳐도 수간호사도 어쩐지 특이하다고 여기기는 했었다.

아직 여자의 가족들도 나타나지 않고 있는 걸 보면 없는 건가 싶다가도, 다른 바쁜 일이 있어서 그런 게 아니었을까 싶었다.

오늘도 양손 가득 쇼핑백을 들고 지나가는 남자를 보자마자 간 호사들의 입은 조개처럼 다물어져 있었다. 아니나 다를까, 간호사 들이 집중한 건 서둘러 지나가는 남자였다.

서원이 이것저것 챙겨 주고, 지 여사도 한 번 다녀갔지만 도통 루미는 왜 자신이 더 입원해야 하는지 이해할 수가 없었다.

그 와중에도 오래된 핸드폰까지 집에서 챙겨다 준 서원 덕에 루미는 해연과 연락할 수가 있었다.

"친구분하고 얘기하고 있어요. 나가서 먹을 것 좀 사 올 테니 까."

서원의 행동과 말이 자연스러운 루미는 무심결에 고개를 끄덕 였지만 해연이 손사래를 치며 괜찮다고 나섰다.

"불편해하지 마세요. 마침 원장님께 볼일도 있었던 참이니까. 그럼 편히들 놀아요."

더러는 어색하게 인사를 하고 더러는 불편해하면서도 서원이 나가자 분위기가 편안하게 풀렸다.

"대체 어디가 아팠던 거야? 이제는 괜찮대?"

오늘도 링거를 맞아야 한다며 실랑이를 벌였던 사실을 말할까, 말까 싶던 루미는 하지 않는 편이 낫겠다 싶었다. 루미도 의아했지만 그녀가 쓰러졌던 건 과로 때문이었으니 푹 쉬어야 한다는 것이 진단이었다.

다른 곳에는 문제가 없으니 잘 쉬고 잘 먹으면 된다는데도 서원은 굳이 병원에서 쉬어야 한다고 버티고 있었다.

"참, 그건 그렇다고 치고 우리 여기 들어오기 전에 화장실에서 간호사들이 하는 얘기 들었는데……."

해연의 말에 지원의 얼굴이 미묘하게 틀어지는 걸 본 루미가 이상하다 여겼다. 간호사들이 대체 무슨 말을 주고받았는지 알지 못했던 루미는 뒤이어 들린 말에 마시고 있던 주스가 목에 걸린 듯 기침을 내뱉었다.

"네 남친 집이 성심그룹에서 간부쯤 되는 집이 아니라 그냥 그 집이라며."

"누, 누가 그래?"

놀란 루미가 겨우 기침을 진정시키고 나서야 친구들을 둘러봤다.

"간호사들이 전부 네 얘기 하던데?"

해연의 얼굴에 덕지덕지 묻어 있는 장난기를 발견한 루미가 우물거렸다. 간호사들이 그런 이야기를 하고 있을 줄은 꿈에도 몰랐다. 한데, 그가 성심그룹 차남이라는 사실을 어떻게 안 건가 하는 의문을 해결하기도 전 여전히 루미를 마뜩잖아하는 지원의 음성이 병실에 번졌다.

"어쩐지 돈은 좀 있어 보이더라. 근데 왜 그러고 있대? 겨우 카페 하나로 만족하는 남자라면 난 싫어."

"너 입 좀 조심해라. 아픈 애 앞에서."

"아까 너도 들었잖아. 애 당장 지금이라도 퇴원해도 별문제 없다고. 네 남친은 돈 쓸 데도 없나 보다. 병원에다가 쓰게. 나 같으면 네 옷이든 뭐든 다 해 줄 것 같은데."

루미는 듣다가 결국 입을 열었다. 전에도 느꼈지만 지원의 적대감이 유치한 질투심으로부터 시작되었다고는 해도 여전히 고등학교 시절에 멈춰져 있는 지원은 이제는 루미 역시 감당하기 힘들었다.

"사장님, 카페만 사장님 거 아냐. 그러니까, 그렇게 말하지 마. 그 거리에 있는 건물이 다 사장님 거야."

루미는 자랑하려고 한 말이라기보다는 더 이상 지원의 입에서 그런 말이 안 나오게 하고 싶었다.

"그리고 내가 못 쓰게 했어. 돈 그렇게 쓰는 거 아니야. 넌 아저씨, 아줌마가 주는 용돈 받고 대 주는 학비 받아서 학교 다니고 공부하니까 모르겠지만. 힘들게 번 돈인데 쉽게 쓰는 건 본인 돈이 아니라서 그런 거야."

루미의 말에 다들 서로 눈치를 보고 있었다. 오늘 온 목적은 병문안인데 결국 지원이 사달을 내고 만 것이다.

내내 루미에게만 날이 바짝 서 있더니 이런 일이 일어났다는 게 이상하지 않을 정도였다.

"너는 왜 여전히 고등학생에 머물러 있어?"

"뭐?"

"내가 네가 좋아했다던 선배한테 고백받고 싶어서 받은 것도 아니고……."

루미는 이번에야말로 다 이야기하고 말겠다고 생각했다. 이전처럼 지원의 성격에 밀려 우물거리지 않겠다고 다짐하며 입을 뗐다.

"그때부터 지금까지 쭉 나한테만 적대적이잖아. 너."

"너 말 이상하게 한다. 나 갈게."

지원이 먼저 자리를 뜨며 친구들을 데리고 나가려고 했지만 데면데면하게 굴기 시작한 아이들을 데리고 나갈 수는 없었다.

"말은 네가 이상하게 했지. 갈 거면 혼자 가. 무슨 병문안을 온 지 오 분도 안 돼서 다 돌아가니?"

"야!"

지원이 버럭 소리를 내지르자 루미가 눈에 띄게 어깨를 움츠렸다.

"돈 많은 남자 만났다고 이상한 말 한 건 쟤거든. 왜 평소처럼 안 하는데? 그게 다……."

문이 벌컥, 열렸다. 그 누구도 예상하지 못한 순간에 들어온 남자의 모습에 편안하게 있을 수 있는 건 루미밖에 없었다.

하지만 그녀는 알고 있었다. 그가 자신이 걱정돼서 멀리 가지 못했다는 걸……. 그래서 이 모든 소란을 다 듣고 있었다는 걸 알고 있었다.

"더는 못 들어 주겠네."

"사장님."

서원의 날 선 음성에 루미가 그를 부르며 고개를 내저었다. 하지 말아 달라고, 말과 행동으로 보여 주는 루미 때문에 그는 올라

오려는 화를 참고는 루미에게 장난을 걸었다.

"근데, 그 학교 선배는 누구예요?"

"네?"

"생각해 보니 가방을 안 들고 나가서 다시 들어온 건데. 문 앞에서 들었어요. 선배한테 고백 받았었다면서요."

서원의 말에 친구들의 얼굴이 조금씩 편안해지기 시작했다.

"그 선배가 누구냐면요……."

조잘거리며 이야기하려던 순간에 지원이 다시 끼어들어 좋아지려는 분위기를 깨려고 하자 서원이 루미 침대 옆에 있는 폰을 들었다.

"지금 안 나가면 사람을 부를 겁니다. 에스코트는 그 사람들에게 받아도 괜찮겠네요."

명백한 축객령에 지원이 화를 애써 내리누르며 걸음을 옮겼다. 성심그룹, 성심그룹 하더니 별거 없다는 짜증 섞인 음성이 이내 사라지고 나자 서원은 루미에게 한 걸음 더 가까이 다가갔다.

"그래서, 고백 받고 어떻게 했어요?"

"얘가 찼어요. 뻥. 철벽도 그런 철벽이 없었어요. 선배가 너 영화 좋아하냐고 물으면 영화 싫어한다고 대답하고. 밥 먹자고 하면 밥 먹었다고 하고. 날씨가 좋다고 하면 이런 날엔 돌아가서 빨래 말려야 한다고 말하고."

재잘거리며 신이 나 이야기를 하는 친구들의 모습에 서원은 루미에게도 저런 면이 있다는 걸 종종 깨닫곤 했다. 가끔 보면 루미는 또래들보다 차분하고 조용했으니 그 역시 가끔은 루미가 20대초반이라는 걸 잊곤 했었다.

"여전히 그때에도 귀여웠네요."

붉어져서 터질 것만 같은 얼굴을 한 루미를 보고 까르르, 웃음이 숨넘어갈 정도로 터지는 친구들의 모습에 서원은 다시 입을 열었다.

"소규모로 진행할 건데. 이 친구분들은 다 부를 거죠?"

"네?"

놀란 루미의 얼굴을 마주한 서원이 빙긋이 웃으며 입을 열었다. 저절로 말려 올라간 입꼬리가 내려올 생각을 하지 않았다.

"총 네 명은 루미 씨 가족 대신으로 참석 가능하니까. 부르고 싶으면 언제든 불러요. 난 루미 씨가 좋다고 하면 다 좋으니까."

달콤한 말과 듣기 좋은 중저음에 순간 정적이 찾아든 병실에서 그녀가 아주 느릿하게 입을 열었다.

"저는 어……제 대답 안 했는데요?"

"했잖아요. 말이 아니라 다른 걸로."

"그러니까……."

루미는 말을 고르느라 고심했다.

"그럼 다시 할게요. 퇴원하고 나면, 청혼은 다시 할 테니까. 일단은 아무 생각 말고 쉬어요."

청혼이라는 단어에 놀람과 걱정 그리고 신기하다는 시선들이 얽혀 있는 친구들을 보자마자 그녀는 어색하게 웃었다.

그가 그녀를 떠나리라는 생각이 들지는 않았으니 서원이 원한 바가 이것이었다면 성공한 셈이었다. 루미는 정말이지 이상하게

도 그런 마음이 하나도 들지 않았다.

그저 이 순간들이 즐겁기만 할 뿐 다른 것이 끼어들 틈은 없었다.

❖　❖　❖

헝클어진 머리를 한참 동안이나 매만지고서도 답이 나오지 않아 루미는 결국 하나로 질끈 묶어 버렸다.

다행스럽게도 옷은 회식 다음 날 서원이 안겨 준 것이 있어 깔끔한 모양으로 나설 수가 있었다.

"안녕하세요!"

루미가 지 여사가 문자로 알려 준 장소로 찾아오기란 쉬운 건 아니었다. 인터넷으로 길을 미리 찾아보고, 몇 번 헤매다가 어렵사리 찾은 곳은 외관에서부터 어쩐지 비싼 곳일 것만 같은 분위기를 풍겼다.

하지만 도와주겠다는 어른, 그것도 그의 어머니인 동시에 그녀를 딸처럼 대해 주기 시작한 어른이 부르는 거라서 루미는 마냥 좋기만 했다.

고개를 숙였다 든 루미는 가게에는 지 여사와 몇몇 직원밖에 없다는 사실이 의아하면서도 묻지 않았다.

그냥 토요일인데도 손님이 별로 없나 싶어서…….

"루미 양, 어서 와요. 정 실장, 지난번에 내가 봐 놓은 거 있죠?"

"네, 여사님. 물론이죠."

"우리 둘째 아가가 될 아이인데. 잘 좀 해 줘요."

당부도 잊지 않는 지 여사의 말에 루미는 괜스레 코끝이 찡해졌다.

"루미 양?"

"아, 아니에요. 사실 엄마가 있으면 이렇게 해 주지 않았을까 싶어서……. 그래서…….."

"아직 어리네, 서원이가 신경을 더 써야 할 텐데. 그 녀석 다감하지는 않죠?"

눈물이 가득 차오른 루미의 모습을 본 지 여사는 가볍게 웃고 있었다.

"이해 좀 해 줘요. 그럼, 오늘 예쁘게 꾸미고 갈 데가 있으니까, 어서 들어가 봐요."

루미는 작게 고개를 끄덕이며 좀 전에 정 실장이라고 불린 여자를 따라 움직였다. 피팅룸에 들어가는 루미의 모습을 보고 나서야 문희는 곁으로 다가온 비서에게 입을 열었다.

"회장님, 오늘 파티에 참석하는 일정 확실한지 다시 알아보고 와요."

"네. 그런데……. 괜찮으시겠습니까?"

주어가 빠진 그 물음을 알아들은 문희는 루미가 들어간 피팅룸에 시선을 고정한 채였다. 워낙 가진 것도 없고, 배운 것도 많이 없는 아이인 데다 가족마저 없었으니 영준에게 흡족한 며느리가 될 가능성이 없을 거라는 말은 하지 않았다.

하지만 사람을 보면 반드시 영준의 생각이 바뀔 것이라 그녀는 그렇게 생각했다. 세 아들을 키우며, 성심그룹 도 회장의 아내가 아니라 그냥 도영준의 아내로 산 세월 동안 그녀는 영준을 누구보다 잘 알게 됐다.

"그 양반이 서류로 저 아이를 먼저 보게 하는 것보다 직접 만나게 하는 편이 설득도, 이해도 빠르니까. 이 방법이 최선이에요. 비서실에 연락해서 일정 맞는지 확인하고, 내가 물었다는 말은 함구하라고 하세요."

"네, 알겠습니다."

조용히 물러가는 비서를 보며 지 여사는 예쁘게 꾸미고 나올 루미를 기다렸다. 얼마 전 결혼하겠다고 하는 이야기를 병원에서 서원에게 들은 터라 서두르기 시작했다. 아들의 진지한 모습에 지 여사는 자신이 나서야 할 때를 예감하고 있었다.

하지만 병원에서 청혼이라니……. 청혼은 그런 데서 하는 게 아니라며 지 여사는 서원을 타박했었다. 조만간 다시 청혼한다고 했으니 루미의 손에 반지가 끼워져 있는 모습을 보게 되리라는 기분 좋은 상상을 하며 문희는 꾸미고 나올 루미를 기다렸다.

바이올린과 피아노의 선율이 아름답게 어우러지는 공간에 앳된 얼굴의 여자들이 더러 보였다. 초대받은 집안의 자제들임이 분명한 그 사이로 성심그룹 지 여사의 옆에 서 있는 여자의 모습은 단연 눈길을 끌었다.

아들만 있는 집에 여자가 등장했으니 모든 사람들이 관심을 두고 지켜보고 있었다. 나이가 어려 보이니 비슷한 또래인 막내아들의 약혼자쯤 되려나 싶어 말은 안 해도 계속 지켜보고는 있었다.

"어머니라고 불러요."

하지만 그들의 대화를 들으면 들을수록 사람들의 머릿속엔 물음표가 떠다녔다. 누가 봐도 도다온이 좋아할 것 같은 여자는 아닌 것처럼 보였다.

하얀 얼굴에, 마른 몸을 하고 있는 여자는 무척이나 어려 보였다. 화장으로 조금 가렸다고 해도 보송한 얼굴은 가려지지 않았다.

"어, 어머니."

"듣기 좋네요."

"그럼 말씀 편하게 해 주세요……."

마치 지 여사를 쫓아다니는 모습이 눈망울이 커다란 새끼강아지 같아 보여 몇몇 여자들이 다가가려고 했었다.

"어머니. 루미 씨가…… 왜 여기에……?"

서원은 파티장에 들어서자마자 단번에 루미를 알아봤다. 하얀 얼굴을 하고선 두 눈을 이리저리 두리번거리는 예쁜 루미를 못 알아볼 리가 없었다.

"내가 데려왔다. 예쁘지 않니?"

지 여사의 말에 무의식적으로 고개를 끄덕이던 서원은 루미의 손을 잡고 밖으로 나서려 걸음을 막 뗐다.

"당신이 여길 다 나오고, 무슨 일이야. 이 아가씨는 누구지?"

도 회장의 음성에 서원은 인사를 안 시키고 루미를 숨길 수가 없다는 걸 깨달았다. 아직 아버지에게 아무런 언질도 하지 않은 상태라 반응이 어떨지는 그도 알 길이 없었다.

"인사하렴."

지 여사의 말에 루미가 서원에게 손이 붙들린 상태에서도 고개를 숙여 인사를 했다. 그 바람에 머리카락이 흔들거리며 춤을 췄다.

"안녕하세요. 이루미라고 합니다."

"처음 보는데⋯⋯."

도 회장의 말에 서원이 괜스레 초조해져 루미를 숨기려는 듯 그녀는 끌어당겼다. 겨우 그의 옆에 선 루미는 떨리는지 손을 붙들고 있었다. 아직 다시 청혼도 못 했는데 아버지를 먼저 보게 한 게 미안하기도 하고 고맙기도 했다.

사실 그도 아버지가 서류로 먼저 루미를 만나게 된다면 허락받기 꽤나 어려울 것으로 생각했기 때문이었다.

어머니도 같은 생각을 한 것이 분명하니 그는 루미가 너무 많이는 부담감을 느끼지 않았으면 좋겠다고 생각했다.

"아가씨는."

"저랑 만나고 있습니다."

한 달 만에 본 부자 사이라고는 믿기지 않을 정도로 사무적이었다. 루미의 시선이 그를 향했다는 걸 알면서도 서원은 루미 대신 모든 질문에 대답할 기세로 서 있었다.

"아가씨 이름이 이루미라고."

"네."

"나이는 어떻게 되나."

도 회장의 물음에 이번에도 서원이 나서려고 하자 루미가 그의 손을 잡아끌었다. 그 작은 움직임에 서원이 말을 멈추고 아버지를 향했던 몸을 돌려 루미를 살폈다.

"왜 그래요? 불편해요?"

"스, 스물한 살이에요."

서원과 루미의 말이 동시에 튀어나왔다. 서원의 놀란 두 눈을 마주한 루미가 작게 고개를 내저으며 서원의 행동을 저지했다. 그 모습을 유심히 바라보던 도 회장이 상황을 파악하고는 다시 입을 열었다.

"그래, 언제 한번 집으로 데려와라."

별다른 말 없이 서원과 루미를 스쳐 지나가는 도 회장의 모습을 보던 지 여사는 지금 이 길로 도 회장이 하려는 일을 누구보다 잘 알고 있었다.

루미에 대한 정보를 알아 오라고 시킬 것이 분명했다. 그럼에도 마음을 놓을 수 있는 건 가기 전 설핏 도 회장의 입가에 스쳤던 웃음 때문이었다. 그녀 역시 루미 같은 딸이 있다면 좋을 것 같다고 생각했었으니까.

도 회장도 루미를 보고 비슷한 감정을 느끼지 않았을까, 생각하며 지 여사 역시 서원과 루미만을 남겨 놓은 채로 조용히 자리를 떠났다.

7

루미가 원하는 청혼이 무엇일지 도무지 파악이 잘 되지 않았기에 그는 요즘이 가장 힘들었다. 바로 옆집에 살기 시작한 루미는 언제든 보고 싶으면 볼 수 있지만 최대한 자제했다. 보고 싶다고, 같이 밥 먹자고, 놀러 가자고, 여행 가자고, 데이트하자고, 심야영화를 보자고 문을 두드릴 수도 있었다.

　하지만 서원은 하지 않았다. 갖은 핑계와 이유로 루미와 함께 있으면 다음은 너무나 자연스럽게 한 침대에 누워 잠들고 일어나고 싶다는 욕구가 치밀었다.

　"부르셨다고 들었습니다."

　"와서 앉아라."

　도 회장의 말에 서원은 그가 권한 자리로 가서 앉았다.

　"그래. 지난번엔."

　"지난번에 루미 씨가 경황이 없어서 인사를 제대로 못 한 것 같아 속상하다고 꼭 좀 전해 달라고 당부해서요."

도 회장이 먼저 치고 들어오기 전에 서원이 먼저 분명하게 선을 그었다.

"꼭 내가 잡아먹을 것 같아 걱정하는 것처럼 보이는구나. 네 녀석 이런 모습도 오랜만이라 좋다만."

도 회장이 테이블 위에 놓인 차를 한 모금 마신 후 다시 말을 이어 갔다.

"도움이 될 거라면 경인건설이나 세명 쪽하고 좋게 인연을 맺어 보는 게 낫지 않겠냐."

"지금으로도 충분합니다. 아버지께 손 벌릴 일 없습니다."

도 회장이 재미있다는 듯 눈썹을 미세하게 움직였다. 그는 아들이 어떤 생각과 마음으로 그 아이를 옆에 두겠다는 건지 알고 싶어 다시 입을 열었다.

"워낙 외롭게 자란 것 같은데, 가족에 대한 그리움과 외로움이 가득한 아이인 것 같아 보여 마음에 걸린다."

"우리 집이 식구가 많으니 괜찮습니다."

물론 지 여사가 딸처럼 챙겨 주고 있다는 사실까지 들었으니 도 회장은 반쯤 포기한 상태였다.

"하지만 막내보다 어린 건 무척이나 마음에 걸린다. 아직 애 아니냐."

"루미 씨 생활에 제가 반드시 개입을 해야겠습니다. 그렇게 하기 위해서라도 전 결혼할 겁니다."

확고한 의지, 그걸 표출하는 아들의 모습에 도 회장은 별것 아니라는 듯 입을 열었다.

"이번 주 주말에 집으로 데려와라. 밥이나 한 끼 먹자."

허락에 가까운 말에 서원의 주위를 부유하고 있던 공기가 조금씩 부드럽게 풀려 가고 있었다. 다행히도 별 무리 없이 루미를 보고 허락하는 영준과 문희의 모습으로 인해 서원은 그간 걱정했던 건 모두 잊을 수가 있었다.

청혼을 어떻게 해야 할지만 가득하던 머릿속에 허락을 받았다는 생각이 스며들자마자 오늘 해야 할 일을 정할 수 있었다.

루미를 데리고 심야 영화를 보러 다녀와야겠다고, 그는 생각했다.

서원은 재촉도 하고, 채근도 하면서 루미를 겨우겨우 밖으로 끌어낼 수가 있었다.

"너무 공부만 한다고 안에 있는 것도 안 좋아요. 지난번에 학원에서 본 모의고사 괜찮게 나오지 않았어요?"

슬그머니 루미가 염려하던 문제를 꺼내서 같이 고민하는 것도 그는 잊지 않았다.

"하지만 불안해요……. 나이도 있는데, 이러다 올해 못 가면 어떻게 해요? 저 장학금 받고 들어가고 싶은데……."

"정 안 되면 시어머니 **빽** 써요."

서원의 장난스러운 말에 루미가 **빽** 소리를 내질렀다.

"사장님!"

늦은 저녁 시간이라 사람이 많이 없었던 영화관 매표소 앞에서 루미의 소리가 크게 울렸다.

"루미 씨가 나 좋아하는 건 이미 알고 있고. 이렇게 광고까지 해 주니 나는 너무 고마운데……."

화—악, 붉어진 루미의 얼굴을 본 서원은 그런 그녀의 손을 잡아 이끌었다.

"영화가 제법 길어요. 뭐 먹을래요? 아무래도 입이 심심할 것 같으니까, 팝콘? 여긴 피자도 파는데, 피자 먹을래요?"

서원은 루미의 손을 꼭 붙들고 매점 앞에 서서 고민하다가 결국 패밀리 팩을 샀다. 음료는 한 잔을 제외하고 모두 버렸지만 그는 신경 쓰지도 않았다.

불필요한 짓은 안 하고, 쓸데없는 소비도 안 한다고 했던 그가 루미를 만나고 나서 하기 시작한 행동들은 꽤 많아지고 있었다.

"이거 너무 많지 않아요?"

"이거 루미 씨가 다 먹을 건데, 많아요?"

서원의 손에 가득 들린 주전부리를 보고 루미가 입을 떡 벌리고 놀라자 그는 주머니를 눈짓으로 가리켰다.

"지금은 내가 손이 없으니까."

손을 들어 음료와 주전부리를 들고 있는 걸 루미에게 보여 준 그가 다시 말을 이어갔다.

"루미 씨가 자리까지 나 데리고 가야 해요."

서원의 재킷 주머니에 손을 넣어 영화표를 꺼낸 루미가 마치 외우기라도 하듯 M관 101호 C3, 4열이라고 중얼거리는 모습에 서원은 웃음을 터트렸다.

소리를 죽여 웃는 게 전에는 이처럼 즐거운 일인 줄 알지 못했다. 그렇게 영어 단어를 외우듯 달달 반복하는 루미의 뒤를 쫓아서 영화관 안으로 들어선 서원은 소파 좌석에 루미를 앉히고 나서야 테이블 위에 사 온 것들을 내려놓을 수 있었다.

"여기 되게 밝네요······."

루미가 그제야 이 작은 영화관은 따로 자리를 찾을 필요가 없다는 걸 알아차리고는 중얼거렸다.

"네, 여기 좀 작아요. 그리고 편안하고."

"편안하면 밤인데 잠 오지 않을까요?"

진지하게 고민하는 모습에 서원은 루미의 머리를 쓰다듬으며 입을 열었다.

"좋네요. 미리 연습도 하고."

"네?"

"우리 같이 살면 같이 잘 거니까."

서원의 말에 아직 가시지 않았던 얼굴의 열기가 다시 몰려오는 기분이 든 루미가 급하게 고개를 숙였다.

이 밤에 자꾸만 놀리는 서원이 얄미웠다.

"그리고 나는 영화관의 용도도 알려 주고 싶으니까."

"영화관은 영화만 보는 곳······."

이라고 대답하려는 루미의 말을 그가 먹어 치웠다. 어떤 영화를 예매한 건지, 같이 보는 사람들이 몇 명인지는 중요하지 않았다.

"이런 것도 하는 공간이죠."

서원의 말에 루미는 고개를 들지 못했다. 누군가 봤을까 봐, 너무 쑥스럽고 부끄러워서 루미는 서원의 얼굴을 똑바로 볼 수가 없었다.

그 모습에 다시금 루미를 끌어안고 싶어지는 마음을 억누르며 서원은 루미의 옆에 자리를 잡았다.

목요일 밤 늦은 시간에 시작해서 금요일 새벽에 끝나는 영화라서 그런지 그가 예매한 관 내부에는 다른 한 커플만 더 있었을 뿐 더 이상은 없었다.

잔뜩 긴장한 루미의 모습이 귀엽다가도, 그는 한편으로 미안한 마음이 가득해 기분을 풀어 주려고 시답지 않은 이야기들을 늘어놓았다. 차 안에서 내내 그런 시답지 않은 이야기들로, 시시한 말들을 주고받는 동안 루미의 얼굴은 한결 편안해져 있었다.

"저 이상해요?"

머리도 어제보단 덜 부스스하고, 옷도 평소에 입고 다니는 것보다 훨씬 좋은데 이상하냐고 자꾸만 묻는 그 모습에 서원은 말 대신 루미를 품 안으로 끌어당겨 안았다. 대문을 열고 들어서기 전 구두를 신고 하얀 원피스를 입은 루미가 마치 파티장에서 봤을 때처럼 예뻐서 그는 그녀의 머리를 쓰다듬었다.

그렇게 부둥켜안고 몇 번이고 쓰다듬며 루미의 마음을 어루만져 주었다. 그는 루미의 정수리에 입을 맞추고 나서야 걸음을 옮길 수 있었다.

"가요."

"사장님, 있잖아요. 사장님 아버지는 무서우세요?"

"아버지 첫인상이 호감형은 아니었죠?"

잘 다듬어진 마당을 지나 현관 문 앞까지 다다른 두 사람은 그대로 멈춰 서서 서로를 마주 봤다.

"하지만 걱정 마요."

서원은 어쩌면 아버지가 루미를 많이 귀여워해 줄 수도 있겠다고 생각했다.

"걱정 안 해요. 그냥……. 궁금했어요."

루미의 말에 그는 고개를 끄덕이며 알았다고 말하고서도 연신 웃는 낯이었다.

"들어가요. 기다리시지는 않겠지만, 늦는 건 좀 그러니까. 우리 지금 딱 오 분 전이거든요."

서원의 말에 루미는 그가 열어 준 문 틈으로 새어 나오는 사람 사는 냄새와 소리를 들었다. 그렇게 타인이었던 그녀가 타인이 아니라 누군가의 가족이 되기 위해 저 틈으로 들어간다는 사실이 다시금 비현실적으로 느껴져 루미를 뒤흔들었다.

이런 행운이 자신에게 찾아온 것이 다른 불행을 위한 것은 아닐까.

이런 행복을 손에 쥐여 주고서는 다시 누군가가 뺏어 가지는 않을까.

안절부절못하는 그 마음을 서원이 모두 알지 못하기를 바라며 루미는 걸음을 내디뎠다. 앞으로 나아가는 걸음이 조심스럽고 힘들었다. 하지만 좋았다.

말로 다할 수 없을 정도로 그녀는 지금 이 시간이 소중하고 좋았다.

"먹자."

도 회장의 말을 끝으로 모두 수저를 들었다. 하지만 루미는 평소 습관처럼 수저를 들고는 입을 열었다.

"잘 먹겠습니다!"

해맑은 그 소리에, 가장 먼저 반응을 보인 건 지 여사와 다온이었다.

"많이 먹어요. 그렇게 마르니까 자꾸 아프지. 더 먹고 싶으면 얼마든지 말하고."

"잘…… 먹겠습니다?"

내내 가만히 루미를 보기만 하던 다온이 궁금해 죽겠다는 듯 밥보다 서원에게 시선을 박고는 입을 열었다.

"실례지만 작은 형수 나이가……."

"스물하나예요."

다온은 어려 보이는 예비 작은 형수의 모습에 형보다 많이 어린가 보다, 하고 생각만 했을 뿐이었다. 그랬는데 21살이라니……. 늦둥이라고 오냐오냐 커 온 막내보다 어린 여자를 데려온 형을 보던 다온이 거의 반사적으로 말했다.

"와……. 형, 도둑놈이네."

감탄인지, 비아냥인지 구분하기 어려운 말을 하면서도 다온은 루미가 신기한지 자꾸만 말을 걸었다.

"그때 카페에서 일하지 않았어요? 여름쯤에 나 본 거 같은데……."

친화력이 좋은 다온의 질문에 대답을 하느라 밥은 한 수저도 못 뜬 루미를 본 서원이 인상을 일그러뜨렸다. 가뜩이나 과로로 쓰러지고, 영양실조로도 쓰러진 적이 있어서 서원은 루미의 식사에 신경이 많이 쓰였다.

그랬는데 동생에게 방해를 받자 그는 중재에 나섰다.

"밥 좀 먹자. 루미 씨, 어서 먹어요."

루미가 밥을 먹는 모습을 보고 나서야 그는 다시 평온한 얼굴로 수저를 들 수가 있었다. 식사를 하는 동안에도, 하고 나서는 더더욱 루미를 챙기는 서원의 모습에 적응이 되지 않는지 지 여사는 흘긋거리며 아들을 쳐다봤다.

둘이서 아옹다옹하며 서로를 챙기는 모습이 보기 좋아 번번이 쳐다보다가 먼저 시선을 돌리곤 했다.

"아줌마, 과일 다 됐어요?"

지 여사가 과일을 챙기러 부엌으로 들어가자 루미가 그 뒤를 쫓았다. 서원이 어떻게 말려 볼 새도 없이 움직인 루미로 인해 그는 멍하니 그녀가 가는 방향만 눈으로 쫓았다. 아무래도 부엌까지 쫓아 들어가는 건 좀 아니다 싶어, 돌아서던 그는 언제 온 건지 다가온 막내의 모습에 깜짝 놀랐다. 언제 다가온 건지 소리도 없어서 놀랐지만 서원은 그렇지 않은 척 행동했다.

"너 뭐 하냐?"

"뭐하긴. 형 보는데?"

"그거 말고, 왜 여기 있는데?"

"예비 작은 형수 구경하지. 형수는 형이 어떤 사람인지 알아?"

어머니, 소리를 연신 내뱉으며 문희의 뒤를 쫓는 루미의 모습은 생각보다 더 서원의 마음을 뻐근할 정도로 따뜻하게 했다.

"근데 진짜 예비 작은 형수 21살이야?"

"어."

서원은 다온이가 무어라 물어도 귀에 잘 들리지 않았다. 아버지는 정말 오늘 밥이나 한 끼 먹자고 부른 건지 루미에게 별다른 말은 하지 않았다. 그저 밥 먹기 전 잘 먹겠다는 밝은 인사를 듣고 웃음을 머금었던 정도가 아버지가 보였던 반응의 전부였다.

"형. 내가 몇 살인지는 알아?"

"너 스물둘이잖냐."

그건 왜 확인하냐는 물음이 서원의 얼굴에 떠 있자 다온이 입을 떡 벌렸다.

"막냇동생보다 어린 여자가 감당이 돼?"

다온의 물음에 서원은 웃었다. 루미가 감당이 되지 않는 경우는 많았다. 종종 루미는 예뻤고, 끊임없이 귀여웠으며 늘 사랑스러웠으니까.

"안 돼."

감당이 안 되지만, 그럼에도 루미를 놓을 수가 없었다. 서원의 진심은 단순했다. 루미의 옆에 자신이 아닌 다른 사람이 있는 건 상상할 수 없을 정도로 끔찍한 일이었다.

그게 전부가 되어 버리자 그는 언제까지고 선만 그어 놓고 장난처럼 사귀자고 말할 수가 없었다.

"어떻게 꼬셨어? 돈? 선물? 예비 형수 가족 없다며, 스킨십?"

다온의 말에 서원은 대답 대신 다온의 머리를 가볍게 툭 건드리고 나서야 거실로 걸음을 옮길 수가 있었다.

곧 어머니와 함께 부엌에서 나오며 환히 웃을 루미라는 걸 이미 알고 있기에…….

차를 마시던 서원보다 루미가 더 당황해서, 바람에 일렁이는 촛불처럼 시선이 흔들리는 걸 숨기지 못했다.

"……다음 달이요?"

생각보다 더 빠른 날짜와 도 회장의 추진력에 더럭 겁을 집어먹은 탓이었다. 그런 루미의 성격을 누구보다 잘 알고 있는 서원은 속으로 걱정이 한 가득 차올랐다.

"싫으냐."

"네?"

루미의 놀란 음성에 결국 서원이 중재자로 나섰다. 드러내 놓고 나서면 아무래도 아버지의 눈에 좋게 보이지만은 않겠다 싶어 최대한 자제하고 있었는데, 지금은 그래서는 안 될 것 같았다.

"아버지, 이 사람 놀라요."

"아……버님. 저……."

루미가 조심스럽게 말을 꺼냈다. 도 회장은 입가가 귀에 걸린

듯 미소 지었다. 그 조심스러운 말투 때문이기도 했지만 수줍어하면서도 바르게 부른 호칭으로 인해 웃음이 가득 번져 있었다.

"그래."

기분 좋은 웃음을 입가에 매달고서 루미를 바라보는 도 회장과 달리 재준의 기분은 매우 저조했다. 한 달 뒤라면 자신보다 더 먼저 결혼할 수도 있다는 말이었기에 그는 루미가 너무 빠르다고 한 발 양보해 주기를 바랐다.

"한 달 뒤……는 너무 빠른 거 같아요."

"준비는 시어머니하고 하면 되니 네가 신경 쓸 건 없다. 네 형편 아는데 격식 따져서 할 것도 아니고."

"저 공부도 해야 하고……."

수능 시험이 11월 중순인데, 10월 초에 결혼을 하면 시험을 망칠 것만 같은 기분도 들어 루미는 한사코 거절하려고 했다.

"왜 저 녀석이 괴롭히든? 참, 아가."

아가, 라고 부르는 지 여사의 음성과 더불어 자연스러운 하대가 좋아서 루미는 다시금 눈가에 고이는 눈물에 고개만 도리질 쳤다.

서원이 괴롭히기는커녕 너무 도와주려고 해서 문제였다. 그게 늘 루미는 미안했다.

"준비는 내가 다 하마. 걱정 말고 공부하려무나. 그런데, 여전히 그 옥탑방에 있는 거니? 거긴 이제 내가 다 불안하구나. 당분간은 내가 어디 괜찮은 데 마련해서……."

"어머니."

지 여사가 루미가 산다던 옥탑방에 한 번 가 보고는 안타까워 속으로 혀를 찼었다. 루미가 입원했을 때 경황이 없어 서원이 미처 가져오지 못한 물건을 서원의 부탁으로 가지러 갔을 때였다. 지 여사는 그런 곳은 아무래도 강도나 위험한 일이 빈번히 일어날 것 같아 불안하기만 했다.

"루미 씨, 제 오피스텔 바로 옆에 살아요."

"응?"

워낙 예민하고 까다로워서 오피스텔 한 층을 다 비우고 혼자 그 층을 사용하는 서원의 입에서 나온 말이라고 쉽게 믿어지지가 않았다. 문희는 다시 한 번 확인하고 싶은 마음에 계속 반문했다.

"네 오피스텔 옆에 있는 건물 말이니?"

"아뇨. 제 오피스텔이요."

"그럼 그 건물에 빈 곳이 있었니?"

알면서 묻는 건 아니고, 그저 믿기 힘들어 묻는 지 여사의 심정을 십분 이해한다는 양 그 모습을 지켜보는 다온의 얼굴엔 동물원 원숭이를 보는 듯한 시선이 그득했다.

"제가 사용하는 층은 늘 비어 있으니까. 당분간 거기서 지낼 거예요. 지금도 거기서 지내고 있구요. 그러니까 그 문제는 걱정하지 않으셔도……."

"그게……. 사…… 아, 아니 오빠가 지난번에 병원에서 안 된다고 해서……."

루미가 속상한지 고개를 푹 숙였다. 그 모습에 지 여사는 어려서 겁도 자주 먹고 순수하기도 한 둘째 며느리가 마음에 쏙 들었는지 도닥거리고 있었다.

"잘했다. 나도 옥탑방은 좀 걱정이었는데, 서원이가 알아서 얘기를 했구나. 그럼 시간 봐서 우리 아가가 필요한 일 있을 때 부르마."

손을 잡아 주고 다독여 주는 지 여사의 행동에 루미는 금방이라도 두 눈에서 눈물을 툭 떨굴 것 같아 보였다. 서원은 그런 루미의 얼굴로 손을 뻗어 눈물을 닦아 주고 싶었다.

"둘째, 나 좀 보자."

그 모습을 가만히 지켜보던 도 회장이 단순히 둘째라고만 부르자 서원은 습관처럼 대답했다. 하지만 돌아오는 건 가벼운 타박이었다.

"네 녀석 말고. 둘째 아가 말이다."

"네?"

그렇그렇한 눈으로 도 회장을 올려다보는 루미의 모습에 다온은 숨이 넘어갈 정도로 웃음을 참고 있었고 서원은 속이 상했다.

그냥 마음껏 좋아해도 되는데, 루미는 늘 이랬다. 좋아하는 것보다 고맙고 미안한 게 먼저였다. 그 고운 마음에 한 번, 예쁜 얼굴에 두 번, 귀여운 행동에 세 번…….

몇 번이고 반하게 했다.

"서재로 오너라."

도 회장의 말에 루미가 고개를 끄덕이며 일어서자 서원은 당장 쫓아 들어가고 싶은 마음을 애써 누른 채로 그 자리에 박힌듯 앉아서 기다렸다.

루미가 마음에 안 든다는 소리를 할 거였다면 결혼식 날을 직접 부를 양반이 아니라는 걸 누구보다 서원이 가장 잘 알고 있었다.

자꾸 숨이 넘어갈 듯 웃는 다온의 모습에 서원은 옆에 있던 쿠션을 던져 줄까 고민하다가 참았다. 루미 앞에서 8살 어린 막내와 싸우는 모습을 보여서 좋을 게 없었다.

서재 문을 닫고 방 안으로 들어온 루미의 모습은 도 회장이 생각한 것 이상으로 괜찮았다. 오늘 하루 동안 집에 와서 식사를 하고 이야기를 하는 동안 영준은 이미 결정을 굳혔다.

만일 서류로 먼저 소식을 접하고 상황을 파악했더라면 그는 그 누구보다 격렬하게 반대했을 게 분명했다. 그건 부정할 수 없는 사실이었다.

하지만 순수한 눈과 얼굴은 서원이 누구인지도 모르고 만난 게 분명해 보였다. 쉽게 거짓말을 할 정도로 성격이 있어 보이지도 않았다. 무엇보다 그런 사람이라면 단순히 병원에서 급히 수술을 해야 한다는 보육원 오빠의 말에 덜컥 모아 놓은 돈을 전부 빌려 주지는 않았을 거다.

알아보니 빌려준 돈만 2,000만원이었고, 그 돈은 보육원에서 생활하던 때부터 아르바이트를 해서 열심히 모은 돈이었다.

도 회장은 그렇게 남을 생각해 주는 아이라면 서원의 옆에 있어도 괜찮겠다 싶었다. 무엇보다 서원의 옆에 오래도록 있고 싶어서 공부도 하고 싶어졌다는 아이였으니 그는 한결 마음이 가벼웠다.

그래서 모처럼 시아버지다운 일을 하고 싶어서 몰래 용돈이라도 손에 쥐여 주려고 한 참이었다.

도 회장이 루미의 앞에 불쑥 봉투를 내밀자 그렁하게 눈물이 맺혔던 눈이 순식간에 맑아져 있었다. 필시 놀란 것이 분명했다. 반응이 이렇게 즉각즉각 나오니 아내가 최근 들어 자주 챙기고 다닌 건가 싶기도 했다.

"용돈이니까. 아무한테도 말하지 말고, 네가 쓰고 싶을 때 쓰고 다녀라."

"네?"

"처음 주는 용돈이니까 거절할 생각은 말고."

아들들만 상대해 봐서 그런지 딸 같은 며느리를 상대하는 건 도 회장에게 생각보다 어려운 일이었다. 더욱이 봉투를 손에 꽉 쥐고 바들거리며 떠는 것이 분명히 보이는 둘째 며느리를 보던 도 회장은 크게 당황했다.

"둘째야."

당황해서 다급히 루미를 부른 도 회장은 소리 없이 엉엉 울고 있는 모습만 보게 됐다. 이걸 어떻게 해야 하는 건가 싶어서 우왕좌왕하면서도 손수건을 꺼내 건넸다.

도 회장의 손수건을 받아 들고 이젠 아예 소리 내어 우는 둘째 며느리의 모습에 속으로 기분 좋게 웃음 짓고 있었다.

가족이 없어서, 외로웠을 게 분명했다. 이 아이가 드러내지 않았을 뿐인 그 감정이 고스란히 느껴졌다.

가족이 생겨 좋아서 우는 이 분명한 감정에 도 회장은 조용히 루미를 위로했다. 훌쩍이는 루미를 위해 직접 화장실에서 휴지를 가져왔다. 또 얼굴이 엉망이라, 조금 진정되고 나가기를 바랐기에 말도 안 되는 핑계를 대며 잠깐 앉아 있으라고 했다.

그는 이렇게 곱고 착한 아이가 집안에 들어오게 되어 참 다행 이라고 생각했다.

퉁퉁 부은 얼굴을 하고서도 루미는 서원의 팔을 베고 누워 연 신 싱글벙글 웃기만 했다.

"그렇게 좋아요?"

서원의 물음에 고개를 세차게 끄덕인 루미였다. 문득 용돈이라 고 봉투를 받기만 했지 얼마가 들었는지는 확인해 보지 않았던 루미는 침대에서 몸을 일으켰다.

"아버님이요……."

"이젠 자연스럽네요."

아까 손수건도 쥐여 주시고, 휴지도 가져다주시면서 갓난아기 처럼 울음을 터트린 자신을 위로해 주던 도 회장의 모습에 루미 는 첫 만남이 오해였다는 걸 깨달았다.

"아버님이 용돈 주셨는데……. 얼마일까요? 한 20만 원?"

20만 원이라는 말에 서원이 웃음을 터트렸다는 걸 알지 못하는 루미는 그가 그저 꽤 괜찮았던 오늘 하루 때문에 웃음을 터트렸 다고 생각했다.

"확인하고 싶으면, 열어 보면 금방 알 텐데. 싫어요? 같이 확인해 줘요?"

어느새 몸을 일으킨 서원이 루미에게 몸을 바싹 붙이고는 물었다. 루미는 귓가에 속삭이는 그의 행동에 간지럽다며 몸을 뒤척였다.

봉투를 열어 수표를 꺼내던 루미는 총 5장의 수표에 해맑게 오십만 원이라며 웃었다. 하지만 서원이 그녀가 쥐고 있는 수표의 앞면을 다시 제대로 보여 주며 손으로 툭툭 그 위를 두드렸다.

자연스럽게 루미의 시선이 수표 위로 다시 향했다. 서원은 금세 루미가 놀라서 자신을 보리라는 걸 알고 있었다.

"……헐?"

오랜만에 루미의 입에서 그녀가 친구들과 있을 때 자연스럽게 내뱉는 감탄사가 튀어나오자 서원은 애써 숨죽여 웃으며 그 모습을 잠시 지켜봤다.

그래도 명색이 성심그룹 회장되시는 분이, 설마 50만 원을 처음 주는 용돈이라고 따로 불러서 주지는 않을 터였다. 그녀는 너무 많은 금액에 불안해했다. 이렇게 많은 돈을 용돈이라고 받아도 되는 건지 싶어서 자꾸만 서원을 바라봤다. 그 시선에 서원은 아마도 내일 아버지가 루미의 전화를 여러 차례 받지 않을까 하는 예상을 하며 웃어넘겼다.

"너……무 많아요. 이건 너무 많아요……."

"내 생각보다는 적은데요?"

루미의 시선에 서원은 제 생각을 굳이 입 밖으로 뱉어 내지 않은 걸 참 잘했다고 칭찬하고 싶었다. 격하게 동요하는 시선은 토

끼 인형보다 더 귀여웠지만 그렇다고 더 놀리고 싶은 마음은 없었다.

"이번만 받아요."

서원은 루미가 아버지 앞에서 울었는데도 당황하지 않고 루미를 다독여 함께 나온 아버지가 신기해서 도와주기로 했다.

"처음으로 기분 좋아서 용돈 주신 분이니까."

"네?"

"난 안 받았거든요."

서원의 말에 루미가 영문을 몰라 그를 바라보기만 했다. 어느새 제법 많이 가까워져 숨결이 닿을 정도가 되었지만 루미는 그보다는 서원의 말에 집중하고 있어서 상황을 인지하지 못했다.

"받으면 회사에 그만큼 공헌해야 할 것 같았으니까. 은근히 회사 체질이 아니라서, 들어가기 엄청 싫었거든요."

서원은 가볍게 말했지만 사실 그도 아버지의 도움을 받지 않으려 애를 많이 썼다. 아까운 능력 썩히지 말고 형을 도우라는 이야기도 수차례 들었지만, 그가 도움을 받은 건 오직 어머니에 한정된 이야기였다.

그도 예전에 다 갚았지만, 마음의 빚은 늘 존재했다. 그런 둘째 아들에게 돈 한번 쥐여 준 적 없었으니 영준은 루미에게라도 용돈도 주고 더러 챙겨 주며 그렇게 지내고 싶은 모양이었다.

바쁜 분이 퍽이나 그러기도 하겠다며 속으로 비아냥거리다가 서원은 이내 웃었다. 그래도 이전처럼 바쁘시지는 않으니 그럴 수 있지 않을까, 하는 기대감이 생겼다.

"루미 씨, 꼭 붕어 같아요. 퉁퉁 눈이 부어서."

그렇게 말하면서도 예쁘다고 연신 말하는 서원은 이내 루미의 입술을 먹어 버릴 듯 삼켰다. 맞닿은 입술로 온기가 전해지자 루미는 서원의 셔츠 깃을 꽉 잡았다.

이런 루미의 행동이 그를 완전히 날뛰게 했고, 즐겁게 했으며 행복에 겨운 사람으로 행동하게 했다.

그 모든 걸 루미가 알아줬으면 좋겠다는 바람이 서원의 마음속에 가득 번져 가기 시작했다.

수능 시험 공부에 막판 집중을 하고 있는 루미는 손에 들린 청첩장이 얼떨떨하기만 했다. 지 여사가 불러서 나갔던 참인데 청첩장은 물론 핸드폰도 바꾸게 됐다.

해연이 들고 다니던 스마트폰이 손에 쥐어져 있었지만 사용 방법이 여전히 어려워 루미는 골치만 아팠다.

그렇게 청첩장 여섯 개를 들고 걸음을 옮기던 루미는 해연이 기다리는 카페로 곧장 걸어갔다. 기왕 공부를 접은 하루였다. 스트레스를 받아 가며 다시 집으로 돌아가 책 속에 얼굴을 파묻기 싫어 해연을 부른 참이었다.

거기에 청첩장을 대신 전해 달라는 꽤 곤란한 부탁도 할 생각이었다.

미안하니까 밥을 사 줘야지 싶어, 루미는 서원의 가게 중 한 곳에서 해연과 만나기로 했다.

"많이 기다렸어?"

루미가 해맑게 웃으며 들어오자 해연이 얼굴을 펴며 손을 흔들었다.

"아니, 별로 안 기다렸어. 근데 넌? 요새 잘 지냈어? 시험 공부한다는데 자주 불러내는 것도 뭐하고……. 사실 애들이 너 부르자고 만날 때마다 얘기하는데, 좀 그랬어."

"응? 왜?"

부르지 그랬냐고 말하는 루미의 얼굴을 보던 해연은 한숨을 삼킨 채로 입을 열었다. 산토리니풍의 고급스러운 식당으로 불러낸 루미의 얼굴을 유심히 보던 해연은 어렵고 힘들게 산 루미에게 그래도 좋은 일이 가득한 것 같아 좋았다.

"네 남친이 그런 사람이라는 걸 몰랐을 때는 도둑놈이네, 얼굴만 반반하고 사기꾼인지 모르네, 그럴 땐 언제고. 이제 네가 부럽기도 하고 그런 남자 만날 수 있는 사다리 같은 역할을 해 주지 않을까 해서 하는 여우 짓들이잖아."

루미가 눈동자를 열심히 굴리며 이해하려고 애쓰는 모습에 해연은 쓴웃음을 삼켰다. 어렸을 때부터 마음을 한번 열면 다 내어 주는 루미의 버릇은 알고 있었다. 하지만 이토록 오랫동안 친구라는 이름 아래에서 루미와 가깝지도 멀지도 않은 거리만 유지하고 있는 아이들을 보면 해연은 목에 가시가 걸린 느낌이었다.

"막내 도련님이 여기에 여자친구 데려왔었대. 매운 거 좋아한다고 해서, 근데 너도 매운 거 좋아하잖아."

"막……내 도련님?"

해연은 무척이나 낯선 단어가 신기해 루미의 말에 귀 기울이며 함께 재잘거렸다.

"응, 지지난 주에 다녀왔는데……. 너무 좋더라. 가족이잖아. 너무 좋아."

"좋다니까 다행이다. 사실 어린데 결혼하니까, 나는 네가 그냥 외로워서 한다는 건 아닐까 걱정했거든."

"아냐. 사장님은 되게 좋은 사람이고, 나를 좋아해 줬고."

더 좋아해 주고 있는 건 물론이고 그 모든 사실을 매 순간 표현하고 있다는 말을 겨우 삼킨 루미가 배시시 웃었다.

"주꾸미 되게 맵다니까 우리 치즈 추가해서 먹자. 막내 도련님이 이것저것 많이 알려 줬어."

"근데 그 집 막내는 몇 살인데?"

순수하게 궁금해서 묻는 해연의 물음에 루미는 망설이는 기색도 없이 대답했다.

"스물둘, 나보다 한 살 많대. 어머님이 늦둥이라고 나처럼 대학교도 안 가서 걱정 많이 하시더라고."

해연은 스물둘이라는 단어에 한 번, 그런 집에도 놀고먹는 사람이 있다는 사실에 다시 한 번 더 놀랐다.

"참, 이거. 나 이거 부탁하려고……. 수능 시험 얼마 안 남아서, 한 번에 가려면 신경 쓰면 안 될 것 같은데. 근데 또 이런 건 직접 전해 줘야 한다고 그래서. 나 청첩장 나왔는데……."

루미의 말에 해연이 밝게 웃었다. 내내 밝기만 한 얼굴을 보면 루미의 인생에서 요즘이 가장 행복한 날들임을 알 수 있었다. 좋은 일이 생겼기에 자신을 불렀음을 예상하고 있었다.

그리고 그 모든 것을 제외하고 생각해도 루미는 병원에서 밥 한 끼도 같이 못 먹고 헤어진 걸 무척이나 아쉬워했었다.

"나 시험 끝나면 그땐 너 시간 될 때 나 불러."

예쁜 쇼핑백을 받아 든 해연은 그 안에 있는 청첩장 중 자기 몫이라고 꺼내 준 청첩장 하나를 받아 들고는 감탄했다.

"무슨 청첩장이 이렇게 예뻐?"

"사실 가족들끼리 조촐하게 하자시는데……. 내 쪽이 아무도 없어서, 그래서 사장님이 친구들로 하면 어떻겠냐고 했거든. 아버님이랑 어머님도 그렇게 해서 허전해 보이지 않게 하는 게 나을 것 같다시고……."

"나 재벌 결혼식을 이렇게 보는 거야?"

긴장해서 앉아 있는 루미를 부드럽게 풀어 주는 해연은 신기하다며 청첩장을 이리저리 돌려봤다. 아무리 봐도 엽서같이 너무 예뻤다.

"그래도 좋다."

해연은 루미가 이렇게 좋아하고 행복해하는 모습에 입꼬리를 말아 올리며 입을 뗐다. 어느새 그녀들의 테이블 위에는 주꾸미 볶음과 추가로 주문한 치즈 퐁듀가 올라와 있었다.

"나 너 즐거워하는 모습 보니까 좋아. 다들 잘해 주시는 거잖아."

"응? 아……. 어. 다들 너무 잘해 주셔."

마치 딸같이 대해 주는 모습에 엉엉 울었다는 것도, 도 회장이 직접 용돈을 줘서 울었다는 것도 말하지 않았음에도 해연은 오랜 친구답게 루미의 얼굴만 보고 알아차렸다.

"먹자, 고마워. 잘 먹을게. 그리고 이거 전달은 미안하지 마. 어차피 다음 주에 애들 만나기로 했는데 그때 줄게."

지원이에게 줄 청첩장은 없다는 걸 알면서도 해연은 그날 친구들에게 줄 생각이었다.

"지원이는…… . 그게…… ."

"신경 쓰지 마. 걘 평생 그럴 거야. 그런 성격 잘 안 고쳐지잖아. 괜히 신경 쓰면 너만 힘들지."

착해 빠져서는 또 걱정하고 있는 모습에 해연은 신경 쓸 가치가 없다고 단칼에 잘라 냈다. 한 번쯤 그 계집애도 이런 거 당해 봐야 한다고 말하려다가 말고 그녀는 매운 주꾸미 볶음이 맛있다며 화제를 전환했다.

화제는 그렇게 자주 전환됐다. 주꾸미에서 루미의 스마트폰으로, 루미의 스마트폰에서 루미가 지금 살고 있는 오피스텔로, 오피스텔에서 후다닥 결혼을 해치운 형님 이야기로…… . 재잘거리는 루미의 음성이 즐겁게 번져 갔다.

8

간단하게 생각하면 어려울 것 하나 없는 순간임이 분명했다. 어렵게 생각하지 말자, 어려울 것 하나 없다. 이전과는 판이해진 상황이라고 몇 번이고 스스로에게 말했다. 그렇게 되뇌어도 루미는 매 순간을 장악하는 걱정에 쉽게 생각할 수가 없었다.

　쉽게 생각하고 별거 아닌 걱정이라고 떨쳐 버리고 싶어도 그녀는 남들이 다 하는 그 생활을 막상 손에 넣고 나니 불안했다. 그녀는 시험 때문인지, 결혼 때문인지 마냥 불안하기만 해 무언가를 확인받고 싶어 했다.

　하지만 루미는 이 확인받고 싶은 마음을 들키고 싶지 않았다. 매번 이러는 자신을 보고, 서원이 질리지 않을까…….

　언젠가는 질려서 자신을 버리지 않을까, 하는 불안감이 고개를 빳빳이 쳐든 채로 사그라들지 않았다.

　"루미 씨?"

서원이 주는 걸 마다하는 척할 뿐. 결국 사람들이 오해하는 것처럼 돈 많은 남자를 꾀어내 팔자를 고쳐 보려는 여자처럼 행동했다는 걸 누구보다 잘 알고 있었다.

"무슨 생각 해요?"

이렇게 좋은 사람에게 그런 오해를 더 이상 듣게 하고 싶지 않았다. 그래서 루미는 바득바득 일을 하겠다고 우겼고, 실제로 내일 수능 시험을 보면서도 일을 하고 있었다.

"아……."

"시험 걱정돼요?"

서원의 다정한 물음에 루미는 고개를 저었다. 시험은 걱정이었지만, 그보다 더 걱정인 건 그라는 걸 서원은 모르는 듯싶어 그녀는 입을 다물었다. 알게 하고 싶지 않았다.

이런 불안정한 마음보다 확실한 감정을 그에게 알려 주고 싶었다. 그렇게 확실하고 확고한 감정을 바탕으로 그녀는 그에게 확신을 가지고 싶었다.

아니, 애초에 그녀가 확신을 가지고 싶었던 건 스스로였을지도 몰랐다.

루미는 이런 상황에 익숙하지 못했다. 누군가 그녀를 걱정하고, 감싸 안아 주는 그런 상황들에 처음 노출되었기에…… 어쩌면 당연할지도 모르는 불안감에 크게 동요하고 있었다.

"그럼, 결혼식이 걱정돼요?"

그의 말에 맞받아쳐야 서원이 걱정하지 않을 걸 알고 있기에 루미는 애써 덤덤하게 입을 열었다.

"아뇨. 그것보다는 그냥⋯⋯."

"그냥?"

"이런저런 생각이 들어서요."

루미는 고민을 꺼내 놓을 생각이 없었다. 그렇다고 거짓말을 할 재주는 없어서 모호하게 말했다.

그 말에 서원이 더 뚫어지게 그녀를 바라보고 있다는 걸 알지 못했다. 알았다고 해도 루미는 조금 전에 했던 말을 번복하지는 않았을 것이 분명했다.

그것보다 더 좋은 답변은 없다고 생각했으니까.

"오늘은 나랑 같이 일찍 나가요."

"하지만 전 5시 퇴근인데요."

"월권 쓰죠, 뭐."

서원의 말에 루미의 두 눈이 커졌다. 그 모습을 마치 화면을 보듯, 재미있게 보기만 했던 서원은 입매를 더 부드럽게 풀 수 있었다.

"걱정 마요. 오늘은 다들 루미 씨가 일찍 들어가는 거 환영하는 분위기니까."

하지만 서원은 그 이상으로 루미를 놀릴 생각이 없었기에 서둘러 말을 이었다. 그 말에 루미가 크게 안도하듯 숨을 내쉬는 모습은 그의 마음을 간질거리게 했다.

"귀여운 거 알아요?"

"그⋯⋯런 말 하시는 게 더 이상해요."

부어 있는 음성에도, 서원은 연신 싱글벙글 웃기만 했다.

"그래서, 오늘은 쉴 거죠?"

루미의 말에도 아랑곳하지 않는 서원이었다. 그런 서원을 바라보던 루미가 한숨을 삼키고는 고개를 작게 끄덕였다. 사실 그녀역시 오늘은 쉬어야겠다고 생각했으니까.

"그럼 같이 가요. 내일 아침에 데려다줄 테니까 걱정하지 말고."

어느새 또 서원의 말에 루미는 고개를 끄덕이며 말 잘 듣는 아이처럼 행동했다. 반사적으로 행동하는 스스로의 모습에 입술을 깨물다 풀기를 몇 번이고 반복하고 나서야 그녀는 아무렇지 않은척 행동했다.

아직은 이런 사소하고, 작은 일에도 불안할 수밖에 없다는 걸너무 잘 알고 있어서 더 문제라고 그녀는 그렇게 생각했다.

그게 정상적인 거라고.

그러니까 이 모든 불안감과 동요하는 마음을 그가 알지 못하도록 하고 싶다는 것도 당연하다고 생각했다.

말하지 않았다고 해서 서원이 싫어하지는 않을 거라고……

루미는 며칠째 시험 때문인지 크게 불안감을 겪는 것처럼 보였다. 서원은 학교 정문을 등지고 총총 걸음을 옮기는 루미를 바라보기만 하고 있었다.

나이 서른에 수능 시험장 앞에 나올 일은 없을 줄 알았는데, 아니었던 모양이었다. 수능을 본 이후로는 수능이라는 단어는 아예모르고 살아도 될 줄 알았는데, 루미를 만나고 나서 그를 둘러싸고 있던 생활 패턴이 조금씩 변하기 시작했다.

"네."

서원은 조금 전부터 맹렬하게 울어 대던 전화를 받았다. 핸드폰을 삼킬 듯 윙윙 울리던 진동에도 그는 루미가 들어가기 전까지 전화를 받지 않던 참이었다.

—아가는 들어갔니?

집에 다녀온 이후로 어머니는 루미를 아가라고 불렀다. 그 단어 하나에도 곧잘 울음을 터트리곤 하는 루미를 보고는 딱 한마디 하셨을 뿐이었다.

'이제부터 내가 네 엄마란다.'

가족 하나 없이 외로웠을 게 분명했다. 그런 루미의 마음을 깊게 들여다보지 못했다. 서원은 그게 내내 걸렸다.

안 외로운 척, 밝은 척, 긍정적인 척.

그런 척들을 하며 어른인 척 행동했다고 해도 그만큼은 외로웠던 루미를 더 잘 보듬었어야 했다. 서원은 생각이 거기까지 미치자 또다시 어제 더 다정하게 챙겨 줘야 했던 건 아닐까 하는 후회가 밀려들었다.

"방금 들어갔어요. 그런데 무슨 일이세요?"

—다음 주면 결혼식인데, 이제 시험도 끝나고 하면 카페에서 그만 일하는 게 어떻겠냐고 좀 해 보렴.

서원은 루미가 아예 보이지 않자 그제야 걸음을 옮겼다. 주차해 둔 차로 다가가던 그는 조금 더 핸드폰에 귀를 기울였다. 어머니의 말에 웃음만 터트리던 그는 앞에 마치 어머니가 있기라도 하는 양 고개를 저었다.

"아버지가 용돈을 줬어도, 어머니가 카드를 쥐여 줬어도, 제가 제 옆 오피스텔로 데리고 왔어도 일은 하겠다는데 무슨 수로 말 려요. 이미 할 만큼 다 해 봤어요."

—얘 그래도…….

루미가 끝내 일하겠다고 하는 그 속내를 서원이 모를 리 없었 다. 여우같이 행동하는 여자들은 숱하게 봐 왔던 그에게 루미가 하는 작은 행동이 어떤 의미인지 파악하는 건 그다지 어렵지 않 은 일이었다.

어머니야 이제부터 자신의 식구가 될 아이가 고생하는 게 보기 싫어서 하는 말이었겠지만, 루미는 이런 사소한 일 하나에도 무척 감동하곤 했다.

다시금 루미를 떠올리고 있는 스스로를 발견한 서원은 이내 낮 게 웃고 말았다. 중증도 이런 중증이 없을 거라고 여기며, 그는 내일 루미를 데리고 가겠다는 말로 통화를 끝냈다.

그는 오늘 해야 할 일도 있었고, 몇몇 가게에 들러 확인해야 할 사항도 있었지만 쉽사리 자리를 떠나지 못했다.

차에 앉아서도 내내 학교 정문만 바라보던 서원은 첫 시험을 알리는 소리가 들리고 나서야 차를 출발시킬 수 있었다.

뭔가 끝났다는 허탈감이 몸을 덮쳐 오자 루미는 흐리게 웃었 다. 부스스한 머리가 오늘따라 더 부스스해 보인다고 아침에 장난 을 치며 긴장을 풀어 주던 서원이 자신을 기다리고 있는 모습이 그녀의 눈에 들어왔기 때문이었다.

루미는 그제야 깨달았다. 자신을 둘러싸고 있는 모든 것들 중 그가 걱정하지 않은 것이 없다는 걸…….

이전에는 혼자 모든 걸 했지만 지금은 그가 해 줬다. 아침에 그녀가 가방 하나만 챙기면 되도록 그는 점심때 먹을 도시락을 챙겨 주었다. 추우면 손에 꽉 쥐고 있으라고 넣어 준 손난로, 시험장을 어떻게 찾아갈지 걱정하지 않아도 되도록 데려다주는 것까지.

모든 걸 그가 해 줬다.

그녀가 부담스럽게 느낄까 봐 더 세심하게 구석구석까지 챙기는 그라는 걸, 이제는 안다. 루미는 자신에게 다가오는 서원을 보고 조금 전과 달리 더 밝게 웃었다.

"고생했어요."

루미가 들고 있던 가방과 도시락을 받아 든 서원이 이내 그녀의 손을 꽉 잡은 채로 차로 걸음을 옮겼다. 시험장 앞은 아무래도 사람들로 북적이는 데다가, 이제 막 시험을 보고 나온 루미를 데리고 가 푹 쉬게 하고 싶은 마음이 더 컸기 때문이었다.

문을 열어 주며 루미가 조수석에 올라타는 걸 보고 나서야 서원은 손에 들고 있던 가방과 도시락 가방을 뒷좌석에 놓아 둘 수 있었다. 그는 서둘러 차에 올라타며 입을 열었다.

"아무래도 당분간은……. 비워 뒀던 3004호 알죠?"

루미가 고개를 끄덕이며 그녀의 옆집을 기억해 내자 서원이 루미의 머리를 쓰다듬으며 입을 열었다.

"한동안은 거기서 지내야 할 것 같은데……."

"왜요?"

"확장 공사도 하고, 도배도 새로 해야 하고. 뭐 이런저런 것 때문에 당분간은 거기서 지내야 할 것 같은데……."

서원의 말에 루미는 고개를 끄덕이며 괜찮다고 연신 말했다.

"빨리 끝내라고 해 볼게요."

서원의 말에 루미는 웃기만 했다. 그녀의 인생에서 큰일이라고 할 수 있는 산 하나를 넘고 나자 루미는 또다시 허탈한 마음을 다스리기 위해 서원의 이야기에 귀 기울였다.

오늘 어떤 일이 있었고, 내일을 무슨 일을 할지 하나하나 다 말해 주는 그 다정함에 루미는 어느덧 입가에 미소를 그려 넣었다.

시험이 끝났다는 안도감과 허무함에 대조될 정도로 서원이 곁에 있어 안정을 찾을 수 있었다. 루미는 이런 상황에 웃음이 났다.

"왜 웃어요?"

그가 차를 출발시키며 물었다. 그리고 그녀는 그 물음에 밝게 웃으며 답했다.

"좋아서요."

부끄러워하고, 쑥스러워하기만 하던 그녀라고 생각되지 않을 정도로 솔직한 대답이었다. 그걸 아는 그는 운전대를 잡지 않은 손으로 루미의 손을 꽉 마주 잡았다.

다른 말은 없이, 오직 그 행동이 전부였지만 루미도 서원의 것과 꼭 닮은 웃음을 짓고 있었다.

쿵쾅거리는 공사 소리에 카페로 나서던 루미의 걸음이 주춤했다. 오늘로 딱 3일째, 루미는 한 공간 안에서 서원과 생활하기 시작했다.

이 이야기를 들었던 해연은 좀 이른 게 아니냐고 했지만 루미는 그녀를 위해 공사를 미뤄 두고 있었다는 걸 알기에 아니라고 대꾸할 수 있었다.

그냥 가려다 다시 문을 열고 오피스텔 안으로 들어간 그녀는 냉장고에 있던 주스 통과 일회용 커피 컵 여러 개를 챙겨 다시 나갔다.

스니커즈를 신은 루미의 발을 발견한 인부가 의아한 눈으로 루미를 쳐다봤다.

"이거 드시면서 하세요. 집에 이거밖에 없어서……."

어린 아가씨가 수줍게 내민 주스를 받아 든 인부들이 고맙다고 말하며 목을 축이는 모습을 잠깐 보고 나서야 루미는 다시 카페로 향할 수 있었다.

가벼운 걸음이 유달리 오늘 기분이 즐겁다는 걸 반증이라도 해 주는 것만 같았다.

"안녕하세요."

경쾌하게 인사를 하며 들어선 카페 내부에는 점심 전이라 그런지 사람이 별로 없었다. 루미는 오늘도 창가에 앉아 있는 서원을 흘긋 바라보다 옷을 갈아입으러 들어가려고 했다.

서원이 전화를 받고 있었던 탓에 다가가서 인사를 건네면 안 될 것 같았기 때문이었다. 하지만 그런 루미를 가볍게 손짓으로 부르는 서원이 입 모양으로 오라고 말하고 있었다. 루미는 의아했지만 서원의 앞으로 쪼르르 달려갔다.

긴 치마는 물론 허벅지까지 덮을 정도로 긴 카디건 코트가 함께 흔들릴 정도였다. 그런 루미를 보던 서원이 이내 통화를 마치고 밝은 루미의 얼굴을 마주했다.

"아침부터 시끄럽죠?"

서원의 말에 고개를 저으며 루미는 왜 자신을 불렀는지 궁금해 그를 뚫어지게 쳐다봤다.

"아, 다온이 기억…… 나죠?"

도다온, 서원의 동생이자 그녀보다 한 살 더 많은 도련님이었다. 4일만 지나면 가족으로 묶이게 될 그의 동생 이야기에 그녀는 고개를 끄덕이며 다온의 얼굴을 기억해 냈다.

"이 녀석이 어제 좀 과하게 술을 마신 모양이에요. 내가 가면 좋겠지만 나도 오늘은 미팅이 있어서 시간이 안 나네요. 그래서 말인데……."

"갈게요."

그녀는 가족을 돌보는 일은 꽤 좋을 것 같다는 생각에 가겠다고 대답했다.

"근데, 이제 막 나왔는데……. 그동안 한숨 더 주무시고 계시라고 하면…… 안될까요?"

루미는 이게 최선이라고 서원에게 제안했지만 돌아오는 건 서원의 웃음뿐이었다.

"그럼 이렇게 해요. 내가 루미 씨를 심부름 보낸 거니까. 엄연히 이것도 일이에요. 대신에 거기서 바로 퇴근하는 걸로 해요. 마침 다온이가 지내고 있는 데가 어머니가 주관하는 행사장하고 멀지 않으니까. 어머니랑 저녁 먹고 있어요. 데리러 갈게요."

연락은 알아서 해 두겠다는 말에 루미는 얼떨결에 고개를 끄덕였다.

갈 때 해장국이나 사 가서 주면 먹을 거라는 말을 들었지만 루미는 어쩐지 그냥 밖에서 파는 음식을 사서 건네주는 게 영 걸렸다.

카페를 나서면서도 서원이 건네준 주소를 한참이나 뚫어지게 보던 루미는 콩나물을 사 가야겠다고 생각했다. 혹시 모르니까 식당에서 파는 해장국은 덤으로 사 가기만 하자고 생각하며 걸음을 서둘렀다.

온통 질문투성이인 도련님을 상대하기란 여간 버거운 일이 아니었음에도 루미는 웃으며 뭐든 대답했다.

농담이 가득 섞인 다온의 물음마저 진지하게 고민할 정도로 루미는 덥석 대답했다. 다온의 오피스텔을 나와 건물 밖으로 걸음을 옮기던 루미는 그가 일러준 대로 MSG를 당장 한 봉지 사야 하는 건 아닐까 진지하게 고민했다.

거의 모든 음식은 서원이 알아서 사서 차려 주거나, 그가 대충 만들어서 주는 정도였지 그녀가 건드린 적이 없었다.

몇 번 해 주긴 했지만 서원은 너무 맛있게 잘 먹었다.

다온의 말을 들으면 분명 맛이 없는 것 같은데도 서원은 맛있다고 열심히도 먹어 줬었다. 오늘 집에 가면 다시 물어볼까 싶다가도 이내 그 생각을 접은 그녀였다. 괜히 누구한테 그런 말을 들었냐고 하면 당연히 도련님이라고 대답할 게 뻔하고, 그럼 행여 도련님이 곤란해지는 건 아닐까 싶어 상념을 털어 내듯 생각을 정리했다.

루미는 얼마 걷지 않아 햇살을 쐬며 벤치에 앉아 있던 지 여사를 발견하고 달려갔다.

"어머님!"

앞으로 한 가족이니 자신을 엄마처럼 생각하라던 지 여사는 어디를 다녀오는지 귀부인처럼 곱고 아름다운 모습이었다.

"아직 결혼도 하기 전인데 시동생 챙긴다고 우리 둘째가 고생이 많구나."

"아니에요. 도련님이 잘해 주시는 걸요."

"그래, 지금 지내는 데는 불편하지 않니? 서원이가 잘해 주고?"

걸음을 옮기는 지 여사를 따라 조금만 더 걸었을 뿐인데 대기하고 있었던 건지 별안간 등장한 까만 자동차에 그녀는 걸음을 멈췄다.

"요 근처에서는 먹을 만한 괜찮은 집이 없길래 한 삼십 분쯤 가면 있는 레스토랑으로 잡아 뒀단다."

지 여사의 설명에 루미는 당황한 기색을 애써 감추며 그 곁으로 다시 다가갔다. 어디에 가려고 하면 직접 움직이는 삶을 살았기에, 누군가가 미리 대기하고 목적지까지 데려다주는 삶이 루미는 아직 어색했다.

"사장님은 너무 잘해 주세요."

"여전히 그 호칭은 부담스럽니?"

지 여사의 물음에 루미는 조금 전 습관처럼 또 그를 '사장님'이라고 불렀다는 사실에 낭패감이 역력한 얼굴로 차 앞에 섰다.

"그게……."

"안다, 습관인 거. 그러니 내 뭐라 그랬어. 카페는 그만두고 이젠 편안하게 결혼식 준비하자 그러지 않았니. 계속 카페에서 일하니까 걱정스러워서, 원……."

온전한 걱정에서 나온 지 여사의 말에 루미는 조금 고민스러웠다. 정말 자신이 카페에서 일하는 게 그와 시어머니에겐 걱정스러운 일이 될 수도 있겠다 싶었다.

하지만 루미는 서원에게 도움이 되고 싶었다. 설혹 그게 작은 것이라고 해도 도움이 될 수 있는 존재이기를 바랐지 그의 것을 갉아먹는 존재가 되고 싶지 않았다.

"저 잘해요."

"응?"

루미는 밝게 웃으며 입을 열었다. 차에 막 올라타려던 지 여사가 그대로 멈추고는 루미를 바라봤다.

"어머니, 저요. 사람들이 말하는 것처럼 그런 사람이고 싶지 않아요. 작은 일이라도 도움이 되고 싶어요. 그게 제가……."

"안다. 네가 그래서 고집부리는 걸. 차마 입에 담기도 싫은 말

들이 너희 결혼식을 두고 도는 게 내내 마음에 걸려서 결혼식을
좀 크게 하면 나아질까 싶었는데…….”

“아니에요. 저는 이게 좋아요.”

자신을 정말 한 식구로 생각하고 걱정하는 지 여사의 모습에
루미는 진심을 담아 괜찮다고 지금이 좋다고 몇 번이고 더 말했
다.

“그래, 서원이도 그러더구나. 지금이 좋다고.”

결혼식에 부를 사람이 없다는 걸 제외하고라도 루미는 그와 생
각하고 결정한 모든 것이 좋기만 했다. 다만 서원이 21살짜리 여
자애에게 홀린 이상한 사람으로 그려지는 현실이 싫었을 뿐이었
다.

아니라고, 그는 좋은 사람이고 자신은 그런 서원의 진심에 진
심으로 답했던 것뿐이라고 말해도 사람들은 믿지 않을 것이 분명
했다. 그도 그렇게 말했었다. 그 사람들이 뭐라고 지껄이든 신경
조차 쓰지 말라고.

하지만 루미는 그를 두고 이러쿵저러쿵 말하는 그들이 싫었다.

“여기서 더 서 있다간 서원이가 널 여기로 데리러 오겠구나.
어서 가자꾸나.”

지 여사의 재촉에 루미도 서둘러 움직였다. 사실 그녀가 움직
인 건 고작 차에 올라타는 일이었고 나머지는 차에서 대기 중인
사람들이 했다.

새삼 그녀는 그 상황들이 낯설어 불편했다.

서원은 핸드폰 액정에 뜬 문자를 보고 저절로 웃음이 일었다. 어머니가 자주 가는 중식당이 있는데 오늘은 거기로 간 모양이었다.

"이만 마치죠."

서원은 슬슬 마무리되어 가는 미팅을 정리하기 시작했다.

"참 소문은 들었습니다. 결혼하신다던데……."

인사를 건네고 물건들을 챙겨 세미나 룸을 떠나려던 서원은 오늘 일적으로 만난 사람을 보고는 웃으며 말했다. 어느새 이미 서원의 손에는 잘 정리된 다이어리와 서류들이 들려 있었다.

"며칠 안 남았습니다. 작게 할 거라 오라는 말을 못 건넨 점, 이해해 주셨으면 합니다."

"물론입니다. 결혼 축하드립니다."

축하 인사를 받고, 다시 몇 마디 더 주고받으면서도 그는 그녀가 생각났다. 말간 얼굴로 어머니와 함께 이야기를 하며 자신을 기다릴 그녀가 머릿속을 가득 메우고는 떠나지 않았다.

"그럼 먼저 가 보겠습니다."

어머니가 자주 가던 중식당은 그가 있는 곳에서 그다지 멀지 않은 위치에 있었다. 오늘 다온이를 만나서 무슨 이야기를 했는지도 궁금하고, 잘 다녀왔는지도 궁금했다. 무엇보다 오늘은 저녁에 루미의 친구들을 함께 보기로 했었다.

저녁 7시쯤이었으니 루미를 데리고 천천히 나선다고 해도 늦지 않을 터였다. 서원은 문득 자신이 내내 루미 생각만 하고 있었다는 사실에 웃음이 났다.

이렇게 누군가를 맹목적으로 좋아하는 일은 없을 거라고 그는 이전에 자못 확신했었다. 하지만 그 확신은 가벼운 장난에 흔들렸고, 진심이 더해지자 흔적도 없이 사라졌다.

사람이 사람을 대하는 일에 확신을 해서는 안 된다는 걸 그는 늦게 알아차렸다. 그랬음에도 알아차려서 다행이었고, 알게 되어 괜찮을 수 있었다.

덕분에 옆에 루미가 있으니까.

딤섬을 맛있게 먹는 루미를 보던 문희는 앞에 놓인 고추잡채도 권했다. 워낙 마르고 여려 보여서 더 손길이 가는 모양이었다.

"어머니도 좀 더 드세요."

먹다 말고, 자신에게 간간이 권하는 그 모양새에 그녀는 고개를 내저으며 앞에 놓인 차만 조금씩 들이켰다.

"서원이가 좀 늦는구나."

"오늘 중요한 일 있다고 그랬었는데……. 늦게 끝나나 봐요. 저 혼자 갈 수 있으니까. 걱정하지 마세요."

루미의 말에 그럴 리 없다고 말하려던 문희는 문을 열고 들어서는 서원과 루미 한 번씩 번갈아 가며 쳐다봤다.

어울리면서도 어울리지 않는 두 아이가 서로를 생각하는 모습은 그녀에게도 무척이나 낯설었다.

"어머니?"

의아해하는 루미의 음성에 지 여사가 가벼운 투로 입을 열며 손에 쥐고 있던 찻잔을 내려놓았다.

"호랑이도 제 말 하면 온다더니. 왔구나."

"네?"

"오래 기다리셨어요?"

그저 돈돈, 돈만 모으고 살던 아들이 순진무구하고 어린 여자를 만나고 있다는 사실이 믿기지 않아 문희는 몇 번이고 확인했었다.

문희는 아들이 루미의 어느 면을 보고 어떤 마음을 품게 된 건지 어렴풋이 고민해 보았다. 루미의 선한 면과 바른 마음, 타인을 생각하는 좋은 생각들.

그런 모든 면을 보고 이렇게 빠지게 되었으리라 판단했다.

"오래는 안 기다렸다. 식이 며칠 남지 않았는데 무슨 일을 또 벌였기에 잠깐 짬 내서 네 동생한테 다녀오는 것도 안 됐었니. 둘째는 네가 알아서 잘 돌봐야 한다. 몸도 약한 애가 좀 쉬어야지, 안 그러면 결혼식을 병원에서 하게 생길 것 같아 하는 말이다."

아니라고 자신은 엄청 튼튼하다고 말하는 루미의 말에 지 여사와 서원 모두 그런 그녀를 도닥거리며 달랬다.

"알았으니까. 루미 씨 내일부터 좀 쉬는 걸로 해요."

"그렇지만……. 카페는요?"

수능도 끝났겠다, 거리를 배회하는 사람들이 평소보다 배로 많아지는 시기였다. 놀러 다니는 아이들이 전부 그 거리에 쏟아진 것만 같을 정도로 바쁜 시기인데 거의 2주에 가까운 시간을 쉬라는 말을 들은 루미는 놀란 모습이었다. 그녀가 동그란 두 눈을 더 크게 뜬 채로 서원을 바라보자 서원이 루미를 안심시키듯 말했다.

"잠깐 일할 사람 구할게요."

"아니다. 아예 그 사람으로 대체하지 그러니. 네 시아버지가 카페에서 네가 일하는 거 그리 좋아하시지 않아서 하는 말이다."

이참에 루미가 카페에서 그만 일하게 해야겠다는 생각에 문희는 더 밀어붙였다.

"물론 네가 왜 일하고 싶어 하는지는 이해하지만, 아무래도 다른 일을 찾아보는 게 더 낫지 않겠니?"

문희의 말에 일리가 있다는 걸 루미도 알고 있었다. 하지만 서원이 있는 곳이 편했고, 함께 있었던 사람들이 익숙해서 카페가 아닌 다른 곳은 생각해 보지 않았던 것뿐이었다.

생각해 보지 못했던 범주의 이야기를 듣게 되자 루미가 작게 고개를 끄덕였다. 그 작은 행동을 본 문희는 며칠 뒤 루미가 더는 카페에서 일하지 않게 됐다는 이야기를 듣게 되리라고 예상했다.

"난 이만 가 보마. 내일 다섯 시에 숍에 예약해 놓은 거 잊으면 안 된다."

"네."

루미가 작게 대답하자 지 여사는 만족스러운 웃음을 걸치고선 자리를 떠났다. 조용해진 사위에 한숨을 내쉬던 루미를 슬쩍 바라보던 서원이 웃음을 꾹 눌러 참고 루미의 머리를 쓰다듬었다.

"우리 이러다 늦겠어요."

어서 가요, 하며 루미를 재촉하는 서원의 얼굴이며 몸짓 곳곳에 다분히 루미를 놀리고 싶어 하는 마음이 숨어 있었다. 그 모습을 본 루미가 입술을 삐죽이며 터덜터덜 앞서 걸었다. 서원은 결국 입가를 비집고 나온 웃음을 막지 못한 채로 루미의 옆에 서서 걸었다.

❖　　❖　　❖

'날이 추워요' 라는 서원의 음성이 루미의 귓가를 두드렸다.

"간지러워요……."

루미의 반응에 서원은 입꼬리를 말아 올리며 더 단단히 루미의 옷을 여며 줬다.

"오늘 안 나가면 안 돼요?"

서원의 말에도 루미는 고개를 내저었다. 침대가 두 개, 각각 사용하는 물건이 따로지만 같은 느낌인 것들이 가득한 오피스텔에서 그는 여전히 불편해 보였다. 하지만 그런 기색 하나 없이 즐거워하는 모습이 가득하기만 해서 그녀는 그에게 조금 더 미안했다.

"그래도……."

"오늘은 가야 하는 거죠?"

"네."

대답을 하면서도 그녀는 그에게 미안했다. 다른 약속은 거절하더라도 단 하나만은 취소할 수가 없었다.

더욱이 시대과 관련된 약속인 데다 지난번 서원의 형인 재준의 결혼식 날 만난 아름과 두 손을 꼭 잡고 약속했었다.

언제 한번 날을 잡아서 보자고.

하지만 루미가 시간이 나는 건 시험이 끝난 후였고, 결혼식과 시험 중간에 비는 시간을 찾다 보니 결혼식 딱 이틀 전 저녁뿐이었다.

"그럼 끝나기 30분 전에 연락해요."

서원의 당부에 루미는 고개를 무조건 끄덕이면서도 가슴 부근이 뭉근하고 뻐근한 느낌이 들어 좋았다.

"정말 30분 전엔 연락해야 해요. 그리고 오늘 가는 식당엔 내가 미리 얘기해 뒀으니까. 걱정 말고 그냥 나와요."

"네?"

거리의 편의성도 있지만 아름의 애견카페와 거리가 멀지 않다는 장점에 서원의 가게에서 보기로 했는데, 또다시 그가 값을 내 버렸다는 소리에 루미의 미간이 설핏 찌푸려졌다.

그런 루미의 미간을 중지로 꾹 누르며 서원이 웃었다.

"이젠 그냥 좋아하면 안 돼요?"

루미가 멍하게 그를 바라보기만 했다. 그런 루미의 머리를 쓰다듬던 그는 결국 루미를 품에 끌어당겨 안으며 말했다.

"내가 가지고 있는 모든 게 다 루미 씨 거예요."

"그건 불공평해요."

부루퉁한 루미의 음성에 웃는 서원의 음성이 오피스텔을 가득 울렸다.

"지금도 너무 미안한데, 더 미안하게 하시면 어떻게 해요."

"그럼 잘해 줘요. 나 그거밖에 바라는 거 없는데."

서원의 장난스러운 말이 이어졌다. 그런 서원의 말에 루미는 결국 웃음을 터트리며 그를 꽉 끌어안았다. 그녀는 이제 더 이상 불안하지 않았다. 의지할 사람이 있다는 사실이, 가족이 생긴다는 사실이 그 모든 불안이 부질없었다는 걸 말해 줬기 때문이었다. 앞으로는 혼자서 외롭고 힘든 시간들을 보내지 않아도 된다는 사실이 현실처럼 느껴져 좋기만 했다.

"하지만 오늘은 제가 사 드리고 올 거예요."

"형수님이 싫어하실 거예요."

분명 형수님이 내실 거라는 서원의 말에 루미는 고개를 저었다. 오늘은 꼭 사 드리겠다는 다짐을 했던 바였기에 실패하지 않으리라고 생각했다.

"그럼 이따 연락할게요."

"형수님 덕분에 오랜만에 클럽 가 보겠네요."

남들이 들으면 오해할 법한 소지가 다분한 말을 서슴없이 내뱉는 서원을 보고 루미는 웃었다. 그가 클럽에 가는 건 관리를 하기 위함이라는 걸 알고 있었고, 그간 가지 못한 건 수능 시험이 있는 자신을 배려해서였기 때문이라는 걸 너무나 잘 알고 있었다.

그랬기에 루미는 그에게 미안한 것이 많았다.

"클럽 가서 뭐 하시려구요?"

"루미 씨 찾아보려구요."

올해 여름 그의 클럽에 첫발을 디뎠던 날이 그 순간 기억났다. 루미가 서원에게 안겨 웃는 통에 서원은 간질거렸다.

"찾아요. 꼭."

루미는 이제 가벼운 장난도 잘 넘길 정도로 더 밝아져 있었다. 서원은 그 점이 가장 마음에 들었다.

"찾으면, 뭐 해 줄 거예요?"

"찾으면 똑같이 손잡고 클럽에서 나올 거예요."

"술은 내 앞에서만 마시는 거예요. 기억하죠?"

서원의 당부에 루미는 고개를 끄덕거리며 그의 품에서 벗어났다.

"다녀올게요."

"조심히 다녀와요."

배웅을 하고, 배웅을 해 주고……. 그녀는 자신이 바라던 삶이 여기에 있다고 생각했다. 바로 이곳에, 자신이 하고 있다는 생각을 하면 신기하기만 했다.

이런 말을 나눌 수 있는 사람이 적은 현실이 슬프다거나, 꽤 비극적이라고 생각하지 않을 수 있었던 건 곁에 있는 사람들 덕분이었다.

더러는 시대의 이야기를 나눌 수 있는 해연이 있었고, 더러는 서원의 이야기를 고민하고 이야기 나눌 수 있는 형님이 있었다.

또 때로는 어떻게 해야 할지 모를 때 고민을 털어놓을 수 있는 엄마가 있었다. 시어머니도 엄마라고, 엄마가 없는 자신에게 엄마의 역할을 해 주겠다고 자처한 시어머니가 있었다.

그게 무척이나 고마웠다.

고맙고, 감사해서 루미는 앞으로도 서원이 아닌 시어머니에게 더 잘해야겠다는 생각을 먼저 할 정도였다. 그가 알게 되어 섭섭하게 생각해도 어쩔 수 없다는 생각이 지배적으로 들 정도였다.

"끝나면 꼭 연락할게요."

루미는 그가 당부한 모든 걸 기억하며 다시 말했다.

"그리고 따뜻하게 입고 나가니까 걱정하지 말아요."

그가 걱정할 만한 것들도 스스럼없이 입에 올렸다.

"돈도 걱정 말아요. 지금은 일도 안 하지만 열심히 벌어서 어느 정도는 있어요. 형님 저녁 한 끼 사 드릴 정도는 나도 충분히 있으니까. 너무 걱정하지 마요."

루미의 말에 서원의 입매가 느슨하게 풀려 가고 있었다.

"그리고 정말 잊지 않을 거예요."

"뭘요?"

"나한테 가족이 있다는 거. 그리고 사장님이 내 가족이라는 거."

확고하고 뚜렷한 그 믿음에 서원은 결국 웃었다. 고작 이틀 뒤에 결혼식을 올리는 예비 신혼부부였지만, 지금 당장 첫날밤을 보내고 싶을 정도의 충동이 그의 안에서 일어났다.

—*The end*

에
필
로
그

찬란하게 부서지듯 창문을 넘어 들어오는 햇살에 루미는 감았던 눈을 뜰 수밖에 없었다. 여전히 허리를 감싸고 있는 서원의 손을 잡아 조심스럽게 움직이면서도 어색한지 계속 누워서 잠든 서원의 모습을 보고 있었다.

　겨울이 지나고, 봄이 오는 동안 변한 것은 진짜 가족이 생겼다는 사실밖에 없었다. 루미는 물끄러미 침실을 바라보다 대충 머리를 질끈 묶고 몸을 움직였다.

　처음 서원을 만났을 때, 그때만 해도 그녀는 상상도 하지 못했다. 가족이 생길 줄은, 더 나아가 사랑을 주고받을 수 있는 상대가 생길 줄은 상상조차 못 해 봤다.

　작은 발소리가 점점 침실에서 멀어지며 아래층으로 향했다. 결혼식을 올리고도 한 달 정도 더 공사가 이어져 의아한 마음을 느끼던 찰나에 루미는 가구 문제로 공사 중이던 집을 보게 되었다.

두 집을 한 집으로 만들고, 아래층의 한 채도 연결하던 중이었기에 오래 걸릴 수밖에 없었다.

루미의 걸음이 아래층에 있는 부엌으로 향하고 나서야 서원은 몸을 일으켰다.

그 하루가 루미는 무척이나 마음에 들어 아침이면 침실 밖으로 나오기 싫었다. 결혼식에 왔던 친구들이 오피스텔에서 살 거라는 루미의 말에 고개를 갸웃거리며 의아함을 나타냈다. 하지만 이 모습을 보면 두 눈이 동그랗게 변하지 않을까, 그녀는 잠시 생각했다.

서원이 마시는 커피를 제일 먼저 내리고, 아주머니가 넣어 둔 샐러드를 꺼내던 루미는 허리를 감싸는 단단한 손에 멈칫거리며 섰다.

"일어났어요?"

루미의 인사에 대답도 없이 서원은 루미의 어깨에 얼굴을 묻은 채로 서 있었다. 냉장고 문을 닫지도 못한 채로 등 뒤에서 번져가는 서원의 온기에 가만히 있던 루미는 한숨을 한 번 내쉬고는 입을 열었다.

"저 이러다 지각할 것 같아요……."

"내가 데려다줄게요."

"이럴 때면 서른한 살이 아니라 한 살 같으신 거 알아요?"

루미의 말에 서원이 웃었다. 그 웃음이 피부에 번져 간질거리자 루미도 덩달아 웃을 수밖에 없었다.

"그럼 한 살 하죠."

한숨을 더 내쉬는 루미의 목덜미에 자잘하게 입을 맞춘 후에야 그는 품에 안은 아내를 놓아줬다.

"그러게 직접 운전하고 다니면 안 힘들고 좋잖아요."

"싫어요. 그 차도 아버님이 주시거나, 어머님이 주시거나."

"또는 내가 주거나."

서원이 말을 마치고는 루미를 뚫어지게 쳐다봤다. 여전히 그는 다정했다. 다정하고 모든 것을 해 주려고 했으며 그녀는 여전히 그에게 의지하지 않으려 노력했다.

그렇게 해야 서원이 지치지 않으리라고 믿었기 때문이었다.

"하지만 정말 힘들면 내가 데려다줄게요. 나는 당신이 힘든 게 싫어."

고개를 끄덕거리며 루미는 급하게 몸을 움직였다. '당신' 이라는 말이 발끝을 간질거렸기 때문이었다. 아직은 그 호칭에 익숙해지지 못했다.

결혼을 한 지 벌써 석 달이 넘었지만 '당신' 이라는 말은 어쩐지 침실에서만 들은 것 같기도 해서 붉어진 얼굴을 어찌해 볼 겨를도 없이 번번이 들켰다.

그게 재미있는지 서원은 늘 이렇게 불쑥 '당신' 이라고 그녀를 불렀다. 토스트를 내어 놓던 루미는 어느새 씻고 나온 서원의 말에 놀라 고개를 퍼뜩 들었다.

"동기들은 괜찮지만, 남자 동기들은 괜찮지 않았으면 좋겠어요."

서원의 말에 루미는 열려 있던 찬장 문에 머리를 박을 뻔했다.

하지만 이번에도 서원의 손이 먼저 루미의 머리와 찻장 사이를 막고 있었다.

"네?"

"루미 씨를 괴롭히지 않을 성실하고 괜찮은 녀석들이면 좋겠지만 유부녀를 꼬시려는 이상한 놈들이면 어쩌나 싶어서."

"그럴 리 없잖아요. 전 그렇게 예쁘지도 않고, 몸매가 좋은 것도 아니고……."

한참이나 그럴 리 없다고 웅얼거리며 말하는 루미를 보던 서원이 찻장 문을 닫으며 고개를 숙였다.

루미의 귓가에 속삭이듯 서원은 말했다.

"내 아내가 예쁘고 몸매가 좋은 건 나만 알면 되니까, 그런 걱정은 하지 마요."

서원의 말에 루미가 얼굴을 빨갛게 물들였다. 서원의 말에 갑작스레 떠오른 어젯밤의 순간들에 루미는 부끄러운지 자꾸만 시선을 거실에 놓인 소파로 고정했다.

그런 루미를 보며 한참이나 웃던 서원이 이내 한 번 더 웃고 말았다.

"루미 씨."

아내를 부른 그가 이번엔 장난스럽게 말했다.

"식빵 또 태웠어요."

놀라서 급히 숨을 들이켜고는 맨손으로 뜨거운 식빵을 잡으려는 루미를 제지한 서원이 프라이팬 채로 싱크대에 넣었다. 그러고는 식탁으로 루미를 데려간 그는 이내 아내를 앉히고 자신마저

앉았다.

마주 앉으며 서원은 입가를 비집고 나오는 웃음을 차마 막지 못했다.

"요리는 안 하는 걸로 해요. 도저히 불안해서 눈을 못 떼겠어요."

"하, 하지만……. 저도 잘할 수 있어요……."

잔뜩 주눅이 들어 있는 모습을 보면 그가 번번이 졌기 때문에 서원은 그 모습을 보지 않으려 고개를 돌렸다. 하지만 여전히 그는 그녀에게 약했다.

"하지만 다치면 그만하는 거예요. 만약에 조금이라도 다치면 먹는 건 내가 하자는 대로 해요. 알겠어요?"

서원의 말에 루미는 언제 시무룩했냐는 듯 밝게 웃고 있었다. 그 모습을 보며 서원은 결국 고개를 내젓고 말았다.

일 년이 지나도, 이 년이 지나도…….

여전히 루미에게만은 한없이 약할 것 같았으니까.

오늘 일찍 끝난다고 좋아했던, 처음과 다르게 루미의 얼굴은 잔뜩 어두워져 있었다. 신입생 환영회를 한다는 통에 집에 가지도 못하고, 서원과 함께 오늘 저녁 영화를 보기로 했던 계획들까지 모두 엉클어진 것만 같았다.

"누나!"

같은 학년인 동기 남자애가 멀리서부터 달려오며 루미를 불렀다. 붙임성도 좋고 친근하게 말도 걸어 줘서 고맙긴 했지만 어느 정도 거리를 두고 싶었다.

오늘 아침 서원이 했던 말이 내내 걸렸기 때문이었다. 그가 신경 쓰는 건 그녀도 하고 싶지가 않았다.

"누나, 술 잘 마셔요?"

"나?"

루미는 가방에 주섬주섬 책과 필기구를 챙겨 넣으며 얼버무리기만 했다. 술자리라고 해도 저녁을 먹는 자리에서 술을 먹을 일이 없으리라는 순진한 생각을 했다. 그렇게 루미는 안일하게 걸음을 옮겼다. 같은 또래인 여자아이가 하는 말에 귀 기울이며 걸음을 옮기던 루미는 문득 자신이 요즘 고민하는 것과 동기들의 고민이 많이 다르다는 걸 깨달았다.

아르바이트와 애인, 그리고 학점이 주된 관심사인 그들과 달리 루미는 장학금, 가족, 남편이 온통 머릿속을 차지하고 있었다.

"이따가 선배들도 온다는데 그중에 그렇게 술을 먹이는 선배가 있대요. 조심해요."

순수한 걱정에 루미는 웃으며 괜찮다고 흘려 넘겼다. 설마 싫다는데 억지로 주겠냐는 생각이 있었기 때문이었다.

아직 자신이 결혼했다는 사실을 알지 못하는 애들에게 남편과 약속이 있어서 가 봐야 한다고 할 수도 없는 노릇이라 루미는 혼자 끙끙 앓다가 결국 핸드폰을 꺼내 들었다.

그에게 미안한 마음을 담아 루미는 문자를 보냈다.

[오늘 학교에서 신입생 환영회가 있대요, 저녁만 먹고 들어가야 할 것 같아요.]

문자를 보던 서원의 입매가 불편한 심기를 드러내듯 일자로 굳어 있었다. 그 모습에 슬쩍 다가온 서 실장이 무슨 일인지 궁금해하는 티를 역력히 내고 있었다.

"신경 쓰지 마세요. 오랜만에 모교에 갈 일이 생긴 거 같으니까."

"모교라면……."

서원이 나온 그 대학교에 루미도 들어갔기 때문에 그는 웬만한 학교 행사나 일들을 알고 있었다. 신입생 환영회라면 말이 좋아 환영회지 술을 죽자고 먹고 노는 자리였다. 그런 자리에 루미가 있다니 무척이나 위험했다.

서원은 서 실장의 말을 막으며 다시 입을 열었다.

"일단 영화관이 들어갈 건물은 다음 달까지 비워질 겁니다. 빠르면 이달 안에 해결될 것 같고."

"아, 네."

일 때문에 만나고 있다는 걸 상기시킨 서원의 말에 서 실장도 다시 손에 들린 서류로 시선을 옮겼다.

공연한 관심은 접어야 한다는 걸 알면서도 요즘 들어 도 회장 내외의 둘째 며느리가 된 사람이 궁금했다. 결혼 후에 단 한 번도 공식적인 자리에 나오지 않았다는 둘째 며느리는 결혼식마저 비공개로 진행해 얼굴을 아는 사람이 몇 없었다.

"가 봐야 할 일이 생겨서 조금 서둘렀으면 싶은데요."

서원의 말에 서 실장이 알겠다고 대답하며 세부 사항들을 체크

하기 시작했다. 일을 하면서도 내내 아내를 걱정하고 있는 서원을 다른 사람들은 알아차리지 못할 정도로 서원의 얼굴엔 아무런 변화도 보이지 않았다.

곤란한 얼굴로 손을 휘휘 내저어도, 술을 못 마신다고 해도 막무가내인 사람들을 당해 내기란 여간 어려운 게 아니었다. 루미는 그럼 딱 한 잔만 받아 두고만 있겠다고 했지만 그 행동에 더 오기가 생긴 2학년들이 떼로 몰려와 루미에게 술을 주고 있었다.

'후배님, 후배님' 하는 소리가 듣기 싫다고 생각하면서도 루미와 함께 앉아 있던 신입생들은 좋다는 듯 웃음을 터트렸다. 선배에게 밉보여 좋을 게 하나 없다는 생각이 지배적인 탓이었다.

결국 루미는 얼떨떨한 기분이 확 올라오자 자신이 점점 취해가고 있다는 걸 깨달았다. 지난번에 카페 회식 날에도 이랬던 것 같다는 생각을 하며 물 잔을 찾는 손이 조금 다급하기까지 했다.

"누나, 여기 물이요."

그런 루미를 알아차리고는 물을 건네주는 동기의 행동에 루미는 고맙다며 웃었다. 서원에게 약속했는데, 술도 안 마시고 일찍 간다고 했는데 이미 다 어겼으니 어떻게 해야 하나 고민하는 루미의 머리 위로 그림자가 드리워졌다.

"누……구?"

루미의 맞은편에서 주거니 받거니 폭탄주를 만들며 루미에게 더 마시라고 종용하던 2학년 몇몇이 낯선 남자를 보았다. 그리고 이내 소란스러운 말장난을 멈추고 앞을 보고만 있었다.

"어? 어!"

하지만 그런 2학년보다 먼저 조교 생활을 하고 있던 서원의 후배가 그를 알아보고 서둘러 다가왔다.

"선배님! 여긴 어쩐 일이세요?"

"아."

서원은 이내 취해서 헤실헤실 웃고 있는 루미의 모습을 슬쩍 보고는 한숨이 나왔다.

"그러게, 술은 마시지 말라니까."

말도 지독하게 안 듣는다고 말하는 서원을 이상하다는 양 쳐다보고 있던 조교가 다시 입을 열었다.

"저……. 선배님, 여긴 어떻게……."

"잘 지냈냐?"

"네, 뭐 저야……."

조교의 말을 들으며 고깃집을 슬쩍 둘러보던 서원은 루미를 데려가고도 루미가 앞으로 이 일로 인해 뒷말을 듣지 않게 하려면 무언가 해 줘야 한다는 걸 알고 있었다.

그도 그렇게 학교를 다녔고, 그런 관계를 적절히 유지하며 생활했으니까.

"여기 내가 낸다."

"네?"

경영학과 신입생 환영회에 참석한 모두가 지금 벌어지고 있는 일에 정신이 팔린 사이 집요하게 루미에게 술을 권하던 2학년 두 명이 있었다. 서원은 더는 두고 볼 수가 없어서 잠시 루미의 옆에 자리를 잡고 앉았다.

"루미 씨."

"어! 사자니미다!"

"사장님이 아니라 남편이겠죠."

잔뜩 취해서 또 술을 마시지 않으면 절대 하지 않을 행동을 하고 있었다. 이런 모습을 다른 놈들이 보는 것도 싫고, 보게 하고 싶지도 않았던 서원은 루미의 앞에 있던 술잔을 들어 앞 접시에 모두 쏟아부었다.

술잔을 들고 키득거리며 루미에게 무작정 술을 먹이려고 했던 두 명의 후배를 그는 가볍게 쳐다봤을 뿐이었다. 하지만 이미 그들은 서원의 행동에 놀라 잔을 내려놓은 채로 앞에서 벌어지는 일을 바라보고만 있었다.

"집에 가요."

"어……! 하지 마여."

"하지 마요?"

고개를 휘휘 저으며 그게 아니라고 말하는 루미를 보고는 서원은 알았다고 머리를 쓰다듬으며 달래기 시작했다.

"아지 나마서."

"아직 남은 거 없어요. 이거 봐요."

빈 술잔이 엎어져 있는 걸 본 루미가 이상하다고 고개를 갸웃거리는 사이에 서원은 몸을 일으켜 루미의 가방을 찾았다.

"누나 가방 여기……."

웬 까까머리 남자애가 루미의 가방을 건네주자 서원의 시선이 날카롭게 빛났지만 이내 부드럽게 갈무리하고는 고맙다며 가방을 건네받았다.

"선배, 정말 무슨 일이세요? 저희야 선배가 내 주신다면 감사하지만."

"나가면서 지금까지 먹은 건 계산하고 갈 테니까, 너희도 웬만큼 적당히 하고 돌아가라."

"근데 왜……."

어느새 꾸벅꾸벅 졸고 있는 루미를 본 서원이 결국 그녀를 품에 안았다. 그 모습에 여자들의 시선이 단번에 서원을 향해 움직였다.

조교 생활을 3년째 하면서 대학원을 다니고 있는 후배의 물음에 서원은 이제야 떠올랐다는 듯 태연하게 입을 열었다.

"아, 나 결혼했거든."

설마 하는 시선이 루미를 향했다. 루미는 몰라도 성심대학, 경영학과에서 도서원을 모르는 사람은 없었다.

최근 몇 년 사이에 들어온 애들이야 모르겠지만 4학년은 잘 알고 있는 사실이었기에 몇몇은 아닐 거라는 생각을 하면서도 너무 캐주얼해서 평범한 차림의 루미를 보기 시작했다.

"앞으로 행사 있으면 미리 알려 주면 고맙고."

"아, 아……. 네! 그럼요."

"별건 아니고, 집안일하고 겹칠 수가 있어서."

서원은 말을 마치고는 서둘러 다시 루미를 고쳐 안았다. 품 안에서 불편한지 바르작대는 움직임이 몇 번이고 있었기 때문이었다.

"나중에 한번 보자."

"네, 조심히 들어가세요."

꾸벅 인사를 건넨 조교가 계산까지 마치고 가게에서 사라진 서원의 모습을 확인하자마자 자리에 앉았다.

"선배, 저 사람이 누군데 그래요? 신입생 환영회에서 왜 들어온 지 며칠 안 된 애를 멋대로 빼 가는데? 나도 오늘 약속 있었다구요!"

"야, 그럼 네 남편이 여기 와서 계산하고 가게 하든가."

"남편? 쟤 결혼했어요?"

아우성치는 몇몇 사이로 불쑥 조교와 친한 4학년들이 신기하다는 듯 입을 열었다.

"그 선배 아냐? 성심그룹 아들."

4학년 때가 다 되어서야 그냥 돈 많은 부잣집 아들이 아니라 성심그룹 둘째 아들인 걸 알았고, 그 후에는 본인 소유의 건물이 어마하게 많다는 사실도 알았다. 그런 선배가 다시 학교 행사에 모습을 보였으니 당연히 놀랄 수밖에 없었다.

이런저런 생각을 하던 그는 더 이상 주문을 받지 말라는 이야기를 카운터에 가서 한 뒤에야 자리를 정리할 수 있었다.

❖　❖　❖

머리가 깨질듯이 아파서 눈을 뜬 루미는 이불을 돌돌 말고 있는 자신을 보고 멍하니 일어나 앉았다.

게다가 밖을 보니 해가 벌써 중천이었다. 루미는 기억을 더듬어보려고 했지만 아무리 생각해도 기억이 나지 않았다.

"이제 일어났어요?"

서원의 물음에 소스라치게 놀란 루미가 그제야 한 가지 사실을 떠올렸다. 술자리에 가서 술을 마시고 시간이 늦었다는 걸 걱정했다는 정도.

"우선 약부터 먹어요."

물과 약을 받아 든 루미는 이내 서원의 앞에서 약을 먹고 나서야 그가 움직이는 걸 볼 수 있었다.

술을 저번처럼 먹은 건가, 아닌 건가부터 어떻게 집에 온 건지까지. 루미의 작은 머리는 끊임없이 생각하고 있었다. 하지만 떠오르는 기억이 그 이상은 없었다.

"약속 하나도 안 지킨 거 알아요?"

서원의 말에 루미는 미안해서 고개를 푹 숙이고 말았다. 그렇게 막무가내로 술을 권하는 분위기일 줄은 꿈에도 상상하지 못했던 루미는 서원의 얼굴을 마주칠 자신이 없었다.

"내가 미리 그런 자리는 가벼운 식사 자리가 아니라고 말해 줬어야 했는데. 미처 생각 못 했어요."

"아, 아니에요! 제가…… 약속을 안 지킨 걸요."

루미가 자신이 잘못한 거라고 말하며 미안하다고 하자 서원은 조금 더 루미에게 다가갔다.

"걱정 마요. 막 취할 때쯤 내가 도착한 거 같으니까."

"아……."

"실수도 많이 안 했고, 투정도 많이 안 부렸고."

서원이 루미가 걱정하는 이런저런 것들을 먼저 말해 줬다. 묻기 전에 말해 주는 것이 루미의 마음을 편하게 만들어 주리라는 걸 알기 때문이었다.

"근데 난 되게 상처받았는데."

"네?"

"어제 당신하고 저녁에 데이트하겠다고 일도 열심히 했는데……."

그가 정말 상처받았다는 듯 그럴싸하게 실망하는 척을 하자 루미는 또 속고 말았다. 미안하다고 뭐든 다 들어주겠다는 말까지 덥석덥석 잘도 했다.

"정말 뭐든 다 해 줄 거예요?"

루미의 입에서 다 해 준다는 말이 나오자마자 서원이 루미가 꽁꽁 싸매고 있는 이불을 잡아 천천히 내렸다.

루미는 그제야 자신이 옷을 입지 않고 있다는 걸 깨닫고는 이불을 꽉 쥐었다. 하지만 이내 서원의 뚫어질 듯 자신을 보는 시선에 당황해 뻣뻣하게 굳은 채로 그를 올려다봤다.

서원은 이미 루미를 양팔 안에 가두는 모양새로 침대 위로 올라간 후였다.

"다 해 준다면서요."

"아, 아니……. 그러니까. 지금은 낮이고……. 너무 밝은 데다가……."

루미의 말에 서원이 침대 옆에 있던 탁자 위를 더듬어 리모컨을 찾아내 손에 쥐고는 버튼을 눌렀다.

"어두우니까 됐네요?"

암전이 되기라도 한 듯, 침실에 있는 창에 드리워진 암막커튼에 루미는 버벅거리며 몸을 뒤로 움직였다.

"그렇게 도와주겠다면야."

몸이 움직이는 통에 몸을 가려 주고 있던 이불이 살짝살짝 벗겨지기 시작하고 있다는 걸 서원의 말을 듣고 알아차렸다. 루미가 당황해서 그를 바라봤다.

살짝 붉게 물든 루미의 얼굴을 마주한 서원은 더 짙게 웃으며 루미의 입술에 입을 맞췄다. 오직 자신만 보고 있는 아내가 너무 좋다는 표정을 짓는 서원이었다. 그녀는 그의 목에 손을 둘러 꽉 맞잡을 수밖에 없었다.

그렇게 서로의 웃음이, 온기가 피부 위로 간질거리며 번지는 느낌에 루미는 잘게 웃음을 터트리며 그에게 기대었다.

끝
내
며

항상 언제나 그렇듯, 다시 한 번 더 뵙게 되어 반갑습니다.

이번에도 읽으셨던 모든 분께 좋은 느낌을 줄 수 있었기를 갈
망합니다.
늘 그런 느낌을 주는 사람이, 늘 그런 느낌을 주는 글을 적을
수 있기를 소원합니다.

그렇게 할 수 있도록 길을 이끌어 준 모든 분들에게 다시금 감
사합니다.

항상 즐거운 일들이 가득하시기를.
그리고,
항상 행복하시기를 바라며.

인연이 닿아 세상에 나올 수 있게 된 도 씨 집안 삼 형제 이야기는 끝을 맺습니다.

사란.

고
백
해
줘

초판 1쇄 찍음 2016년 6월 20일
초판 1쇄 펴냄 2016년 6월 24일

지은이 | 사 란
펴낸이 | 정 필
펴낸곳 | (주)뿔미디어

기획 · 편집 | 조미연

출판등록 | 2002년 9월 11일 (제1081-1-132호)
주소 | 경기도 부천시 원미구 소향로 17, 303(두성프라자)
전화 | 032)651-6513 / 팩스 | 032)651-6094
E-mail | dahyangs@naver.com
블로그 | http://blog.naver.com/dahyangs
홈페이지 | http://bbulmedia.com

값 7,000원

ISBN 979-11-315-7185-9 03810

www.bbulmedia.com